一九九六~二〇〇五

陳長慶作品集

小說卷（二）

【陳長慶作品集】

小說卷．二（失去的春天）

目次

寫在前面

謹以此文獻給遠在天國的長官和朋友——

感謝他們在任時，對一位苦學青年的關懷和照顧。只是昔日的「青年」，已是今日的「老年」。一顆赤誠感恩之心，始終銘刻在心頭，不是浮貼在臉龐。願來生他們依然是我的長官和朋友。

為故事啟開序幕的老石——石班長，也不幸於一九九四年秋天，因食道癌病逝於花崗石醫院。

陪我走過青春歲月的顏琪小姐，雖然已離我遠去，走到一個遙遠的地方。然而，她美麗的容顏、悅耳的聲韻，時刻都在我的心湖裡蕩漾、在我夢中縈繞。我情願伴隨在她的倩影下，走完孤單的人生旅程。

而黃華娟呢？那位擎舉著炬光的白衣天使……

第一章

走出陰冷的武揚坑道，冬陽並沒有把刺骨的寒風帶走。兩旁光亮的尤加利樹，樹梢隨風飄動的葉片已微黃。我無語地靠在粗壯的主幹上，享受冬陽映照下的一絲暖意。

炊事班開始行動了，老石挑了兩桶飯，矮胖的身軀、滿腮的鬍鬚，頰上那道深凹的疤痕，是挨了八路一槍的標誌。雖然他的面貌不揚，但武揚營區百餘位官兵的饅頭和米飯，都是由他一手包辦，卻從未出過任何的差錯，這是他引以為傲的。

隨著午餐鈴聲的響起，在坑道裡辦公的官兵，在武揚臺排練的藝工隊員，都相繼地來到餐廳門外等候；這幅情景，多麼像是一個幸福美滿的大家庭。

「毛澤東！」驀然，一聲悅耳的清音，由藝工隊那群女生中傳來。

「乾女兒！」老石用手托著扁擔，停下腳步，笑嘻嘻地看著向他揮手的那位女隊員。

餐廳外的男男女女都被這突來的唱和，輕鬆而怡悅地笑著。

「誰是你的乾女兒？臭美！」說話的女孩嘟著小嘴，不屑地說。遠遠看去，她有一張甜甜的粉臉，白皙的皮膚，修改過的草綠軍服，服服貼貼地穿在她的身上，襯托出婀娜多姿的曲線。

然而，他們輕鬆的對話，卻沒有減輕我的餓意，雖然同在一所餐廳用餐，藝工隊亦由我們五組來督導，但我承辦的是「福利」，他們到組裡接洽業務，找的是康樂官；我也不敢去惹、去碰那些走遍東南西北，看過萬水千山的女藝工隊隊員。

或許是年輕吧，肚子總是餓得快、飯也吃得多。同桌的同事都已相繼離桌，我依然扒著飯，慢慢地細嚼慢嚥。老石總是好心地從組長的桌上，把剩下的菜端來，讓我吃個飽。

和老石建立起深厚的友情，是在一次理髮上。他從一點半起，足足等了兩個多小時，還沒輪到他修面刮鬍，而他又必須在四點前趕回廚房下米煮飯。於是，在不得已的情況下，他找上了我。誠然我們的年齡相差著好長的一段距離，職務也有所不同，但我能體會他那時候的心情。於是我交代管理員，把他安排在較空閒的「軍官部」理髮。依規定軍官部服務的對象，必須是少校以上的軍官；而老石是上士，一位身經百戰的老兵，一位面惡心善的北方漢子。當他理完髮，從椅子站起時，那份洋溢著喜悅的滿足感，久久地停留在他的面龐。然而它只不過是我經管的業務範圍之一，只要能減免一場紛爭，大家不傷和氣，卻也是值得我這樣做的。

我放下碗筷，取出手帕擦擦唇角。老石挑起空飯桶正準備離去，我好笑地問他：

「石班長，怎麼藝工隊那位小姐叫你毛澤東？」

「奶奶的，還不是看俺這副醜相。」他指指自己的臉，笑著說：「那個小女孩長得眉清目秀，伶牙俐齒、純潔可愛，不像其他的女孩，浮華油條。年紀一大把了，跟她們開開玩笑，彷彿也年輕了許多。」

不錯，依老石的年紀，如果不是受到戰亂的影響，在老家，或許早已是兒孫滿堂了。除了軍隊千篇一律的任務外，他們何嘗不想家、不思鄉，不想求取心靈上的慰藉！明知老毛是禍國殃民的始作俑者，女孩叫他毛澤東，他卻一點也不以為意、不以為忤。她甜甜的笑靨，柔柔的聲音，怎不讓他想起家鄉的妻兒子女？此時雖然見不到，但那份思鄉的情愁，早已在他那孤寂的心靈裡生根了。

「如果以後她膽敢再叫你毛澤東，你就叫她藍蘋。」我為他出了個小小的點子。

「誰是藍蘋？」他不解地問。

「毛澤東的愛人同志，江青早期的藝名呀！」我笑著為他解釋。

「好，好主意！俺就跟她開開玩笑。」他高興地說。

第二天，依然如故。女孩見到他，又高喊了一聲：

「毛澤東。」

老石把兩桶飯輕輕地放在地上，喘了一口氣，遙對著女孩不慌不忙地揮起手：

「嗨，藍蘋！」

操場上等候用餐的官兵，被老石這突如其來的舉動笑彎了腰。然而，女孩卻莫名其妙地左顧右盼著。

「你們笑什麼呀？」她迷惑地問。

「藍蘋是毛澤東的老婆！」操場上有人說。

一陣笑聲過後，女孩的臉終於紅了；那份頑皮、淘氣模樣已不復存在，只那麼好笑又好氣地瞪了老石一眼。

老石重新挑起了飯桶，滿懷滿臉的喜悅，在他內心裡久久地停留著。然而，不幸的是，為他獻計的我，卻倒了大楣。老石敵不過小女孩再三地追問與糾纏，坦誠地告訴她，是福利站經理教他的。

飯後，我與老石同時步出餐廳，四位藝工隊的女生卻阻擋住我的去路。那位甜甜的女孩雙手插腰，嘟起嘴問：

「你就是經理？」

我微微地向她點點頭。

「經理不都是一些老頭子嗎，怎麼你那麼年輕？」

「不錯，經理本來就是老頭子。」我笑著說，「妳也別插腰，快快叫聲叔叔，」我趁機想殺殺她的銳氣、滅滅她的威風。

「喂、喂、喂，你有沒有搞錯？我還沒找你算帳，你卻先佔我的便宜。」她理直氣壯，用食指重複地在我眼前比劃著說：「我爸爸今年六十歲啦！」。

「找我算帳？我欠了妳啦？」

「少裝蒜！」她氣得不禁雙手又插起了腰，「你思想有問題啦，怎麼知道毛澤東的太太叫藍蘋？」她迫人地問。

「妳想算的就是這筆帳？」我情不自禁地笑出聲來。站在一旁的老石也樂得哈哈大笑。

「還笑！」她自己也笑出聲來，手握拳，做了一個想搥人的手勢。

「我不但知道藍蘋，還知道她以前是藝工隊員。」我正經地說。

「真的？」隨著好奇，她的架式也放低了。

「想聽嗎？」我故作神祕。

「當然。」

「好。」我伸出手，假裝要拉她，「先帶妳到軍法組報到，妳思想有問題。」

「去你的！」她大失所望地在我肩上拍了一下。

我沒有再理會她們，快步地離開。

說真的，在武揚營區服務，也有好些日子了。然而，今天卻是我第一次與女藝工隊員說話。平時對她們為配合節慶而做的那些教條式的表演、八股式的演出，一直是興趣缺缺。尤其是女隊員，時有緋聞傳到組裡，對她們更是不敢領教與沒有好感。當然，這只是我主觀的看法。儘管我不想看她們的演出，但索取入場券的朋友卻大有人在。我主觀的意識並不能否定她們存在的價值。

第二章

自從「毛澤東與藍蘋」事件過後，再也聽不到小女孩嬌嗔、頑皮、淘氣的聲音。然而，她甜甜的笑靨依舊迷人，偶爾地相遇，她會輕輕地擺擺手，淺淺地笑一笑。她的純真，或許是出自心靈深處，毫不虛偽、毫無掩飾，令人有一種想親近她的感覺。

在一次黨務改選中，我當選了「金一德」區分部的委員，而且被分配指導藝工隊的黨務小組。黨的組織，在軍中已儼然成為一個重要的體系；黨務介入行政公開運作，已是不爭的事實。它在幕僚單位裡，已衍生出一些行政系統無法理解的問題。除了本身繁瑣的業務，黨所交辦的：不是「速件」，就是「最速件」；不是「密」，就是「機密」；不是「面談」，就是「回報」。小組會、委員會、黨員大會，不容許你不聽、不從，無形中增添了不少精神上的負荷和工作上的壓力。然而，這總是一件無可奈何的事，只因為你是黨員。

接獲藝工隊的小組會議通知，是在深秋的一個晚上。因為必須錯開他們的作息彩排。明知這是下班時間，明知我一天的疲憊急需休息，但我能不聽？能不從嗎？這是黨務，不同於一般例行業務。

我帶了簡單的資料夾，走出暖和的武揚坑道，深秋冷颼的寒風，隨即從另一個山頭襲來。繁星閃爍的夜空，寂靜依然，只聽到幾聲野狗的吠聲。

武揚臺位於太武山下，曾經是防區擴大朝會的場所；右側是一片寬廣的田野，空氣清新，景緻怡人，的確是藝工隊作息的最佳處所。當然，他們擔負的重責也並非純以歌舞來娛樂官兵；政令的宣導、思想的啟迪，都與他們的工作息息相關。隊長雖然佔的是組裡參謀官的職缺，但他出身政戰學校影劇系，對歌舞的編排、節目的規劃，隊員的選聘、任用，都有獨到的見解，是一位優秀的專業軍官。

「小組會」不同於一般行政會議，在形式上必須放輕鬆，讓黨員提出問題，相互研討，來改進一般行政上的缺失。他們的會議就在舞蹈彩排室裡舉行，全隊五十餘位隊員中，黨員佔了三分之二強，可見在黨員的吸收、黨務的推展，他們的成績是亮麗的。

會議按照程序順利地進行著，除了一些黨務指示外，兼任小組長的隊長，趁機做了簡短的行政工作報告。其他隊員並沒有發言，一直到了最後，那位喊老石毛澤東的漂亮女孩卻舉起手站了起來，建議聘雇人員能比照現役軍人享有「四大免費服務」，並發給「免稅福利品點券」。隊長高興地笑著說：

「顏琪同志，妳的建議相當好，今天列席的上級指導員，正是組裡承辦福利業務的陳經理，相信他會給妳滿意的答覆。」

我抬頭看了顏琪，她的視線正投射在我的眼簾，她面帶怡人的微笑，我卻有點納悶。誠然她的建議純粹是為隊員爭取福利，但四大免費服務以及免稅福利點券的核發，已實施了很長的一段時間，怎麼以前的會議沒有反映過，偏偏我來列席才提起，是否存心給我出難題？還是經過隊長的授意？依我目前的職務，絕對有解決這些問題的能力，它也是在我的權責和業務範圍之內。不可否認地，同在一個大單位服務，彼此都是同事，能相互照顧，能為她們謀取應得的福利，也是好事一樁，我沒有拒絕的理由。

「感謝區分部給我這個機會來向貴小組學習。」我站起身，目視著提出建言的顏琪。巧而，她的眼珠又一次地和我的視線重疊在一起，雙眼閃爍著一道讓人不可抗拒的光芒。她端莊的姿態、甜美的笑靨，似乎在期待我的答覆。「四大免費服務，目前我們只辦了三項——免費理髮、洗衣、沐浴，這三項都在我經管的範圍內。從下月起，雇員可併同現役人員造冊，依規定核發免費理髮票三張、沐浴票六張、洗衣票四張。免稅福利點券因必須按正式驗放人數核發，其權責是在國防部福利總處，編制外雇員依規定不能發給。不過我們也可以用變通的方式，依點券的價值（每點折合臺幣一元），再按貨品的配點數加在售價裡，比起一般商家還是便宜很多。不過大家要記住：福利品是不能外流的，這只是給予各位同志最直接的福利。」我衡量本身的業務權限，誠懇地向她答覆。

「可是上班時，我們必須演出或彩排，回來時福利品供應部也下班了，是否能特別通融給我們一些方便。」顏琪站起來繼續地說，其他同志則興奮地看著她。

「好，我會交代供應部的管理員，儘量給妳們方便，最好事先通知我一聲。」我說著，把目光轉向她，並加強了一點語氣，「顏琪同志，對於我的答覆，妳滿意了嗎？」

她含笑地點點頭，隨即拍起手，以掌聲來回應我，相信我的答覆會令她們滿意的。散會後，我感到自己多看了她一眼。然而，我發覺她也正在看我。我默默地向她點點頭，她回我淺淺地一笑。隊長堅決地要我到他辦公室喝杯茶，雖然滿懷的不願，卻也找不出妥善的理由來拒絕。

「陳經理，千萬不要誤會顏小姐的建議是我授意的。」隊長為我沖來一杯香片茶，滿懷歉疚地說。或許他已發覺到，顏琪除了建議外，或多或少，總讓人覺得有得寸進尺的意味。

「怎麼會呢，只要我辦得到，你老長官一句話，我也會盡力而為。」我飲了一口茶，坦誠地說。

「顏小姐她熱情又熱心，能說善道、能唱能跳，很得人緣，有很多事她都主動替同仁爭取。」隊長笑著說。

「當然，她以『理』服人，我們也不能不佩服。」我說後，起身告辭，重新踏上漆黑的柏油路上。然而，室外的寒風冷颼依舊，喝了點茶，肚子卻倍感饑餓。我順路走進文康中心的小食部，選擇了一處較僻靜的角落坐下，請掌廚的宋班長為我煮碗榨菜肉絲麵。這時，屋內早已坐滿了許許多多、男男女女的客人，我也清晰地聽到顏琪的聲音，但我並沒有刻意地和她們打招呼。

或許，該來的總是會來的；不該來的，任你懷抱再多的希望，總是要落空。到底是什麼因素激起我平靜心湖中的一絲漣漪？儘管文康中心、供應部雇有那麼多的女性服務員，竟沒有引起我的注意！只知道要求她們的服務態度和敬業精神，把男女間的距離拉得遠遠的。有時竟也唸起了歌德的名言：「愛情是可遇不可求的」來安慰自己。

吃完麵，如果我是利用職權或是貪小便宜，可以不必付帳，因為文康中心也是我的下屬單位。我遞了一張十元的鈔票給管帳的劉上士。

「付了，付了。藝工隊那位漂亮的顏小姐替你付了。」他拒收我遞給他的鈔票，宏亮的聲音更引起了其他客人的注意。「頭一遭、頭一遭！那些小姐們巴不得天天有人請客、替她們付帳。報告經理，你有福了，替你付帳的竟然是藝工隊的台柱。」

不知是吃了麵，喝了熱湯，抑或是另有他故？我的臉竟然熾熱無比。

「謝謝你，劉班長。」我含笑地向他點點頭。

屋外刺骨的寒風，非但沒有吹涼我熾熱的臉龐，卻感到內心有一股無名的暖意。我何來的榮幸，讓一位人人爭著替她付錢的美麗小姐來為我結帳，這是多麼的不可思議！然而，我只能默默地記下這筆金錢買不到的純真和情誼。

第三章

轉眼，春節很快就到了。「離島慰問」是年節最重要的一環。長官為了要犒賞離島官兵的辛勞，除了攜帶新鮮的蔬菜、魚肉外，同時有藝工團隊的演出；甚至也把茶室的侍應生帶上離島做巡迴服務，以調劑官兵的身心。長官設想之週到，非局外人所能理解，也讓戍守在第一線的離島官兵，體會出長官的心意。

那天，海上的風浪雖不大，冬天刺骨的寒風卻凜冽依然。主任廖將軍代表司令官赴大膽島慰問。我援例地簽准，向主計部門暫借一筆款項，以備長官發放慰問金或犒賞部隊加菜金。所有的安排與聯繫，由承辦慰勞慰問的參謀官辦理；慰問金、加菜金之發放，必須即時取得收據以便結報，由我以及組長陪同前往。我也同時帶了二十本剛出版的新書，送給島上的官兵，做為他們閒暇時的精神食糧。

車抵碼頭，小艇隊派遣的船隻以及兩棲營派遣的前導快艇，都已停靠岸邊。藝工隊的男女隊員早已在候船室等候。組長找來隊長，詢問與關照一些演出上的細節，並仔細地看過節目表，而後再三地叮嚀和指示：「在離島表演的時間有限，不要講究形式和排場，隊員要與官兵打成一片，帶動熱潮；節目主持人要盡情地發揮，適時掌握效果。」

主任的座車已在小艇旁停下，慈祥的臉龐緊扣著深度的眼鏡；武將的英姿、文人的風雅是他最好的寫照。打赤膊、穿紅短褲、腰配手槍、肩掛子彈的兩棲營長立正向他敬禮，兩棲戰士扶著他步入小艇，在艙內一張特地準備的籐椅坐下。椅旁的茶几上，香片茶裡的茉莉花，隨風飄來淡淡的清香。

主任發現了我，或許他還記得前些日子，為了《金門文藝》申請登記證的事，到辦公室晉見他。

「金門文藝的事，我已交代過，只要你們具備完整的手續，不會有問題的。」

「謝謝主任。」我向他舉手敬禮。

「他們體會不到，你們想為家鄉辦份刊物的心情。雜誌還沒出刊，安全就先有問題，胡搞！」他慈祥的臉龐，浮起一絲不悅。而後轉過頭問：「藝工隊的顏琪呢？」

她快步地走近主任身旁，隊長也跟進，準備聽候長官的指示。主任則向他揮揮手，示意沒有他的事。

「妳認識他嗎？」主任指著我，問顏琪。

「陳經理。」她含笑地看了我一眼。

「豈止是經理，他還是個作家；不但寫小說、寫散文，寫評論、出過書，還要辦雜誌。節目中記得把他介紹給島上的官兵朋友。」

主任說完，顏琪以一對驚訝的眼神凝視著我；而我的臉像經過火烤般地熾熱。面對無限關懷苦學青年的長官，面對著清麗脫俗的佳人，我靦腆地不知所措。

組長走來向主任報告了一些業務狀況，我與顏琪則退到右側的扶手旁。從艇上的擋風玻璃向外看去，清晰地見到海浪拍打著島岩濺起的水花，小金門的島影也快速地消失在小艇的視線之外。轉頭看看站在身旁的女孩，寒風已把她的鼻尖吹得微紅。什麼時候竟然開始關心她了？連她米色的高領毛衣、朱紅的夾克、白色的圍巾，都深深地印在我的腦海裡。

她靠近了我一步，一陣陣少女的幽香和髮香使我的心跳更加急促。我刻意地凝望著金廈海域朦朧的山巒；一道海域遙隔著兩個不同的世界，白雲的後面，果真是我們的故鄉！

「你真的出過書？」她又靠近我一步，低聲地問著。

我靦腆地點點頭。

她深情地看著我。

然而，我們都無法得知彼此心裡想的是什麼？只是我的心湖裡，像航行在這大海裡的小艇，隨波起伏、搖盪不定。一種微妙的情愫，也同時在我的心靈深處滋長著。

在青天白日滿地紅的旗幟下，「大膽擔大擔、島孤人不孤」的朱紅大字首先映入眼簾。小艇已放下踏板，島上的指揮官率同各級幹部，站立在兩旁；前導的兩棲隊員涉水站在踏板兩邊，準備攙扶長官下船。我提著公事包，走在組長後面，深恐跟不上長官，竟忘了向她打聲招呼。

主任相繼地看了幾處重要的據點。犒賞部隊的加菜金與發放慰問金都由我負責處理。帶來的蔬菜、魚肉則交由指揮部統一分配。然而，弟兄們所期待的並非是這些魚肉和蔬菜，藝工隊的演出才是他們的最愛。

走回斜坡下的露天司令台，藝工隊的技術人員已架好了麥克風，樂隊也完成了樂器的擺置。司令台前坐滿島上沒有特殊任務的官兵，他們以極其興奮的心情，期待紓解一下離島緊張的情緒。

主任簡短的致辭後，樂隊響起演出的前奏曲，雄壯嘹喨男聲響起：

「讓我們歡迎節目主持人，顏琪小姐出場！」

她手持麥克風，並沒有刻意地換上禮服或戲服，仍然展現她甜甜的笑靨，向臺下深深地一鞠躬：

「大家好。」

臺下隨即響起如雷的掌聲。

唯恐長官有臨時交辦事項，我和組長一直與主任保持很近的距離。但我並沒有雅興和閒情來觀賞她們的演出，反而利用這段時間順便整理主任發放的加菜金、慰問金而回收的領據，深恐有所遺漏，將會影響日後的結報。

節目在顏琪細密而專業的主持下，響起了一陣又一陣欲罷不能的掌聲，尤其每到能「跳」的歌曲，都掌握最佳時機，請臺下的弟兄上臺共舞，每個節目都熱烈到了沸點；每個節目都讓弟兄們如癡如醉。當然，節目能否引起觀賞者的共鳴，與主持人熱情的帶動和氣氛的營造，有絕對的關係，有密不可分的關聯。

「弟兄們，春節加發的福利點券，你們領到了沒有？」

突然，我聽到顏琪問起了與節目毫不相干的問題。

「有。」臺下一陣齊聲。

「你們享受過四大免費服務嗎？」

「有。」

「你們見到山上那棟小房子新來了四位美女嗎？」

「有。」臺下響起了一連串的掌聲和笑聲。

「你們看過正氣副刊連載的長篇小說《螢》嗎？」

「有。」又是一陣激昂的喊叫聲。

「我們以熱烈的掌聲，歡迎政五組福利業務承辦人陳先生。」

對於她突如其來的介紹，我不知該怎麼辦才好？主任回過頭，以慈祥的微笑看著我。臺下的掌聲，讓我不得不禮貌地站起，讓我不得不上臺。然而，我沉重的心情和腳步她能理解嗎？

「主任再三指示，要把苦學有成的陳先生，介紹給戍守最前線的弟兄們。也要透過他的筆，歌頌大膽島的莊嚴、禮讚大膽島的雄偉！」她繼續地說。

組長拍拍我的肩，我把公事包交給他，步履蹣跚地走向臺上，禮貌地向她點點頭，她卻伸出手，讓我輕握著，同時把麥克風遞給我。

「感謝主任，感謝長官們用心良苦的栽培，也同時感謝島上弟兄們給我的鼓勵。為大家帶來的拙著《寄給異鄉的女孩》二十本，已由指揮部陳列在每個連隊的書箱，請指教，謝謝！」我又向臺下深深地一鞠躬，順手把麥克風還給顏琪，臺下的掌聲也再次響起。我的視線正好投射在主任的眼簾，他輕拍著手，慈祥的笑容給我無比的信心和勇氣。

「現在，我們請陳先生為我們高歌一曲，好不好？」

「好！」臺下又是一陣熱烈的掌聲。

這簡直是開玩笑，而且這個玩笑未免開大了，我能高歌一曲嗎？臺下的掌聲再次響起，主任、組長更是含笑地拍著手，我轉頭看看她，她也正含笑地看著我。在這緊要的關頭、在這最重要的一刻，我沒有理由不為長官留下顏面，我不能就此走回臺下，只是被這女孩攏了一道，給我一個比賞耳光還難受的燙手山芋。

「顏琪，『春風春雨』。」我沒有徵求她的同意，挑選了這首必須男女合唱的歌曲；平時也只是隨興哼哼，此刻卻派上用場。

她含笑地向我點點頭，我也毋須她的幫腔和助唱。樂隊指揮已比出了手勢，前奏的樂聲響起，她把麥克風又遞給我。

又是一年春風
吹白了多少少年頭
多少壯懷為著故國愁

唱完這一段，我快速地把麥克風交給她。

又是一年春雨
洒綠了多少異鄉樹
多少傲骨埋進了荒坵

她唱完這一段，緩緩地靠近我，突然挽著我的手臂，把麥克風放在我們的中間。

多少人在春風裡憔悴
多少人在春雨中消瘦
為什麼憔悴
為什麼消瘦
為的是青春不再　歲月如流
歲月如流
卻流不去家恨國仇

我們又相繼地唱完第二部份：

又是一年春風
春風裡故鄉依如舊
多少遊子為著故國愁

又是一年春雨
春雨中故鄉依如舊
多少鄉客
為著故鄉憂

一年的歲月如流
流也悠悠
一年的青春消逝
愁也悠悠
流去了壯懷憤慨
卻也流不去家仇國恨
流去了青春惆悵
卻也流不去家恨國仇
流不去家恨國仇
家恨國仇

我們緊緊地拉著手，同向臺下一鞠躬，熱烈的掌聲，不遜藝工隊精彩的表演。

「弟兄們，我們真想不到，陳先生不但業務辦得好，也能寫，更能唱！把『春風春雨』的男聲部分詮釋得恰到好處。謝謝陳先生。」她高興地拍著手。

我再次禮貌地向臺下一鞠躬，也向她點頭致意，她回應我的依然是深深地一笑。掌聲一直把我送回座位，組長高興地站起來迎接我，我沒有讓長官失望，更明白長官的用心良苦！

中午我們在島上午餐，距離返航的時間尚早。所有的同仁可在島上自由活動。顏琪找來隨行的照相官，我們坐在介壽亭前的巨石上，她把頭緊緊地靠著我，我並沒有刻意地迴避。照完相，我們並沒有離開，依然坐在巨石上，享受冬陽映照下的溫煦。

「陳大哥，今天才讓我真正地感觸到，人世間真有許許多多料想不到的事。」她側著頭看著我，低聲地說。

「第一次看妳主持節目，妳所營造的歡樂氣氛，以及優美的歌聲，讓我感動和佩服。」我轉換話題，不想知道她料想不到的是什麼。

「主任關懷你不是沒有理由的，雖然我沒有讀過你的作品，剛才的介紹也是主任的授意和指示。更想不到，我們竟能合作無間地把『春風春雨』唱完，你流露的感情，不是專業歌手所能媲美的。」

「謝謝妳，如果沒有妳完美的搭配，獨腳戲豈能博得掌聲，同時也差點出洋相。」我笑著說，雙眼目視遠方的山巒和大海。然而，我們追求的不知是山的祥和，還是海的波濤洶湧？

「不會的，不會讓你出洋相。」她懷著一絲兒歉意，「雖然我們瞭解不深，但我應該不會看錯人。」

我們相視地笑笑。

歸航的小艇已重新放下踏板，所有的同仁都集中在小小的碼頭等候著。海風已吹亂了她的髮絲，她也遠離了我走到女伴群中；從她們愉悅的談笑聲，以及時而地對著我指指點點，而她更是笑彎了腰。此刻，我們是否已同時掉進幸福的深淵裡？並非我獨自能理解的。

主任已回到艇上，島上的指揮官來相送。繁忙的公務、深度的近視眼，他仍然不懼風寒，精神抖擻地、慈祥微笑地和艇上官兵親切地握手，無數句「辛苦了」是艇上官兵心中溫馨的暖流。兩棲營的快艇上，簇新的國旗迎風飄揚，它護衛著艇上的長官和戰士，航向一個安全的港灣。

主任重返艇艙裡，沒有忘記向所有的同仁說聲：「大家辛苦了。」顏琪又走到我身旁，突然把頸上的圍巾取下來遞給我。

「或許你比我更需要。」她輕聲地說。

是的，單薄的那襲卡其制服，雙層的深藍夾克，實在也抵不過海上刺骨的寒風。我接受她的盛情，然而，卻久久沒敢把它圍上。

她深情地看看我說：

「快凍死了，還不好意思！」她把圍巾快速地圍在我的頸上，隨即一股暖流，流遍了我的體內，通過我心靈的最深處，也同時引來奇異和羨慕的眼光。

小艇緩緩地駛離這艘世人公認的、擺在廈門港口不沉的戰艦——大膽島。前導的兩棲快艇，神勇的蛙兵，集雄壯威武於一身，「大膽擔大擔」熠熠生輝的大字已沉沒在我們的眼裡。滿懷依依不捨的心情，雖然不是第一次感受到，然而，這次則有顏琪的同行，亦有我們的歌聲在島上繚繞，往後我們將可在這個美麗的小島上，尋找我們失去的時光和回憶。

再見，大膽島！冬天即將走遠；春的腳步已近。不久，我們又將投身在你溫馨的懷抱裡。

再見，大膽島。

大膽島，再見！

第四章

日子總是一天復一天地過去。從大膽島回來後，我並沒有和顏琪單獨在一起。雖然同在餐廳用餐，我的桌次卻在前頭，有時難免會偷偷地看她一眼，但並沒有引起旁人的注意，更從未側面去瞭解、去打聽關於她的背景關係。然而，我的心中卻多了一份關懷的心意。

每到月初，不管是現役的或聘雇人員，領到薪水的喜悅，點數著鈔票的滿足感，或許沒人敢說見錢不快樂的。

午餐後，我經常利用午休的時間，把換過的衣襪，在樹蔭下的洗衣槽裡自行洗滌。雖然每月領了四張免費洗衣券，但我並沒有用它，並非想為公家省幾文錢；總覺得一位青年，不該只貪圖享受，自己能做的，何必假手他人。這或許是與生長在一個貧困的農家有關。從小，必須幫父母做家事，洗衣、煮飯、掃地、餵養牛羊雞鴨、挑糞擔肥，幾乎樣樣經歷、樣樣做過。自己穿過的衣物自己洗，並沒有什麼困難的地方。

「陳大哥。」

驀然，一聲嬌嗔的聲音掠過耳際，我猛而地轉頭一看。

「顏琪，是妳們。」我趕緊沖掉手上的肥皂泡沫，「來買福利品？」

她們一夥全笑了。

「怪啦！免費洗衣券不都是你發的，怎麼自己洗起衣服來呢？」顏琪走近我，疑惑地問。

「簡單啦！」我甩甩手上的水，「走，我帶你們到供應部。」

「你帶她們去，我幫你洗。」她說著，捲起袖管，走到洗衣槽。

「別開玩笑了。」我笑著說。建議發洗衣券的是她，此刻她卻要幫我洗衣，論情論理，總是說不過去。

「你又不是毛澤東，我跟你開什麼玩笑？」她說後，順手扭開了水龍頭，也沒有忘記跟老石開玩笑的事，而我卻傻傻地楞在一旁。

「快帶她們進去，兩點還得趕回去彩排。」

我無語地帶她們到供應部，交代管理員和售貨小姐，按每人最高購買限額售予她們，儘量給她們方便。

重回樹蔭下的洗衣槽旁，顏琪已把我的衣物脫完水，擰乾放在臉盆裡。

「曬在什麼地方呢？」她看了看四週。

「別急，待會兒我自己來，先到屋裡坐一下。」我指著我在站裡的辦公室兼寢室，「那天讓妳破費請吃麵，今天又勞妳幫我洗衣服，我看不是一聲謝謝就能了事的。」我感激地說。

「少來了，你會不會罵我那天給你添麻煩？」她嚴肅地，「大家只知道享受福利，卻不敢建議，壞人只好由我來做啦！」

「妳的建議很好，全在我的業務權責範圍裡，幸好沒出醜。」

我拉開紗門，讓她進去。

「哇！好大的經理室，比我們隊長還氣派！」她高興地嚷著。

「請坐。」我順便為她倒了一杯水。

「其實，我真正的辦公地點是在組裡，福利站的一般業務，由管理員和會計小姐分層負責。這裡是辦公室，裡面是寢室，下班時都在這裡。」

她並沒有坐下，好奇地瀏覽我書架上的書。

「你喜歡書？你看那麼多書？」她仍然好奇地，「還在寫文章嗎？」她說著，坐了下來。

我含笑地凝視著她，並沒有回答她的話。

不錯，讀書、寫作是我閒暇時的愛好和興趣。然而，我從不自誇自讚。如有人談起，總是刻意地轉換話題。只有在主任廖將軍面前，不敢撒謊、敷衍。主任曾仔細地看過我發表在「新文藝副刊」、「正氣副刊」的散文、小說和評論。時而加以鼓勵和教誨，讓我永遠銘記在心頭。

「如果喜歡，不妨帶幾本回去看。」我打破久久的沉默，突然想到，「妳不是也來買福利品嗎？」

「我什麼也不缺，」她搖搖頭，「陪她們來的。」突然話題一轉，笑著說：「也來看看你。」

「真的！妳要讓我高興死！」這句話不知得不得體，只感到它是發自我心靈深處，最誠摯的聲音。

「我們不是天天在餐廳見面嗎？怎麼沒見到你高興死？」她雙眼盯著我。那甜甜的笑靨、那烏黑的髮絲、那充滿青春氣息的臉龐，讓我的心跳加速，讓充滿著喜悅的全身，有一種飄飄然的感覺。

「那總是不一樣的。」我說。

「好意思說，你捨不得看我一眼，對不？」她收起了笑容，把頭仰靠在沙發上，望著天花板出神。眼裡閃爍的，不知是一道什麼式樣的光芒？

我真的捨不得多看她一眼？不，不是的，我巴不得看她兩眼、三眼，四眼、五眼！或許在我們的心靈深處，同時有一種微妙的情愫滋生著、發酵著。且讓時間來證明一切吧！

我從茶几下取出一瓶咖啡，一罐阿華田，用舊報紙包好裝進塑膠袋，不管是什麼因素使然，我必須先回報她很久前為我付了夜點費；也是我的一份心意，與庸俗的金錢沒有什麼關聯。人的相處，男女間的微妙因素，是一門不能用言辭表達的高深學問，沒人真正懂，也無人真正瞭解！

「妳剛才不是說來看我嗎？」我笑著說，想把凝結的氣氛打開，「怎麼一直看著天花板？」

「你怎麼知道我沒看你？」她笑著，「我眼睛看的是天花板，心裡想的是你呀！」

我無奈地搖搖頭，也正式領教她的伶牙俐齒，我情不自禁地笑出聲來。

「笑什麼？難道我說錯了。」

「但願是真的。」我說。

「找本書看看。」她從椅上站起，走到書架旁，仔細地挑選著。她取下梭羅的《湖濱散記》，又取下我出版的文集《寄給異鄉的女孩》。

「哇！竟然真的出了書。我還以為主任開玩笑。」

「不成熟的作品。」

「不成熟？」她重複我的語調，嚴肅地反問我說：「什麼是成熟？什麼又是不成熟？」

「如果妳喜歡，就送妳一本。」

「真的！那總得簽個名吧。」她興奮地攤開扉頁。

我提筆寫下：

送給願意陪我走向幸福人生的顏琪小姐。

「好，寫得好！」她高興地在我肩上拍了一下。

屋外已有腳步聲走近，或許她們已買好了福利品。我把裝袋的咖啡和阿華田交給她，她並沒有拒絕，只用那深情的目光凝視著我，讓我感到一股無名的溫馨。

我拉開紗門，讓她先行步出，管理員也陪同她們來到我的門前，看她們個個都提著滿滿的一大袋。

「妳們大搬家啦！是免『稅』福利品，而不是免『費』福利品。」我開玩笑地說，她們卻興奮異常，開懷地大笑著。「歡迎妳們常光臨，再見！」

目送她們遠離，此刻，我想的是顏琪的倩影。她真的願意陪我走向幸福人生嗎？是我無聊、還是多情？我是否會被耍得團團轉，還是必須接受一次挑戰？在這佈滿荊棘的人生大道，萬一被擊倒，是否能承受得住一顆淌血的心靈？除了要具備攻守的能力外，高昂的士氣是不可缺少的。誠然，我不是勇夫或猛士，但對幸福的追求，必須全力以赴。我心裡如此地想著。

重新走回洗衣槽，把她為我擰乾的衣物晾在寢室後面的曬衣場。她洗衣時的熟稔，或許是上天賜予女性的本能吧。男人雖能洗，卻沒有她們乾淨俐落。只是現時代的青年男女，追求的是感官上的享受，夢想一步登天，與五十年代刻苦耐勞、純樸務實，相差一段長長的距離——男的不滿現實、女的愛慕虛榮，這也是我們深感憂心的。從報章雜誌上，看到演藝界流行著許多不良的歪風，是否也會吹到這小小的藝工團隊？尤其是騙來騙去的男女感情，總會有承受不了打擊的一方。依顏琪的美貌，以及各方面的條件，她心目中的白馬王子，怎麼可能是一位土生土長的金門青年？過多的疑慮讓我不安，我也不能抱著太大的樂觀和希望，只好讓時間來考驗一切。

不錯，在這個現實的社會裡，我們或許能忍受著去試探忠貞，如果想以身去試探愛情，將會得不償失，這是身為現代人所疏於分析的。雖然，顏琪的影子已逐漸地侵蝕著我的腦海，然而，我的身影是否能激起她心湖中的漣漪？這是我想想，又不敢想的問題。

上班的鈴聲已響，繁忙的業務總會把這些瑣事淡忘掉。廿餘年的淡淡歲月，不是過得很愜意嗎？為什麼偏要多加這一點點。

我援例地先從免費理髮部和供應部轉一圈。服務小姐已開始營業，她們個個長得清麗可愛。是否長久的相處衍生不起愛的火花？尤其清一色是金門同鄉，對她們的家庭背景也容易瞭解。她們個個純樸善良，更能適應我們家鄉生活，而來自異鄉的顏琪，她是否能與我們的家庭相搭配？是否能適應我們農家生活？如果懷抱著一種玩玩的心態，小心受到上天的懲罰。尤其金門人重情、重義，他們厭惡的是無情無義的人。

走進坑道裡的辦公室，紅色的卷宗夾著一份重要的工作指示：由福利與康樂部門組成「小據點巡迴服務小組」的簽呈已擺放在桌上。在分辦欄裡，康樂官已寫下：

擬：一、由藝工隊選派隊員二十人，參與巡迴演出。
二、由戲劇官何中尉領隊。

我則寫下：

擬：一、提供免稅福利品及一般福利品，低價為官兵服務，派服務員三人隨行。
二、調派理髮師三名，為官兵免費理髮。
三、由福利站管理員全勤負責。

組長、副主任都無意見地蓋了章。主任則批下：

一、低價服務與小據點巡迴服務，為本年度重大政策，福利部分由陳經理負全責，並提報成果，檢討得失。

二、餘如擬。

低價服務的宗旨，是希望能把實際的福利，由官兵直接受惠，不必經過層層的剝削，也是長官關懷第一線官兵的一份美意。

經與主管「作戰」的第三處連繫，第一站我們到了后扁。在一片空曠的黃土場地停下，工作人員卸下較小件的日用品，陳列在該單位事先為我們準備的大桌上，隨即供應官兵選購。理髮師亦由該單位輔導長帶到中山室，為官兵免費理髮服務。繼而，藝工隊也到了，戲劇官跟我打了招呼，我也發現了顏琪。

「嗨，陳大哥！」她尖聲地喊著。

我含笑地向她揮揮手。

福利品已造成一波波搶購的熱潮。這也難怪，他們戍守在第一線，距市區又遠，一週難得有幾小時的假期，必須走遠路去排隊等候，造成相當的不便。這也是長官針對實際問題，為官兵解決困難的最佳證明。

藝工隊也架上麥克風，擺好了樂器。戰士們購好了福利品，理完了髮，搬出小椅子，整齊地坐在操場上，等候觀賞演出。

樂隊指揮已比出前奏曲的手勢，節目主持人依然是顏琪。因係小據點演出，隊員除了淡妝外，並沒有刻意地換上艷麗的戲服。也因此，更能與官兵打成一片。小型康樂演出較偏重於歌唱、以及邀請臺下的官兵共舞。那「搖囉！搖囉！」的喊叫聲，演出過後的掌聲、口哨聲，幾乎每個節目都達到與戰士共舞、與官兵同樂的最高潮。

服務員沒事也走近觀賞，我獨自站在卡車上，看后扁海域沙白水清的美景，那隨風彎腰的木麻黃；層層的鐵絲網，浪拍巨岩濺起的水花，對岸的漁舟帆影，全在我的眼簾。我的腦海、我的心靈，已沒有那些悅耳的歌聲，而是這些優美的景緻。

「陳大哥。」突然，我聽到顏琪在喊我。「別站在車上發呆！我主持的節目，你竟然不想看、也不想聽，你存心教我難堪是不是？」

我搖搖頭，報以她一個苦澀的微笑。

「妳不是在主持節目嗎？怎麼跑到這裡來呢？」

「魔術師正在變把戲。我不來，你還遙對著大海發呆哩！」

「或許，人生就像魔術師變的把戲一樣。把醜的變美了；把假的變真了，就像這個社會一樣，時時刻刻都在變化中。」

「陳大哥，你在寫散文？還是寫小說？怎麼變得多愁善感呢！」

「好，我們不談這些。你今天準備唱什麼歌呢？」我不願讓空氣凝結，轉換話題說。

「你想聽那一首？你希望我唱什麼呢？」她側著頭，含笑地問。

「『星星不知我的心』。」我隨便唸起一首臺語歌名，笑著說。

「去你的，你明知我不會唱臺語歌，偏偏來首『星星不知我的心』，難道你知道我的心嗎？」

「當然知道。」我說。

「什麼心呢？」她不解地問。

「妳的一顆心，我的心上人。」我笑著說。

她也笑了，甜甜的笑靨、微紅的雙頰，更加艷麗、更是迷人。

「顏琪，魔術快要變完了，妳還站在那兒幹嗎？」戲劇官走過來，尖聲地咆哮著。

她收起了原先的笑容，我彷彿也受到滿懷的委曲而板起了面孔。

「小人。」顏琪低聲地說。

雖然我不能理解顏琪罵他「小人」的含意是什麼？一位善良的女孩，如果不是在某一方面激怒了她，相信不會用「小人」這個尖銳的言詞，加在他身上的。

他是剛從政戰學校影劇系畢業分發來的，青年人高傲的心態，此刻表露無遺，忘了理論要與實際相配合，忘了人與人之間要相互尊重。

「弟兄們，看完魔術師精彩的表演，下面讓我為大家唱首劉半農先生作詞、趙元任先生作曲的『教我如何不想他』。」

臺下的掌聲，不知道是第幾次響起。樂師奏完前奏，顏琪的神色更是婉約端莊。

天上飄著些微雲
地上吹著些微風
啊
微風吹動了我的頭髮
教我如何不想他

月光戀愛著海洋
海洋戀愛著月光
啊
這般蜜也似的銀夜

教我如何不想他

水面落花慢慢流
水底魚兒慢慢遊
啊
燕子你說些什麼話
教我如何不想他

枯樹在冷風裡搖
野火在暮色中燒
啊
西天還有些兒殘霞
教我如何不想他

我已從卡車上下來，走近聆聽她對這首膾炙人口名曲的詮釋。每一個字，每一個音符，都激起了我沸騰的熱血。她演唱時，時而地看看臺下，時而地把深情款款的目光投向我，真教我如何不想她！

不遠的黃土路，一輛四分之一的指揮車疾駛而來；灰塵朦朧的視線，橄欖綠的將官旗迎風飄揚，是主任的座車。一聲雄壯的「立正」口令，劃破原有的喧嘩，上尉連長握拳慢跑，向主任敬了舉手禮。侍從官梁中尉走近我，用手肘輕撞了我一下，低聲地說：

「顏琪也來了！」

我含笑地回敬了他一下，彼此有點心照不宣之感。

主任與連長握完手，揮手向戰士們說：

「大家辛苦了！」

戰士們回應的是齊聲嘹喨的：

「主任好！」

我概略地向主任報告一切狀況和效果。

「小據點和低價服務，是國防部年度視導的重點，你來我才放心。」他握緊我的手，像冬日溫煦的陽光，在我體內奔流著。「辛苦你了。」

我沒有即刻回應長官關懷的心意，只是傻傻地凝視他慈祥的臉龐。

「顏琪呢？」他邊走邊問。

「主任好。」她已從人群堆中快速地走過來。

「小據點演出，與在擎天廳的演出不一樣，要把隊員與戰士打成一片，帶動熱潮，大家歡樂大家唱、大家歡欣大家跳。」主任向她叮嚀著。

她含笑地向主任點點頭。目送他的座車遠離，節目又繼續進行。主任的指示也隨即起了效應，戰士們隨著歌曲的節奏拍手搖頭、齊聲合唱。繼而地是一陣輕音樂，所有的女隊員都走向人群，邀請戰士共舞。是掌聲、是口哨聲、以及臺籍戰士「搖囉！搖囉！」的喊叫聲，給后扁這個小小的據點，帶到空前未有的歡樂氣氛。

突然，顏琪興沖沖地跑來，拉著我的手說：

「陳大哥，我們跳舞去！」

「我能跳舞？」我甩開她的手，笑著說：「妳有沒有搞錯！」

「走，走，走。」她又重新拉起我的手，「我教你。」

場面一團亂，大家盡興地跳著。我的加入並沒有引起太多的注意。她的右手輕托起我的左手，左手輕輕放在我的肩上；我的右手則輕摟著她的腰，這也是我們第一次把臉貼得那麼近，她俯在我的耳旁輕聲地說：

「別怕，我的右腳往斜右前方前進，你的左腳往斜左後方退，就這麼地重複著，這叫做探戈，知道嗎？」

「我實在沒有跳舞的天份，別整我了。」我哀求地說。

然而，她不但不放開我的手，還時而故意地把頭靠在我肩上。這種場合，怎能開這種玩笑？而且我發覺，不遠處戲劇官不太友善的眼神正投向我們。幸好音樂適時停止，她又趕緊走回臺上，介紹其他節目。剛才，我彷彿聽到顏琪罵他是「小人」，不知是玩笑話？還是當真？在尚未求證之前，我並不能妄加論斷，但這總是與個人的修養和品德有關。剛從學校出來的年輕軍官，社會的閱歷是少了一點，一板一眼的軍事化管理，在這個單位是行不通的。藝人憑的是才藝，必須具備各方面的專業技能，才能立足在這個團隊，才能在這個團隊裡生存。並非是來學習的新手。

是顏琪樹大招風惹來的麻煩，還是為官的不能讓她心服？這實在是涉及許多敏感的問題，我不能作更多的聯想和揣測。唯一的是她已在我心靈深處，佔據著一個非常重要的位置，我沒有理由不護衛著她。當然，這是一個法治的社會，人，要「講理」、也必須「懂理」。講理和懂理總是相輔相成的，缺一將失去平衡，難以被這個社會接受。

此次的小據點巡迴服務，無論是福利部門提供的免稅福利品和一般福利品，甚至是免費理髮，都獲得豐碩的成果。當然，藝工隊的小型演出也是成功的，我們都沒有辜負長官的期望。然而，這只是第一步，駐守第一線的小據點還多著呢！什麼時候才能一個不漏地巡迴服務完，已不是十天八天的事。或許，我將有更多的時間和顏琪在一起。至於是否能帶動我們感情上的增進？是否能增加我們之間的相互瞭解？就讓無情的歲月來考驗吧。

第五章

白天的巡迴服務和離島慰問，幾乎佔去所有的時間，因此，一些日常應辦的業務，必須留待晚上加班處理。尤其是每季一次的福利委員會，必須把防區所有的福利業務，如：免稅福利品供銷、特約茶室、電影院、文具供應站、免費理髮、沐浴、洗衣……等各項收支情形，做數字上的統計工作，而後撰寫檢討報告、業務報告。工作的繁瑣和壓力、體力上的大量透支，我不得不躺下。然而，躺下來並非為了走更遠的路，而是連咫尺近路也無法走，翻起身更有一種想嘔吐的感覺。腦裡虛幻著一些莫名其妙的問題，昏昏沉沉地，連起身的力氣也沒有。

傳令代我向組長請假，也到醫務所取了好幾包藥。組長關懷地說：「你是該好好休息幾天。」

是的，我必須休息，我必須好好地休息。

然而，一閉上眼，辦公桌上那堆沒整好的會議資料，那些堆積成山的紅、白卷宗，又浮現在眼前。讓我沒睡意，讓我不敢有睡意，讓我意識迷濛地守住這張床——這張會旋轉、又會搖擺的單人床。會計小姐好心地為我沖來一杯牛奶，表面已凝結一層厚厚的油脂，而我竟連坐起來喝水的力氣也喪失，那杯牛奶又有何用！可是我卻沒忘記，那是一杯金錢買不到的牛奶；雖然此時不能喝，但它的馨香卻永遠在我的心裡蕩漾著。

是午后吧，該是夕陽染紅天邊的時刻。我被一陣鈴聲驚醒，那也是我們每天最期待的聲音；隨著鈴聲的響起，該是下班進餐的時候。而我並不清楚，顏琪是何時坐在我床沿的。

「陳大哥，好點嗎？」

是她的小手冰涼？還是我額頭滾燙？冷冷的臉，在我頰上，額上來回地遊動著。我聞到的是一股令我反胃的香氣，只因為我的嗅覺已失去了功能；聞不出一粒熟透了蘋果的芳香，一顆我日夜夢想的紅蘋果。

她扶起我的身子，讓我吃藥，又扶著我躺下。為我拉高了棉被，把我的手放進被裡，而後在我耳旁輕聲地說：

「對不起，陳大哥，我不能陪你了。」

她為我捻熄了檯燈，為我關上了房門，我卻不能起來把門閂上。是否夜已深了？或許已是戒嚴宵禁的時間吧！山谷的蟲鳴鳥叫，伴我黑夜到天明，黑夜到天明……。

一大早，尚未聽到鈴聲，顏琪已來到我的房裡。雖然頭不再昏眩，不再沉重如鉛。她擰了毛巾，輕輕地為我擦擦臉，我彷彿清醒了很多。她在我的床沿坐下，摸摸我的額頭，眼裡閃爍著一顆晶瑩的淚珠。

「陳大哥。」她把頭俯在我胸前，卻哭了起來。

我輕輕地拍拍她的肩，撫著她那烏黑的髮絲，淚水也不聽指揮地滾下來。是受到她的感染，還是滴下一滴茫然的淚珠？

「別哭，妳不是很堅強的嗎？」我又一次地拍拍她的肩，低聲地說。

「陳大哥，我不哭。你怎麼也流淚了呢？還有什麼地方不舒服嗎？」她坐起身，用毛巾輕拭我的眼角，深情地說。

「我好多了。待會兒也必須起來，福利委員會的會議通知單已發出去了，還有好些資料沒整理好。」我移動了一下躺的姿勢，突然想起，「妳不是還要參加巡迴演出嗎？現在幾點了，還待在這裡，不怕挨罵？」

「我向隊長請了一天假。陳大哥，我要陪你一天。」

「陪我一天？」我重複她的語調，用手撐起身軀，坐了起來，「隊長准妳假了？」我心中起了疑慮，陪我一天能構成請假的理由嗎？

「放心，長官特准的。」或許，她已看穿我的心思，含笑地向我解釋。當然，我也不必追根究底地去詢問是那一位長官特准的；有權特准的，總是與我業務有關的長官。

不錯，在這個營區，在這個主管金門防區政治作戰的單位裡，不知道我們有深厚感情的長官和同事可能很少。然而，我們沒有紛爭，沒有為長官帶來任何困擾，有的只是對業務、對工作的更投入。長官欣賞的是務實的部屬，而不是投機份子；長官看的是操守和品德，而不是偽君子。打小報告的、鑽門路的，依然逃不過他們雪亮的慧眼。因而在他們精明的領導下，我們投入全部心血，為工作而工作，從未出過任何的差錯；這也是深受長官愛護和肯定的主因。

她為我倒了水，讓我刷牙，讓我刷掉滿嘴的苦澀，而後讓我服藥。一個家庭不可或缺的女性本能，她都展露無遺。也讓我深深地體會到，她不只是一位能唱、能說、能跳的藝工隊員，也同時展現女性柔美的一面。她的美麗、她的善良、她的善解人意，我能不愛她嗎？我能不喜歡她嗎？在這個現實的社會裡，在複雜的藝工團隊裡，她能潔身自愛、嚴守紀律、與同事和睦相處、替同事爭取福利，投下的工作精神和專業素養，更是令人心服。

她沖來二杯阿華田，我們同坐在一張長沙發上。經過一天的休息，我的精神也好多了。她的適時出現，果真是我快速復元的原動力！是的，在我廿餘年的生命裡，真正嚐到愛的甘泉，我是在幸福的圈圈裡，不是在它的炕沿兒。

「我一直想知道，那天在后扁演出時，你怎麼罵戲劇官是小人？」我側過頭問她。

「理由很簡單嘛！他要請我看電影，我不想看；他要請我吃宵夜，我不餓。他認為我高傲、不給面子，就要起威風啦！認為自己不得了啦！」她氣憤地說。

我微微地點頭笑笑。

「陳大哥，雖然我爸只是一位退役士官，我媽又不識字，但他們關心子女、教育子女的心卻沒兩樣。他們要我以誠待人、不可害人，須防小人；對情不能盲目，但要專一。」

「妳防我了沒有？」

「我又不是瞎子，會善惡不分？從長官對你的肯定和關懷，從我們來往的這些日子，陳大哥，你不僅是我終身的寄託，也是我唯一的選擇。你是知道的，藝工隊是一個複雜的單位，男女相處在一起，就難免有是非，如果不潔身自愛，渾水是淌不完的。我並非在標榜自己的清高，你放心，跟我顏琪走在一起，絕不會讓你抬不起頭來！」

「妳的感情我沒有懷疑，妳的為人處世我沒有疑慮，但願我心似妳心，讓我們抬頭挺胸，走向寬廣的人生大道。」

她握緊了我的手，滿足的喜悅綻放在她甜甜的臉龐。我們無視這小屋的寂靜，是自然的悸動讓我們相擁在一起，我的頰上有她淡淡的唇印，內心充滿的不知是喜？是憂？我必須時時警告自己：幸福就在面前，如果不善加珍惜，還是會被溜走的。

緒良兄送來一盒水果。寫詩的他把祥和與敦厚也寫在臉上。雖然他是政三組中校監察官，除了業務外，我們深厚的友誼也同時建立在文學的共鳴上。他的詩健康明朗，含蘊著平易近人的哲理；每有新作，我們總是相互地研討、分析，修改後再定稿。他認識顏琪，只因為我們是相識相知多年的老友。雖然在年齡上有所差距，但友情的建立卻與年齡沒有絕對的關係，一顆誠摯的心才是雙方該追求的。

或許，我的介紹是多餘的，彼此間彷彿都是舊識、都是老朋友，同在一所餐廳用餐，同在一個營區服務，誰又不認識誰，只是工作的環境和性質不同而已。

我們在一張長沙發椅坐下，顏琪倒來兩杯水後，逕自在另一張椅子坐下。簡單的問候病況，一聲「多保重」外，我們又回歸文學，談起共同的嗜好，似乎忘了身體的不適。然而，讓我們感到不可思議的是，顏琪除了歌唱得好外，對文學也有濃厚的興趣。我們所談論的，她都能適時提出自己的意見和看法，讓我聯想到，藝術與文學是密不可分的。誠然，彼此都不是科班出身，但人生又有幾位真正談得來的知心朋友。

緒良兄走後已臨近中午，顏琪不肯回餐廳午餐，而我是一點胃口也沒有，她索性買來一包泡麵，就如此簡單地把午餐打發過去了。

我們依舊在沙發上輕聲細語地閒聊著。突然，我想起：為什麼不請她到組裡，幫我整理裝訂下週即將召開的福利委員會議資料。

「你撐得住嗎？」她不放心地問。

「沒問題。」我簡單地回答。雖然我的頭還是昏昏的，但一想到未完成的會議資料，讓我不得不提起精神，讓我不得不想盡辦法來克服它、完成它。

來到組裡，兩點不到，參謀們都還沒上班。我告訴她，把所有資料按照順序排列在地上，重疊好再對摺，依頁數先後撿好，然後再裝訂。然而，當她看到每一個單位有乙份張數不一的書面報告資料，加上組裡的業務報告、檢討分析，簡直讓她大吃一驚。

「陳大哥，怎麼會有那麼多資料呀！別說分頁裝訂，光看也夠煩的啦！」

「會議日期已定，面對這些資料，我能不緊張嗎？」我無奈地搖搖頭，「開完會還要整理會議記錄，分辦決議事項、長官指示事項，多著呢！」

她訝異地凝視著我。而我在這裡服務多年了，始終不敢認為有高人一等的能力和才華。想在這個社會生存、想要服人，除了品德外，工作的表現、業務的嫻熟，都是最直接的主因。逢迎拍馬、投機取巧，已無法在這個政戰體系裡生存。長官舉才，講的是苦幹實幹，心存僥倖，終究要被淘汰的，豈能埋怨長官不公和偏心。

組長首先進入辦公室，他由政二副組長、師副主任、再轉回政五組長，我跟隨他、認識他，已是不短的時日，也深知他的要求和理念。尊重長官、辦好業務，更是一位幕僚所應該遵守的。

「怎麼不多休息一天？」他的關懷我明白；然而，他似乎更高興我此刻就投入工作。

「組長好！」顏琪手持一疊資料，含笑地問候他。

「妳也來幫忙！」組長走近她身邊，低聲地說：「陳經理身體還沒完全復元，妳要多費心、多照顧。」

她羞澀地看了組長一眼，又把頭低下去。

「別害臊，組長也曾年輕過，我倒覺得：妳們很適合在一起。」他笑著說：「你們忙吧，我到管制室開會。」

組長走後，她伸伸舌頭，皺皺鼻子說：

「糟了，這輩子如果沒把你照顧好，我要變成罪人啦！」

「讓我們相互照顧吧。」

參謀、文書、傳令相繼地進入辦公室。平常陰沉的辦公室，因為有女性的參與而活絡起來了。

「我要提出嚴重的抗議，」突然，康樂官梁中校笑哈哈地站起來，「顏琪領的是我康樂部門的薪水，卻幫福利部門工作。諸位，你們評評理，我的抗議能不能成立？」

大家興奮地笑著，頓時失去了原有的嚴肅和寂靜。

我無語地笑著，她則站在一旁傻笑。

「晚上山東酒樓請吃水餃，一切不再追究，也不查辦。」首席參謀官朱上校提出好辦法。

大家拍手附議。

「沒問題。」顏琪爽快而慷慨地答著。同在一個單位服務，儘管每人的業務和職責不同，但大家都是朝夕相處的同事，只要彼此不分階級的高低，卻儼然像一個大家庭，每個人都是這個家庭不可缺少的一份子。

排順序、撿合、摺疊、裝訂，一直到臨下班還沒整理好。

「想到山東酒樓吃水餃的快來幫忙。」

顏琪提出的這一招，馬上起了效應。大家放下手中不太緊要的工作，都來幫忙了。朱上校打電話請金勤連調度室支援一部四分之三的吉普車。除了組長參加擎天峰的晚餐會報外，組裡全員到齊。

「先講好，」大家坐下後，康樂官則站起來，「陳經理請吃水餃、顏小姐請喝酸辣湯，我來盤怪味雞；朱上校紅燒排骨、張中校麻婆豆腐，李少校蔥爆牛肉、孫少校炒三鮮，文書、傳令來瓶汽水。」

又是一陣開懷的笑聲，誰也沒請誰，誰也沒白吃白喝，大家都高興能貢獻出一分小小的力量。如果沒有深厚的同事情誼，一人一張不同的嘴臉、一人一個不同的個性、一人一副面孔、一人一種職務；各管各的、各辦各的，如此的團體，實在是沒有什麼意義。

第六章

開完福利委員會次月的第二個星期天，我答應顏琪要請她看電影；這也是我們認識以來第一次單獨出遊。看電影只不過是藉口，實際上在假日排隊等候那場人擠人的電影，並非享受，而是受罪。

我們在餐廳吃完早點，穿過武揚坑道，走在翠谷幽雅的小徑，兩旁有翠綠的木麻黃，「水上餐廳」改建的小花園，正盛開著滴血似的紅玫瑰，碧綠如茵的韓國草，把它妝扮成一個怡人的仙境。這是春天，這是一個讓人心曠神怡的好天氣。我們踏著輕快的腳步，體內流著青年人的熱血；這是春天，詩人歌頌禮讚的季節。然而，我們卻不是這仙境裡的金童和玉女，而是兩顆坦誠的心凝聚在一起。蝶兒為我們而歡欣，鳥兒為我們而清唱。

「陳大哥，走慢點！我這一口氣快要接不上了。」

我放慢了腳步，側過頭，顏琪那像熟透了蘋果的紅臉蛋兒，特別的令人憐愛。我下意識地伸出手，很自然地握住了她那柔若無骨的玉手。

「我實在需要你拉我一把。」她喘著氣，陣陣幽蘭般的香氣撲面而來。「怎麼自己感到走得好累。」

「人生就好比在競走，別怕累，妳不但能趕上我，還會超越我。」

走到太武圓環，哨兵擋住我們的去路。我們出示了「擎天職員證」，帶班的「安全士官」走過來，向我敬了一個舉手禮。

「經理好。」

我認得，他是金勤連的行政士，每月都來領取免費服務票。

「帶班？」我說。

他點點頭，又轉向了顏琪。

「妳是顏小姐？」

顏琪也笑著向他點點頭，輕輕地拉住了我的衣袖。

「聽過妳的『問白雲』，你把王福齡這首曲子詮釋得太完美了。」他興奮地說。

「你唸的是音樂？」我好奇地問。

「文化大學音樂系。」他簡單地回答，仍然看著她。

「碰上行家了吧！」我別過頭，對她說。

我們情不自禁地笑著，兩旁的哨兵也笑了。笑聲在這青蔥翠綠的山谷間飄盪著。

「我怎麼從沒聽過妳的『問白雲』？」走下斜坡，我好笑地問她。

「擎天廳的正式晚會，你看過幾場？」她故意地反問我。

我無語地苦笑著。我看過幾場？我根本連一場正式演出也沒看完。如因公進場，也只是打打轉，或閉目養神地等散場。她的反問，我那敢強辯！小據點的演出、離島的演出，都是沒上妝的非正式表演；如果她穿上了禮服，化了妝，一定更美。

「傻眼了吧！」她見我久久未答，又笑著說。

「好，從今以後，只要妳顏琪正式登臺，我就陪妳夜半到天明！」我果斷地說。

「這句話的後半，似乎不是你說的。」她滿臉正經地。

「不是我說的？是誰說的？」

「詩人。」她笑著。「這分明是詩的語言嘛！是虛幻的、不實在的；只要你來看我的演出，我已是心滿意足了，那還敢企求你陪我夜半到天明。」

我無言以對。或許她已看穿了，我不會去觀賞她們的演出。對她的工作一點兒也不關心；她冀求期待的，何嘗不是精神上的鼓勵，以及一份來自異性心靈的回響。

「我突然地很想聽聽妳的『問白雲』。」

「瘋啦，要我在大馬路唱給你聽？」她捏了我一下手。

「低聲地唱，只唱給我一個人聽嘛！」我以哀求的口吻說。

「好吧！如果有人笑我瘋，也是因你而起。」

問白雲　你有多少愁
問白雲　你有多少憂
舊愁散不盡
新怨上心頭
一朵兒沉落
半朵兒浮

問白雲　你有多少深
問白雲　你有多少層
故鄉望不見
知己唱離分
遮住了歡笑
遮住了恨

為什麼　我追著問　又跟著問
痴痴的白雲默無聲
用白紙題下了無言詩
字字行行化淚痕
借風吹向白雲層

勞你做一個送信人
將那首無言詩
一句句唸給我的心上人

問白雲　歡樂何處有
問白雲　好景那裡久
千山你飄零
萬水你曾遊
徬徨為什麼留

「滿意了吧！」唱完後，她扯了扯我的衣袖，撒嬌似地問著。

「如果妳化了妝，穿起了禮服，手持麥克風，讓柔和的燈光照著妳，這首歌唱起來，一定更有感情和韻味。」

「每一首歌，就像一個故事；沒有感情的投入，唱不好、也寫不好的。如果有一天我在臺上唱，你在臺下聽，當我投入全部的感情，當你能完全地接受，才是最完美的詮釋。」

我默默地點點頭。果真有那麼的一天，我帶給她的是豐沛的情感？還是無形的壓力？我不能預測未來，也不能否定現在。誠然，在這愛的道路上，我們走得很逍遙、很自在，像翠谷自然怡人的美景，以及平坦舒適的大道。然而，我們的未來呢？是否能歷經著風吹雨打？是否能越過崎嶇的山路？距離幸福人生還遠呢！

來到太武招呼站，正好一輛公車駛近。假日出遊的人潮眾多，好不容易才擠上開往金城的班車。人擠人地偎依著，老舊的車體吱吱作響，呼呼的引擎聲交織著吵雜的人聲，管它搖搖擺擺、停停走走，總有到達終站的一刻。門窗外的美景，像快轉的電影鏡頭，沒有焦點，只有消失；不要導演，毋須燈光，這是一場看不完的春之影集。

我們在小憩園冰果室喝完飲料。門口巨大的老榕樹，墨綠的樹葉把春陽隔在雲上。陰涼舒適的快感，把我們青春的思緒提昇到一個自然的意境。是的，自然就是美，自然就是真。

「我們不必去湊那份熱鬧，排隊看電影。」我看看她說。

「陳大哥，出來就跟定了你。你要我往東，我怎敢往西呀！」她正經地說。

「嘴甜喲！」我拉起她的手，取笑她。

「你沒嚐過，怎麼知道我嘴甜？」她捏了我一下，輕聲地說。

「總有一天吧！」我也捏了她一下。

我們相視而笑，但絕不是玩笑，而是心靈滿足的微笑，老天是最好的見證人。

我們沿著民權路的斜坡處緩緩地走著，左轉民族路，再右轉走過一座小小的水泥橋，兩旁都是養殖場。橋下浯江溪畔，那一株株紅樹林已被海水淹沒了頂。我們順著養殖場的小土堤，牽著手晃著、走著。春陽的熾熱，已感染了我們。晶瑩的汗珠在她的鼻尖上滾動，我們在一棵粗壯的木麻黃樹下，停頓了腳步。

「累不累？」我愛憐地問她。她搖搖頭，眼裡流露的不知是喜悅還是淡愁？

「想不到我會帶妳來看這枯燥乏味的大海吧？」

「只要你喜歡的，我也喜歡。」

我低頭看著她，一張我心儀已久的甜甜小臉，沒有人工的修飾和妝扮，有的盡是在我夢中千百回的那份純真與可愛。

我們轉了好大的一圈，轉進了珠浦南路的窄巷裡。古色古香的街道讓我們雀躍不已。老月琴悠揚的音韻，從一家小小的老人茶室傳出，我們還聽到胡琴和洞簫的樂聲。老人彈奏的，是古老的莊嚴？抑是往日的雄偉？只是，逝去的年華歲月早已無處尋覓，人，終究是要走向古老的。

「金門的蚵仔煎和蚵仔麵線很有名，這條小巷子裡所烹飪的，更香、更Q。如果妳不介意這裡的環境，我們就在這裡午餐吧？！」

這條古老的巷子，來往的人潮和路客，讓它顯得有點兒髒亂和擁擠。個人的觀點和價值觀往往不同，如有潔癖的人看見這裡的環境，或許不是搖頭，而是落荒而逃。

「陳大哥，別老是把我當成誰呀？」她拉拉我的手，「你能來，我也能來；你能吃，我也能吃。來到這條古老的窄巷裡，是我難得的經歷，比走在寬廣的大道上還令我高興。」

「怎麼講呢？」

「巷子雖窄、雖髒、雖亂，但我們走得很踏實；就好比這人生歲月，那有條條舒適平坦的道路？」

「怎麼妳說的總是與我想的，不謀而合。」我坦誠地說。

我們在靠牆而較不顯眼的一個角落坐下。油膩的桌面擺了一碗紅色的辣椒醬，竹筷插在圓筒裡。我取出隨身攜帶的小面紙，擦拭竹筷，再擦桌面。沒經過她的同意，我逕自點了每人一碗蚵仔麵線，一盤蚵仔煎，一小碟滷豬頭皮，還有四條油炸小魚。

她高興地笑著。我深知：那不是虛偽的嬉笑。臺下的掌聲她聽過；酒樓裡的大魚大肉她吃過，是否會覺得她看上的金門青年，竟那麼地小氣，把她帶到這個髒亂的地方進餐，點的又是這些普通廉價的食物？我是有這種疑慮，但或許是多心了，她不是再三地表明誠摯的感受嗎！

她很高興，很高興地吃著。是走累了，肚子餓？還是對金門小吃，有了好感和興趣？

「蚵仔麵線裡的麵線是用手拉的，蚵則是新鮮的海蚵和上本地的地瓜粉；小腸是調味滷過的，豬血也是用滾滾熱水燙過的，吃起來另有一番不同的口感。妳也嚐嚐特別調味滷過、香脆可口的豬頭皮、油炸小魚還有最富盛名的蚵仔煎。」

「你看我的吃相，不像一個女孩子吧！」她放下筷子，用小手帕擦擦嘴。「我實在太高興了！你以前怎麼沒想過要帶我來呢？」

「以前？！」我再重複一遍她的話。接著說：「如果像戲劇官請妳吃宵夜，你卻不餓。讓妳回我一句：『我不高興！』還是『誰稀罕！』那我怎麼下臺？」

「說得也是。以前我們不認識、不瞭解，你想請我也難。」

「蚵仔煎要不要加點辣椒醬？」我為她夾了一塊，放在她面前的小碟子裡。

「加點也好，雖然我是臺灣出生的湖南人，但也是吃辣長大的。」

我們享受了一頓簡單而廉價的午餐。步出小食店後，我突然拉起她的小手，往小巷回轉。

「我們到老人茶室泡茶。」我看看她，高興地說。

她沒有異議地點點頭。

來到茶室，剛才彈琴的老人已不見。洞簫、月琴、笛子、胡琴，全掛在牆上。店老闆以一對疑惑的眼神望望我們。

「請坐，來壺什麼？鐵觀音、香片、寶國、鐵羅漢、熳陀西水仙、還是大紅袍？」他含笑地唸出所有的茶名。

我們相視地笑了。

「老先生，隨便來一壺吧。」我回答說。

「那麼熳陀西水仙好了，它較溫和、味甘，很適合在春天品嚐。」不一會兒，老人端來一只滿是茶垢的小壺，兩只小杯，幾片用透明紙片包著的土仁糕。他先用滾水燙過壺和杯，倒掉後再裝入茶葉。一陣陣茶香味，隨著茶水注滿了小杯。

「來，我們輕嚐、細品一番吧！」我端起了茶杯，放在鼻前一巡，深吸了一口茶香氣，那種感覺、那份舒適感，彷彿是我們心中永恆的春天。也品出了老人茶這古老的風味。

我打開土仁糕的油紙，遞了一塊給她。

「又香又甜，入口即化，是特產中的特產，品茶的好點心。」我像推銷員般地說。

「難道就沒有比它更香更甜的嗎？」她輕嚐了一口，帶著一絲微笑和半玩笑的語氣說著。不知怎樣地，臉頰上忽然升起兩朵淺淺的紅雲。

「當然有。」我突然想到，她好像是在暗示著什麼？

「嚐過嗎？」

我的頰上突然也熱了起來。我們畢竟是沐浴在愛情園地裡的新手。我的笑聲卻引起老人的注意，他重新提來開水，我接過後對他說：「我們自己沖泡就可以了。」

「妳還沒有回答我的問題。」老人走後，她又得理不饒人地追問著。

「改提書面報告吧！我不願看見有人臉紅。」

「彼此、彼此。臉紅的可不止一個人。」

「好，讓我們為『彼此、彼此』乾一杯吧！」

我們的興奮和喜悅、我們的開心和滿足，在這老舊的茶室裡迴盪著。

門外走來一位老人，順手取下牆上的老月琴，幽美的琴韻由他的指間洩出。

虹彩妹妹嗯唉嗨喲

長得好那麼嗯唉嗨喲
櫻桃小嘴嗯唉嗨喲
一點點那麼嗯唉嗨喲

我們輕輕地拍著手，老人含笑地點點頭。而後閉上了眼，自彈自唱，唱起了他心儀中的「虹彩妹妹」。他那種逍遙愜意的神情，那種自得其樂的韻味，在我腦裡久久地繚繞著。

走過光前路的土地公廟，剛才老人的「虹彩妹妹」依然在我腦裡盤旋。

「當有一天年老，我也要買把月琴，在妳身旁彈唱：顏琪妹妹嗯唉嗨喲，長得好那麼嗯唉嗨喲……」我開玩笑地說著。

「為什麼現在不彈不唱，非要等到年老？萬一我聽不到呢！」她有點嚴肅地說。

「妳聽不到，我能唱嗎？」

我們含笑地步入莒光路，這條曾經帶動金城繁榮的主要街道，已慢慢地被中興路取代了；兩旁古老的店屋，寫著金城商業發展的滄桑史。適逢星期假日，閒遊的人們依然把這條不太寬廣的街道，擠得熱熱鬧鬧的。擦身而過的男男女女，我們不得不一前一後地走著。迎著橫街而過的人群，我時而伸手拉著她，深恐她在不自覺下被人潮擠掉、走失了似的。美麗的金城，可愛的莒光路，金門以你為榮！

遠遠的，我們就看到雕樑畫棟，古色古香的靈濟古寺。觀音神像在當中，兩旁的十八羅漢栩栩如生地鎮守著。我獻上了一炷清香，她卻跪在神像前，口中唸唸有詞。是向祂敘述著什麼？還是祈求著什麼？我不能看出她的思維和想法，只感到寺裡的莊嚴和寧靜。

走出靈濟古寺，我們轉入莒光路一段，這兒人潮較少，顯得有點兒冷清。

「妳剛才跪在觀音大士前唸些什麼啊？足足唸了好幾分鐘。」

「罵你呀！」

「罵我？」我笑著說：「妳不是說過，愛我都來不及了，怎麼還會罵我？」

「怪啦！怎麼你說的與我想的完全不一樣。」她笑著說。

我們來到石坊腳，品嚐了鹹粿炸，這也是一道金門傳統的美食。

「陳大哥，再這樣吃下去，我真的會走不動了。」她放下筷子，搖搖頭說。

「好啊！」我又夾了一塊放在她的小碟子裡，「走不動最好，我可以揹妳。」

「算了，鹹粿炸的酥香我們已品嚐過了。真的要你揹，不是要增加你的的負荷嗎？」

「顏琪，」我低聲地說：「只要妳願意生活在我心靈的小舟上，妳永遠是我最甜蜜的負荷。」

「你想現在就得到答案嗎？」

「當然。」

「我願意。」她爽快地回答。

妳願意。是現在的願意，還是永恆的願意？我雖然無意懷疑她的感情，然而，在這個現實的社會裡，人心的險惡，常常會被功利所蒙蔽。她純潔的心靈，似乎不能長久生活在藝工隊那個複雜的環境裡。誠然，環境的複雜，並不能否定一顆純潔心靈的存在；一切仍然由自己來掌握，命運也必須由自己來開創。她是否能超越自己，越過這個複雜的環境？我的疑慮不是沒有道理的。

春陽已在紀念邱良功母親的節孝坊頂端徘徊，是等待著西下？還是期盼黃昏暮色的來臨？

攬客的計程車司機伸出頭，高喊著：「山外，山外還有兩位。」我毫不猶豫地開啟車門，輕扶她上車。

微風輕輕地從車窗吹進來一陣陣的清涼意，濃厚的春之氣息，已在我們心中滋長著。畫家筆下的春景圖又一幕幕地在車窗外呈現。挺拔的木麻黃，綠意盎然地搖曳著多彩的丰姿；路旁的藤蔓，已爬滿了整個斜坡；低矮的扶桑，翠綠依然；零零星星的小紅花，點綴著萬叢綠。田埂上，低頭啃食著嫩草的老牛，只是暫時的休息，待老農撒完肥料後，牠即將背負的，似乎不是我們人類所能理解的。倘若走不動，必須承受竹鞭的伺候！同是動物，牠來生還想做牛嗎？還是想與主人易位？誰也不清楚。雖然牠不會說話，但想必，人世間總有輪迴吧！

在中正堂門口下車，我們在二樓的交誼廳碰到孫經理。我禮貌地為他們介紹。

「看電影？廿五排一至十五號是我們控存的座位，我帶你們進去。」孫經理親切而熱心地說。

「不，你忙吧！剛從金城回來，坐一會兒就走。」我說。

在靠落地門的位置坐下，孫經理客氣地交代服務生，為我們端來兩杯咖啡，兩份三明治。我才想起，我們還沒有吃晚餐呢？

「別把我當飯桶，能喝完咖啡，吃完三明治已經不錯了。」她認真地說。

「加點糖？」我問。

「不，」她搖搖手，「一杯加糖，一杯不加。」

「為什麼？」我有點兒迷惑地問。

「加糖的一杯是甜的，較可口；沒有加糖的一杯，則是香醇的。」她輕聲地，柔柔地，

「陳大哥，香與甜，不都是我們的最愛嗎？兩杯都加糖，未免太甜了；都不加，則太香了。一杯加糖、一杯不加，正合我們的心意，你不認為嗎？」

「妳說得好，就由妳先選擇吧！妳願意先嚐甜的，還是先品香的？」

「怎麼老是要我先呢？我不是說過，你要我往東，我不會走西嗎？」

「在感情的世界裡，顏琪，我們不必承受傳統的包袱。就把它攪和吧！讓香與甜，永遠在我們的心中滋長。」

「我服了你，陳大哥！」

我們同時高興地笑著，咖啡的香甜與否已無關緊要了，內心的甜蜜和香醇，才是我們一致追求和信守的。

步下中正堂交誼廳的石階，白茫茫的春霧，已輕吻著我們的髮際和臉頰。走過圍牆邊的人行道，漫步在幽靜的山外溪畔；橋下潺潺的流水聲，獨不見了水中的蓮花。兩旁低垂的柳樹，露珠已依附在它的細葉上。我們尋找著溪的源頭，卻是一個多麼詩意的名字——映碧塘。

坐在水泥砌成的塘堤上，看著滿天繁星閃爍，卻找不到月兒的笑臉。在溪畔，我拉起她的小手，是這春天的夜晚讓它冰涼？抑或是還少了一絲疼愛？她把頭微靠在我的肩上，是髮香？是少女的幽香？我已無從選擇地把她摟進懷裡；輕輕地撫著她那被微風吹亂的髮絲。她仰起頭，一聲柔柔的「陳大哥」後，是殷紅的唇還是火熱的心？這夜的情愫讓我們抱得更緊，摟得更緊！蛙兒的清唱，蟲兒的低吟，任他鳥語花香的季節，也比不上此刻的美好。人間的一切彷彿已靜止，我靜靜地品嚐著她的甜蜜和醇香。她默默地、安詳地閉起雙眼，偎依在我的懷裡，猶如小鳥依人般地恬靜。

「顏琪。」我低聲地輕喚著。

「陳大哥。」她的回音更輕、更柔。

我們緩緩地讓四片滋潤著熱情的紅唇，緊緊地重疊在一起，彼此蠕動著舌尖，纏綿地交織著。風聲、流水聲、蛙唱、蟲吟，彷彿都不見了，時光也隨著凍結了！我們如癡如狂、如迷如醉，盡情地享受著春夜的瘋狂，互相把對方完全地融入自己。

春天所帶來的幸福訊息，就這般無聲無息地降臨在我們的身旁⋯。

第七章

每到月底，防衛部本部都要舉行一次慶生會。除了各伙食團加菜，送給壽星禮品外，由藝工隊擔任演出慶生晚會，並按人數比率發給入場券，讓各幕僚單位的官兵一同觀賞。

慶生會由政二組承辦，壽星禮品則由政五組在福利盈餘項下編列預算支付。但必須在事前簽會主計、政三組、政五組，復由長官批准，動支後再檢附原始憑證報銷。藝工隊的演出獎金由康樂官簽請核發，於演出結束時，由司令官親自上臺頒發。然而，五千元只不過是五十張百元大鈔，放在紅包袋裡，一點兒也不起眼。康樂官想了一個變通的辦法——利用舊報紙剪裁一個又厚又大的假紅包，等司令官頒發後，再用真鈔換回假紅包，如此一來，可真是面子、裡子都有了。

我曾經答應顏琪，待她在擎天廳正式演出時，一定前來觀賞。而恰巧，康樂官休假未歸，他的業務雖由王少校代理，組長卻授意我帶著真、假紅包一起去。在付給藝工隊演出獎金時，必須即時取回收據，由福利部門開具支付通知單，主計處才能依此撥款。這些因是我承辦的業務，當然駕輕就熟。

晚餐後，我帶了座次表、紅包，陪同組長進入擎天廳，組長在長官席坐下，我則坐在左邊的工作人員席位。在業務上，不管是我承辦的福利，還是協辦的康樂，我自信從未出過任何的差錯。然而，我企求的並不是這些事務的完美，而是想親眼觀賞顏琪正式演出時的手采，只因為她是我心靈中，不可缺少的一部分。

七點正，司令官陪同夫人緩緩地步入會場，習慣性地與左右的貴賓握手致意。麥克風也適時響起：

「擎天部隊三月份慶生晚會，晚會開始。」

「演出者：擎天部隊藝工隊。」

「我們歡迎節目主持人，顏琪小姐出場。」

她穿著一襲白色無袖的晚禮服，白色的薄紗手套；手持麥克風，含笑地走進舞臺的中央。淡紅色的燈光，映照在她挽起的髮髻以及甜甜的小臉，還有那朱紅的嘴唇。我不敢相信，她就是我心儀中，清純秀麗的心上人。她高雅大方的氣質、美麗清新的容顏，可曾是與我同遊金城、同吃蚵仔麵線的女孩？我真不敢想像，她的容顏竟是那麼的豔麗！「司令官，各位貴賓、各位長官、各位壽星，以及臺下的弟兄們晚安！今天是三月份慶生晚會，首先我們以熱烈的掌聲，恭請司令官為我們頒發壽星禮品。」

那穩健的臺風、悅耳的音韻、高雅的氣質和風度，任何一位女隊員也難以與她相媲美。掌聲過後，壽星出列，司令官慈祥的微笑綻放在古銅色的臉龐上，緊握著壽星們的手，祝他們生日快樂。

第一個節目也接著開始了，那是源自傳統的「麻姑獻壽」，我實在無法理解舞蹈的藝術意境。她們的手搖擺著什麼？她們時蹲時起的舞步又象徵著什麼？再優美的舞姿、再優美的樂聲、再變幻無窮的魔術、再驚險的特技，仍然引不起我的興趣。我期盼的是顏琪，她的一舉一動都是我想看的，她的一言一詞都是我想聽的；何況是那悅耳動人、柔情似水、美妙攝神的歌聲，更是我夢寐以求的、我日夜盼望聆聽的。

「朋友們！『偶然』，我們歡迎顏琪小姐！」

嘹喨的男聲，字正腔圓的國語由幕後響起。一陣陣的掌聲、一波波的歡呼聲，是否因我拍紅了雙手而更加響亮！她露出潔白的牙齒，含著愉悅的微笑，一襲充滿青春氣息的粉紅色禮服，讓她更為嬌媚、更豔麗動人，就像春天裡的新娘，永恆地在我的心湖中蕩漾。

她含笑地向臺下擺擺手，等待樂師的前奏，那閃電般的眼波，時而地投向我。顏琪，我來了！在妳正式演出前，我早已在臺下等候多時。我會實踐對妳的諾言，終生無怨無悔，聆聽妳的歌唱。我背負的不是感情包袱，而是誠摯的真情。臺下的掌聲因妳亮麗的容顏、因妳甜美的歌聲而響。當掌聲過後，我們將歸回田園、歸向平淡，歸於我們恆久不變的愛，能嗎？有時心中會湧起一股無名的悵然。

她微微地後退，我更清楚地看到緊身的禮服、柔美起伏的線條及白色的高跟鞋。是畫家筆下的美少女？還是現實世界耀眼閃爍的彗星！

我是天空的一片雲
偶然投影在妳的波心
你不必訝異
更無需歡欣
在轉瞬間消滅了蹤影

你我相逢在黑夜的海上
你有你的我有我的方向
你記得也好
最好你忘掉
在這交會時互放的光亮

我難以形容她此刻投入的是什麼感情？何以能把徐志摩的「偶然」詮釋得如此的完

美！每一個字、每一句、每一個音符，都像出谷黃鶯般地美妙。如果徐志摩地下有知，也會被她美妙的歌聲所傾倒！臺下的掌聲，因她而響；臺下的歡樂，因她而起。以往對她們演出時所懷的偏見，平白錯失了許多聆聽的機會，的確有點可惜。她微微地向臺下一鞠躬，晶瑩的眸子、含笑的唇角，卻微微地偏向左邊一點點。我不知道是否會有徐志摩「交會時互放的光亮。」

「晚會到此結束，祝各位長官來賓晚安！」

她說著，揮起了手，後臺的演藝人員也相繼地步向臺前，向所有的觀眾揮手謝幕。司令官援例地走上臺，我走在組長後面；組長接過我手中的紅包，轉呈給司令官頒發。

「辛苦了。」司令官慈祥地與隊長握手，並走到顏琪面前，「顏小姐，妳那首『偶然』唱得真好。」

「謝謝司令官。」

我尾隨長官的腳步移動，看那滿懷興奮的顏琪；而此刻，我卻不能以任何語言或動作，來表達我內心對她的敬意和愛意。我忍不住地一再端詳她妝扮後嬌豔的容顏——淡淡的粉脂、畫了眉、畫了眼線，薄薄的嘴唇淺抹著朱紅的唇膏，頸上的珍珠項鍊把她襯托得更高雅、更大方。

我含笑地向她點點頭，卻也看到列隊謝幕的許多眼光都投向我——顏琪心中的陳大哥。是我不能與她相搭配？還是羨慕我們在一起？我雖然不是帥哥，但一顆深愛她的心卻永遠不變；一位沒有受到現實環境污染的金門青年，卻也不容懷疑。因此，在與顏琪攜手而行的道路上，我只想往前，絕不退縮！

隊員齊聲謝謝司令官，我同時用現金把假紅包換回來，但必須取回收據才能報銷。隊長已深知組裡的作業程序，找來兼辦行政的戲劇官何中尉。我簡單地向他說明作業狀況。他卻說：

「幹嘛那麼煩呀？」他有點不悅。

「對不起，這是手續。」我仍然笑著向他解釋。

「擺明是故意刁難嘛！」他轉過頭，一副不屑的樣子，始終沒有把收據取出來。

「何中尉，怎麼用這種態度？」隊長也看不過去，氣憤地說：「手續不完整能領到錢嗎？」

隊長對他的指責，卻也讓我感到不安，更讓我看清顏琪口中這個「小人」的嘴臉。

「隊長，沒關係。獎金你先收下，收據明天再補過來。」我打了一個圓場，面無表情地走下舞臺。聆聽顏琪演唱時的喜悅心情，此刻卻完全消失了。我沒有回頭，也不知道她們是否已回後臺卸妝？或仍然在臺上？只感到心情很惡劣。

走到停車場，組長正在車旁等候，我簡單地向他報告遲到的原因，並非打小報告。他的臉色似乎也不太好看，同時也消遣了我一句：

「我還以為你去看顏琪呢！」

我苦笑地上了車，燈光照亮了漆黑的山谷。遠方輕飄著茫茫的霧氣，黃色的相思花掉落一地，木麻黃上的水珠滴在擋風玻璃上。我在明德廣場下車，組長卻原車又離去。仰望白茫茫的太武山頂，這春之夜晚教人懊惱；微風雖然飄來玫瑰花的芳香，然而，我卻無心欣賞，在這玫瑰盛開的夜晚。

免稅品供應部已下班，免費理髮部的燈光已熄，我獨自躑躅在寂靜的長廊上。走回寢室，電話鈴聲響起，我習慣地說聲：

「〇三一。」這是站裡的電話代號。

「幹嘛呀！陳大哥。」電話裡傳來顏琪的聲音。「聽說你不高興啦！」

是的，我是不高興，我的心情不好。那是我自己的事，怎能把它帶給別人，影響別人。

「不高興？」我急著解釋，「沒有的事，妳在那裡？」

「文康中心。組長請你過來，隊長也在這兒。」她急促地說。

組長在文康中心，要我過去？那麼晚了還有什麼重要的事？我停頓了一下沒有立刻回答，組長的聲音卻在電話中響起：

「你過來一下。」是命令的口吻。

「是的，組長，我馬上到。」我能不去嗎？我有不去的理由嗎？我能詢問長官有什麼事嗎？長官的命令總是要服從的。怎麼隊長與顏琪也在那裡？這是唯一令我費解的。

走進武揚坑道，春天的濕氣夾著一股沁涼的冷風由坑道另一頭吹過來。石壁上滲出的水滴落在兩旁的小水溝，走道上暗淡的燈光讓我有一份孤寂的感覺。

出了坑道，顏琪已站在哨兵不遠處，她以關懷的眼神迎接我，看到她的笑臉，我不悅的心情也開朗了許多。

「怎麼站在這裡？」我把手放在她的肩上，並肩地走著。

「等你。」她仰起頭看了我一眼，「你跟『小人』嘔氣啦？」

「那有。」我辯著，不想再提起。

「他的銳氣已被組長刮掉，別再生氣了。」她深情地說。

我輕輕地拍拍她的肩。

「顏琪，今晚看妳正式演出，無論主持節目和藝術歌曲的演唱，都已具備一流演藝人員的臺風和水準，我感到相當的興奮。」我衷心地說。

「那是因為臺下有你。」她笑著說。

「如果我真有這份力量，有人要罵我。」我故作神祕。

「誰？」她有點驚訝地。

「作詞的徐志摩，作曲的連璧光。」我笑著說。

她輕擰了我一下。

來到文康中心，我向組長敬了舉手禮，同時與隊長打了招呼。隊長遞給我獎金的收據，連聲地說抱歉。我深知急性子的組長到了藝工隊，除了要收據，也訓了何中尉。剛才顏琪也說過他的銳氣已被組長刮掉了。我不想重提這件小事。文康中心的劉班長為我們每人端來一碗肉絲麵，還有幾碟小菜。

「沒其他事，我們吃麵。」組長說。

或許，真的是沒什麼事，相信長官能體察部屬當時的心情的。雖然我不具軍人身份，但也是經過防區司令官任命，國防部有案的福利單位主管。在幕僚單位，除了主管官外，其他無論官階的大小，各司其職，替長官負責任。戲劇官或許尚未進入狀況，把學校那套學長管學弟的玩意兒也帶到隊上來，自視甚高，不把別人放在眼裡，這種人在一個團隊裡，絕對不會受到歡迎和尊重。

劉班長拿來一瓶自己浸泡的藥酒，除了顏琪外，為我們各倒一小杯，劉班長也坐下相陪，大家愉快地談了一些家常話。不知是喝了點酒，還是基於對部屬的愛護，組長突然對顏琪說：

「陳經理是一位優秀的金門青年，人品文品都好，主任也多次提起。在愛的園地裡，妳們要快步走！」

「陳經理，你也知道，顏琪在隊上能歌能舞，又能主持節目；乖巧漂亮，敬業樂群，我們都樂觀其成呀！」隊長也笑著對我說。

是兩杯酒下肚讓長官微醺？還是長官真心的關懷？我含笑地看看顏琪，她也正看著我。組長與隊長的一唱一和，劉班長在一旁的笑聲，讓這碗麵讓吃起來倍加地難受。當然，難受的只是我此時的表面，能受到長官的肯定和認同；在愛的路上，我何其有幸，彷彿遇到了貴人。能得到他們的暗中相助，到底該說聲：阿彌陀佛？還是說聲：感謝上帝？該說聲：感謝天主呢？還是謝謝長官！

走出文康中心，兩旁的尤加利樹青翠依然，一輪新月正停留在武揚操場的上空。微風輕輕地飄來組長身上的酒香，雖然在營區內不受戒嚴宵禁的影響，但明日還得早起，以便迎接朝陽帶來的春天。

然而，不如意的事卻相繼地來到。組長開完晚餐會報回來後，遞給我一份蓋著『密』字章的反映資料。發文單位是一〇四單位，它也是承辦保防業務的政四組。正本給一〇五單位（政五組的代號），副本給一〇三單位（政三組的代號）。

上面寫著：

一、據反映：（一）貴屬福利站經理擅自核發免費理髮、沐浴、洗衣票予非軍人身份之藝工隊員，顯然與規定不合。

（二）國防部免稅福利品供應對象為現役軍人，而本部藝工隊員則可逕行購買，是否有外流之情事。

二、敬請卓參。

我猛而地摔了筆，好人做不得，坐在我前面的康樂官回過頭來。

「幹嘛火氣那麼大？」

我走近他桌旁，把箇便行文表遞給他，氣憤地說：

「好人做不得也，長官。照顧你的部下卻惹來麻煩。」

「小子，八成是衝著你那位漂亮的女朋友來的！」他也站起，笑著說：「當初，我就警告你：美女交不得，你偏不信！尤其你瘦子要配胖子才有福氣；好意替你介紹那位耍特技的胖妞，你偏不要，她的大腿就有你兩根粗，冬天抱大腿睡覺，被子都可以不蓋。」

辦公室所有的人都笑了。平時大家像兄弟般地相互照顧和支援，時而開玩笑，彼此消遣。今天的正經事，他卻開起了玩笑，你能生氣嗎？能翻臉嗎？

「我敢肯定，你休假回來，一定沒洗手！代理你的業務、照顧你的部下，從沒順利過，全是自找麻煩，惹禍上身。」我也笑著頂了他幾句，似乎氣也消了不少。

「沒有康樂業務，就沒有康樂部門的員工；真不知道顏琪是從那裡來的？還好意思七怪八怪的。」他仍然不甘示弱地，「還不快謝謝我。」

「感謝長官你賜我吃、賜我穿，阿門。」我雙手合十笑著。

「還賜你美女和大腿。」他自己也笑得前仰後翻地，「老弟，我看你是暗爽啦！」

組長突然地從他的辦公室走出來，我們也收起了笑容，恢復了寧靜。坦白說，安全單位的反映資料，有時卻也過於小題大作，各單位的業務都有它的法源依據和不同的考量。然而，當我們看到自己承辦的業務，遭受安全單位的反映時，心理總是會不舒服的。

於是，我取出小簽呈，在上面寫著：

擬：一、依據本部四大免費服務規則第二條第三款（詳如附件一），其服務對象為本部各幕僚單位官兵及聘雇員工。藝工隊雖為臨時編組單位，所屬隊員均為本部合法之聘員，依規定享受免費服務，並無不合法之處。

二、國軍免稅福利品點券之核發，係依據現役官兵之驗放人數。然，免稅福利之供應對象，除現役官兵外，尚包括眷屬及聘員，憑眷補證及職員證補足點券之差額，並依規定限量價配，造冊列管（詳如附件二），並無外流之情事發生。

三、擬函知一〇四單位、副知一〇三單位。

我寫好簽呈，夾在卷宗裡，逕行來到政三組緒良兄的辦公室裡。先把案由以及法源向他說明，免得他們接到一〇四副本，又要來調查一番，造成不必要的困擾。

緒良兄的詩，曾經上過很少刊登新詩的「中副」。我們如兄如弟的情感在這個營區沒有人不清楚的。當然，我們也公私分明。他經管的是監察與軍紀，我辦的則是較複雜的福利。然而，經我審核過的帳目案件，他很少再提出意見，如有疑問，我們也會在電話中溝通。

他為我沖了一杯咖啡，我們由紀弦談到彭邦禎；由洛夫談到余光中，這或許是我們的最愛。

「前天在青年戰士報的新文藝副刊，看到你評論喻人德的〈罪人、愚言〉，下筆尖銳，讓人沒有退路的餘地。」

「他的整篇作品，只不過短短的一千五百字左右，自己提出來的觀點不足五百字，全是由叔本華《讀書論》裡東抄西湊而硬拼出來的。」我有些激動地。

他飲了一口咖啡，我們也停止討論〈評罪人、愚言〉這篇作品。他的個性較溫和，處處關懷著朋友，事事為別人著想。

「顏琪呢？」他突然轉換了話題，「進展得怎麼樣？」

「原地踏步，不進也不退。」我笑著說：「上月底的慶生會，專程去聽她唱歌，她把徐志摩的「偶然」詮釋得很完美。」

「我也去聽了，的確與你同感。」他轉頭看看我，「這個女孩懂事又乖巧，藝工隊環境較複雜，如想在一起，就必須趁早把她帶開。」

我無語地點點頭，怎麼老是沒想到這個問題，他的一席話，卻讓我不停地深思著。然而，我要如何地把她帶離這個環境呢？我們的感情是否已進入了長相廝守的境界？她能放棄那如日中天的演藝工作而歸於平淡？不錯，愛的最高昇華是走向結婚途徑；走向一個幸福的世界裡。不管路途多麼遙遠、多麼坎坷，只要她願意與我同行，我將攙扶著她，越過風霜和雨雪，航向幸福美滿的港灣。

午餐的鈴聲已在屋外響起，我們同步走出來，春天總讓人有一種懶洋洋的感覺。在武揚塘旁碰到政三組何組長，他挺拔的身軀、嘹喨的喉聲，經管的又是監察和軍紀，戰士們見了他總要先懼怕三分，也同時得了一個莊嚴神聖綽號——「雷公」。當然，它也是一種美譽。因緒良兄的關係，他對我的關懷和照顧，我心知肚明。

緒良接過我手中的卷宗，簡單地向他報告了一下。

「那些人就是這樣，大事辦不了，小事一簍筐，別理他們。」他看了一下，把卷宗遞還給我。

藝工隊也列隊來進餐，我並沒有刻意地在隊伍中尋找顏琪的身影。

何組長走在前頭，我與緒良各退一步，這是基本的禮貌。

「藝工隊的顏琪小姐，妳過來！」何組長突然手指著隊伍，大聲地說。

整個隊伍都停下腳步，轉過頭來看她。隊長面色凝重地跑步過來，何組長卻揮起手說：

「沒你的事。」

顏琪滿臉疑惑地走過來，我與緒良也滿頭霧水地停下腳步。或許她已被「雷公」的聲音嚇著了，呆呆地站在他的面前。尚未進入餐廳的官兵和隊員也停下腳步，好奇地看著我們。

「認識他嗎？」何組長拍拍我的肩，問她說。

她神色淒迷地點點頭，唇角浮起一絲苦笑。

「我組長今天替你們做媒啦！」

一陣笑聲和掌聲在餐廳外響起，這突如其來的妙言，讓我們不知所措，只有無言地相對。然而，他逕行地走了，留下一個尷尬的場面，緒良也無奈地把手一攤。

「何大爺是好人一個，就是喜歡耍寶。」緒良笑著說。

她看看我，我的視線正好投射在她的眼簾，我們情不自禁相視而笑。

是的，喜悅在我們內心衍生著，春陽在我們的上空綻放著。喜悅與悲傷，絕對是個人隨著環境的變化而形成的。飯總是要吃，路也必須走。這世界沒有僥倖，我們必須面對一切挑戰，把眼光放遠，追尋我們心中永恆的幸福，開創我們金色燦爛的人生！

第八章

不知是第幾次了，顏琪要我陪她到我鄉下的老家，拜見我的父母親。可是我一直沒有實現對她的承諾。一則公務實在繁忙——星期日雖然不辦公，但免稅品供應部、免費理髮部的公休日卻是星期一，如此的陰錯陽差，竟連自己的假日也必須犧牲掉；再則我們是農家，父母每天總有忙不完的農事與家事，有客來訪，總不能讓客人坐冷板凳，一切作息也將隨著客人的來訪而改變。尤其鄉下的人情味較濃，雖然沒有美酒佳餚，但一顆熱誠的心是從未缺少的。為了不願增加父母的困擾，我並沒有預先向他們稟告要帶顏琪回家。

在餐廳進過早餐後，我們直接從武揚操場旁的小路，經過古樸幽雅的山外村，搭乘八點四十分由山外站開往沙美的公車。然而，我們必須在陽宅招呼站下車，再走一段路才能到達。當然，乘坐計程車又不一樣了，我曾徵詢她的意見。

「我是那兒來的大小姐呀！陳大哥，你能走，我不能嗎？」她說。

臨出發的前一天，我也坦誠地告訴她說：

「老家是一個純樸的小農村，崎嶇的山路不能穿高跟鞋，衣著要簡單樸素，不能濃妝、不能牽手走路，不能太親密，會讓人誤認是三八查某。」

「什麼是三八查某？」她迷惑不解地問。

「不正經的女人。」我笑著說。

從她今天的妝扮，一套休閒服、平底鞋，淡淡的梳妝，我的建議她不但能理解，同時也是完全地接受了，這正是現時代女性所不易辦到的。

她為父親帶了兩瓶雙鹿五加皮酒、一條長壽煙；為母親買了盒裝的保力達B，這些細微的禮節，都是她自己決定的，我事先完全不知情。這似乎也是出自她對長輩的一種尊敬和心意，我沒有拒絕與否定的理由。

在陽宅站下車，我們從金東戲院右側的斜坡直走。雖然是假日，陽宅這個新興的小市區，是不能與金城和山外相媲美的；沿途人車稀疏，鄉間的寧靜祥和很快就可以感受到的。我也深深地發覺：她還是無法勝任這條滿是泥沙的道路。我的一句「不能太親密」，讓她連挽著我的手臂都不敢；我也不輕易地去攙她、去扶她，讓這條蜿蜒的沙石山路來考驗她的毅力和恆心吧！路，那有那麼好走的，尤其是佈滿荊棘的人生道路。

「靶場的右邊是安瀾國校。顏琪，我們已逐漸地要進入村莊了。」我指著面前隱約可見的古屋說。

「陳大哥，醜媳婦總是要見公婆的嘛！能來到這個純樸的村落，也是我夢寐以求的。」她悠然地說。

「這又何必呢！誰不知道婧噹噹，偏說是醜媳婦。」我消遣她說。

「什麼是婧噹噹呀？」她不解地問。

「漂亮得很！」我解釋著說。

她在我肩上輕搥了一下，仍然掩飾不了內心的喜悅。當然，我說的也是實話，她的善良和美貌，同時獲得大家的肯定和讚賞。

我們從安瀾國校後面的小路，穿過一片露竹仔，跨過一條小小的溝渠，不遠處傳來幾聲清晰的犬吠聲，是歡迎老鄉親的歸來？還是迎接貴客的來訪？

走過昔日睿友學校改成的村公所，一群在門口嬉玩的孩童們，頑皮地高喊著：

「婧査某，嫁后浦；婧査某，嫁后浦！」

她滿頭霧水地轉頭看我，湖南老鄉終究是搞不清金門方言的。她的不解，正是我最瞭解，也不得不為她詳加解釋。

「婧査某就是漂亮的女人，后浦就是金城的舊地名；漂亮的小姐當然要嫁到有錢又熱鬧的城市，那能嫁到鄉下。」

「那有這種道理？」

「其實我是不該向妳解說的，萬一妳婧査某改變心意，要嫁后浦，我不就完啦！」我開玩笑地說。

「我可沒說過我婧，都是你自己說的。」她竟然把「婧」字也說上口了，雖然不大標準，但總是可愛的，我們又何必去認真！

回到家裡，大門竟深鎖著，或許，父母親都上山種田了。鄰居的嬸婆說，我爸媽到「刺仔腳」去「撤蕃薯」。當然，顏琪是第一次來，難免要引起許多好奇的眼光。我也逐一地向鄰居長輩們簡單地介紹，她也很得體地向長輩們請安問好。

「婧查某囡仔，啥物所在來的？」嬸婆問。

她看看我，傻住了眼，自小在眷村長大，以為一口標準的國語就可通行無阻。

「嬸婆說，漂亮的女孩，什麼地方來的？」同樣的，嬸婆也聽不懂她的國語，我又必須為他們做一次傳譯。

我在屋後草房裡，取下懸在樑柱的竹籃。家中大門的鑰匙，就放在籃子的最下層，這也是我們家的一道小秘密。為了方便各自的作息，如果母親把鑰匙帶到小溪畔洗衣去，而父親休耕回家就無門可入，這也是較實際的變通辦法。

啟開大門，我把顏琪帶來的禮物放在大廳的八仙桌上，取下兩頂掛在牆上的箬笠，遞給她一頂，並沒有經過她的同意。

「走，我們上山去。」我說。

她甜甜的微笑依然在臉上綻放著，並沒有因家裡唱空城計，沒有人接待她而有所不悅。似乎每件事，她都能處之泰然；這與嚴格的家教、本身的修養、社會的歷練，有很大的關係。

我們從昭靈宮旁的沙路走著，經過右邊的古厝，走過用石塊堆疊的護牆，伸舌搖尾的家犬或許已認出我這個家鄉人，並沒有發出不友善的聲音。狗是通人性的，能辨善惡；人，卻有是非不分的時刻！

我們穿過一片茂盛的相思林與苦楝樹。相思樹開花的時節已過；苦楝白色的花蕊正綻放。初夏的炎熱，已被濃密的樹葉所化解。樹蔭下的清涼、苦楝花的清香，讓人有多駐足片刻的欲望。可是，一想起在烈日下辛勤工作的父母親，不知覺地趕緊腳步，想快點兒過去幫點忙，讓老邁的雙親暫時休息一下也好。

我拉起她的手，她卻很快地甩開。

「喂、喂！這裡是鄉下耶，不能牽著手走路！」她理直氣壯地，「你不是說會讓人家說是三八查某嗎？」

「好了、好了。」我笑著輕拍她的肩，「妳不是三八查某，是婧查某。」她似乎已聽懂了一些，高興地雀躍著。我繼續地說：「妳也別高興，妳婧查某也不要嫁后浦，就嫁給我做某。」我一半國語，一半方言地消遣她。

「做某？什麼是『做某』？」

「做某，就是做我的老婆呀！」

我以為這樣的解釋，她又會重重地搥我一下。然而，沒有，她突然地收起笑容，正經地說：

「陳大哥，不瞞你說，我已將我們來往的事，點點滴滴寫信告訴我爸媽。坦白說，我從小到大都沒有讓她們操心和煩惱過，因此他們都一直相信我。我爸十年前曾在金門服役，對金門的純樸、金門人的敦厚，金門青年的刻苦耐勞，都留下深刻的印象，他們不會反對女兒嫁做金門媳婦的。」

「顏琪，我沒有掩飾、也沒有誇張，當妳見到我的父母親時，相信妳的感覺會像這純樸的農村一樣踏實。妳的父母贊成我們的來往，我的父母也會認同我們的情感。」我坦誠地，「現在我可以牽著妳的手嗎？」

「只要你敢，只要你有勇氣，我情願你永遠永遠地牽著。」她說。

「在妳的面前，在妳的身旁，只要妳願意，我沒有什麼不敢的！」我說著，緊緊地牽著她的手。

她笑了，沒有虛情假意，而是內心真摯的微笑。

走過戰壕溝，遠遠已望見戴箬笠的父親正在「撖蕃薯」。走在前端的老牛拖著犁，一步步、緩緩地來回耕耘著。戴著箬笠圍著方巾的母親，正耙著父親撖過的蕃薯股。

「阿爸、阿母，我的朋友顏琪來看你們了。」我牽著她的手，飛奔地來到田埂。母親放下耙子走過來，父親也停立在田裡。

顏琪含笑地向他們揮揮手，高聲而悅耳地喊著：

「阿伯，阿姆。」

她何時竟學會了這兩句，為什麼不叫阿爸和阿母呢？或許，是要歷經無情歲月的考驗吧？

從民國三十八年國軍退守金門，家中的大廳和尾間，由國軍借駐了整整二十年。父母與駐軍平日的接觸，也練了一口不太標準的金門國語，今天如與顏琪交談，相信應該是沒有什麼問題的！

我捲起了褲管，脫掉鞋襪，走到父親身旁。

「阿爸，您到田埂上休息一下，喝杯茶，我來犁。」

父親放心地把牛和犁交給我。小時課餘、寒暑假，隨著父母上山下海，也練就了許多農耕的本事。撖蕃薯股雖然較難，但相信我能勝任的。

「撖蕃薯」也就是在蕃薯苗長到某一種程度時，把原來的「股」，犁下約四分之一的田土，叫著「獻股」；然後，在犁下的股溝施以肥料；復又犁上田土，把肥料蓋住，這就叫著「撖蕃薯」。再用耙子把田土往藤頭耙，一面可護住藤頭，同時也耙鬆泥土；而後，還必須把長出來的蕃薯藤轉移到另一個方向，拔除藤頭附近的雜草，叫做「拾藤」；過些日子，再犁下另一邊，重複相同的過程，撖股、施肥，拾藤。

吃蕃薯、吃芋仔，看似簡單，但它那成長的過程，老農要付出多少心血和勞力！這是未曾從事過農耕工作的人，難以了解「粒粒皆辛苦」的個中滋味的。

「太陽這麼大，怎麼把人家小姐帶上山？」父親尚未走遠，燃起一根煙，「帶朋友回家，也不先打聲招呼，好準備一點菜，免得讓朋友笑話。」

「不會啦！阿爸，她很隨和，您去喝茶吧！」我提起了犁，輕輕地搖動拴在「牛槓」上的繩子；老牛回轉著身子，讓我順利地來回地犁著。

田埂上，父母親與顏琪似乎談得很開心。湖南國語碰上金門國語，雖然各有各的表達方式、各有各的腔調，但我相信沒有不能溝通的理由，因為人性總是相通的。聽到顏琪時而傳來笑聲，給這寂靜的田野，增添了不少悅耳的音韻。

父親喝了茶，略微地休息一會兒，又來接過我手中的犁，他輕聲地問了一些有關顏琪的事，我都一一地坦誠稟告。

「那麼秀氣的『北仔查某囡仔』會喜歡我們農家？」他疑惑地問。

「當然會喜歡。」我肯定地答。

父親含笑地點點頭，一聲「嗨！」老牛加快了腳步，又來回地犁著。

我走到田埂上，顏琪為我倒了一杯茶。母親站起身，拿起耙子，又急著走下田，我連忙接過耙子說：

「阿母，讓我來，您先回家煮飯。阿爸撖、我來耙，顏琪幫忙拔草，中午就在田埂的樹下吃飯，今天一定要把這坵五千栽的蕃薯股撖好。」

「妳跟我回家休息吧？太陽那麼大，讓妳在這兒受罪。」母親不再堅持什麼，轉過頭，以愛憐似的口吻對顏琪說。

「阿姆，我留著幫忙拔草。太陽雖大，有箬笠，而且田地空曠，山風海風相繼地吹來，一點也不覺得熱。」她摸摸戴著頭上的箬笠，向母親解釋著說。

母親含笑地點點頭、看看她。慈愛的眼神，閃爍著多少深情和關懷。或許，她和父親有相同的看法：這麼秀氣的女孩，能適應我們農家嗎？雖然不一定要高頭大馬，但總要有提得動一桶水的力氣吧？洗衣、煮飯、下田、餵養豬牛和雞鴨，能嗎？雖然她沒有表明，但我能理解到，一位老年人的想法。尤其是一生從未出過遠門，默默地守著這個家、守著這片田園養育子女，她的思想或許會保守點，與目前的大環境有所差距，但並不會影響她對子女的關懷和愛護。

「顏琪，把鞋襪脫下放在田埂上，捲起褲管，我們下田吧！」我笑著招呼她。

「今天才讓我真正地體會到田園的樂趣。」她邊說邊把鞋襪脫下。

「樂趣？」我重複著，「累死了，就不樂也沒趣了。」我笑著，拿起耙子，她也跟著我下田。

「我先用耙子把撖過的蕃薯股耙鬆，妳輕輕地把另一邊的蕃薯藤轉移到我耙好的這一邊。藤頭附近如果有雜草要順手拔除，但千萬不要連蕃薯藤一起拔掉。」我笑著說。

「我有那麼笨嗎？」她不甘示弱地笑著。

「總有笨的時候，這是我的經驗，不信妳試試看！」

小時候，就經常犯了這些不小心的過錯：拔花生草，連花生苗也一起拔下；拾蕃薯藤，卻把藤頭給扭斷了。

好久好久沒有下田了，剛拿起耙子，似乎感覺不出它的笨重，然而過不了多久，卻氣喘如牛，不得不停下來休息休息。倒是她蹲下身子，一板一眼地工作著，看她得心應手的樣子，父親或許已經看在眼裡：這個外表看來秀氣的北仔查某囝仔就是不一樣。

「顏琪，休息一下！蹲久了，待會兒腳會麻，站不起來的。」我關心地說。

父親也脫去了牛軛車，拍拍老牛的背，把牠牽到田埂上吃草，讓牛兒也休休息、喘喘氣。

顏琪走近我身邊，接過我手中的耙子，試了幾下，喘著氣，很快地就停了下來。

「田園不樂趣了吧！」我消遣她說。「而且經過太陽一曬，黑了小臉，看你怎麼上臺？」

「我又不是曹操，要白臉才能上臺。」她皺皺鼻子。

「爬過這個小山坡，那邊就是后扁了。妳記得我們小據點巡迴服務的第一站嗎？」我指著後面的小山崗說。

「那麼近呀？」她訝異地，「為什麼沒告訴我這裡有你家的田地？」

「那來的機會啊！戲劇官把妳盯得死死的。」

「小人被調走了。」她突然說。

「真的？」我驚訝地，「調到什麼地方？怎麼沒聽康樂官說過？」

「你還關心他呀？向一〇一反映的就是他，隊長說他是個敗類。」

遠遠望見，母親肩擔著小竹籃已來到田埂。顏琪快速地走近，幫母親把竹籃輕輕地放下。母親煮來的是一鍋芋頭稀飯；蔥油香和芋香，已讓餓了的肚子提出更嚴重的抗議。父親也拴好牛走了過來，我們坐在一棵苦楝樹下的草地上午餐——這是農忙時，經常有的情景。微風由四面八方吹來，清新的空氣，愉悅的心情。芋頭稀飯裡還有油炸過的小豆干、小蝦米，翠綠的蔥花灑在上面，與浮起的蔥頭油交織成溫馨香醇的畫面。母親特地煎了幾個蛋，放在便當盒裡；當然，那是為遠來的客人特地準備的。雖然只是很平常的煎蛋，但在節儉成習的農家，並不是天天有蛋可煎、可吃。

顏琪或許從未吃過如此富有農村味的午餐，她適時的讚賞，母親佈滿皺紋的臉龐，綻放著一絲滿足的笑靨。她歉聲連連地，深恐湖南小姐吃不慣如此的午餐。為了肯定母親這鍋芋頭稀飯的可口，我已連吃了四碗加一個蛋，而且還不覺得飽；顏琪也吃了兩碗加一個蛋。母親把剩餘的一個蛋夾給她，她卻轉而夾給了父親，並提出了條件：她還要吃半碗芋頭稀飯，蛋必須由父親吃，母親也就不再堅持。

午餐後，我向父母親打了招呼，陪著顏琪在這片寬廣的田野裡隨便走走。

太陽雖然高掛在天空，但並不覺得它的悶熱。我們步上一個小山崗。后扁放哨的戰士，遠處沙白水清的許白灣，田浦、大地的古厝，像一幅風景畫展現在我們的眼前。

「陳大哥，突然間我想到：這世界好像什麼都不是真實的，只有這片空曠的田野，自然的微風，才是我們所要追求的。臺上的歌聲、臺下的掌聲，美麗的容顏和燦爛的青春，像極了雲煙，來得快、去得也快；只有這裡怡人的景緻，才是恆久不變的。」

「顏琪，一鍋母親煮的芋頭稀飯，妳仍然吃得津津有味；妳也能脫掉鞋襪、捲起褲管，跟著我下田，我深知妳追求的不是虛榮，而是平淡的生活。」

「陳大哥，你放心，和你在一起，沒有自我，只有我們。我會因『我們』而來適應這個環境的，絕不會要求環境來遷就我們。我爸領的是終身俸，住的是眷村；弟弟已入了軍校，妹妹也長大能獨立生活，家中已不必我操心和掛慮，只要你需要，我時時刻刻都會在你身邊。」

「謝謝你，顏琪。妳的心意我能理解，我也不會讓你失望。人生在這個現實的社會，總是要以真愛來相互扶持和鼓勵。我們有幸生長在一個單純的家庭裡，有我們敬愛的父母和家人，從認識迄今，我們追求的是永恆的相愛，不是短暫的戲耍。因而，我們愛的根基會比任何人還紮實、還禁得起考驗。」

「伯父母會喜歡我嗎？」

「雖然是第一次見面、短暫的相處，難道妳沒發現到，老人家慈祥的臉龐已綻放出滿足的微笑；我瞭解我的父母親，他們不但喜歡妳，也會以待我之心來待妳。」

她含笑地點點頭，我們默默地走著。在這晴朗的山頭，依稀可見對岸的漁舟帆影在移動。

「而且我想過，一旦我們結了婚，絕不留戀目前的工作，一起辭職回到這個純樸的農村。從田野、從鄉間、從海灘，尋找我們的樂趣；以我們的雙手和勞力，養育子女，過著與世無爭的日子。」

「怎麼我心裡所想的，你卻替我說了出來！好像我們的腦細胞，已衍生在一起了。我還要用這幾年來的儲蓄，除了為子女存下一筆教育費外，希望能在這片空曠的田野裡，蓋一棟愛的小屋。你不是喜歡聽我唱歌嗎？陳大哥，我將在小屋裡唱歌給你聽，永遠永遠地唱給你聽！」

「這不是夢，也不是幻想，我們隨時隨地都可達到目的、完成理想。妳與隊上的合約還有多久？」

「兩年又一個月。」

「七百多個日子，很快就會過去的。顏琪，我們期待這一天的來臨。妳無怨、我無悔；共同攜手、同甘共苦，迎接光輝燦爛的未來。」

「不管社會如何地現實、環境如何地惡劣、命運如何地坎坷，陳大哥，不要忘了，我永遠是你的牽手，你是我的依靠。」

「是的，顏琪，妳永遠是我的好牽手。這人世間還有誰的手，能讓我心甘情願地牽著。我們的心中只有愛、沒有恨；只有包容、沒有猜忌。太多的承諾，反而是世俗。」

我們重新走回田裡，父親已掛起了牛軛車，我接過母親手中的耙子。她與顏琪合成一組，相互地交叉拔草和拾藤，也順機聊了起來，看她們有說有笑，將來婆媳間的相處，必能更和諧。

與顏琪相識相處，已是一段很長的時間。我也深覺得她的理念頗能與時代相吻合。不管做什麼，就像什麼，都能成為一個好榜樣。我並非因男女私情，過度的誇耀，這是我真實的感受。依目前我們的感情基礎，誰也不須討好誰，有的是坦誠的面對，以及隨著歲月的腳步，與日俱增的情感。

父親以他數十年的農耕經驗，很快地撖完這坵五千栽的蕃薯股。太陽雖然已偏西，但在這晝長夜短的初夏，陽光走得較為緩慢，依然高高地掛在蔚藍的天空，照耀著大地上的一景一物、一草一木。

母親挑著午餐的空鍋和碗筷先行回家準備晚餐。父親把鋤頭留給我，要我把田頭、田尾沒犁到的地方挖鬆整好，也好讓牛多吃一會兒草。他荷著犁也先回家。他是否要為我們製造單獨在一起的機會？抑或是他也曾年輕過，知道青年人的心理，好讓我們有一個自主的空間？我解開牛繩的中結，讓顏琪牽著牠，在青草較茂密的田埂上吃草。

「小心，別讓牛吃了田裡的蕃薯藤。」我警告她。

「牛繩在我手裡，你操那門子的心。」她笑著說。

「喂，牧童不都是騎在牛背上嗎？妳要不要試試看。」

「要死啦，我還八歲呀！」

「我死了沒關係，看妳守寡要守到幾時？」我笑著說。

「你幹嘛啦！」她跺了一下腳。

我無意也無心地開玩笑，我何曾想過要死，我何曾能讓她守寡；我們的生命正像火般地熾熱。我們要妥善運用父母賜予我們的智慧，把渺小的生命發揚光大，幸福的果實就待我們來擷取。

「陳大哥，陳大哥！糟了，糟了！」她一連串地驚叫著，的確讓我嚇了一跳。原來牛已走下田，一株蕃薯苗連藤帶根已含在牛的嘴裡，她死命地拉著牛繩，然而她能拉得動牠嗎？可愛的小女孩，或許今天是妳平生第一次牧牛，也是第一次下田，我並不是想虐待妳，只是想讓妳更深一層地體驗農家生活，好讓妳有一番心理上的準備。

「你還站在那兒發呆？快過來幫忙呀！待會兒又要吃第二棵了。」她緊張地、死命地雙手拉緊著牛繩。然而，牛能用拉的嗎？能聽她指揮嗎？牛最脆弱的地方就是鼻子，聰明的人們發明了穿過牠鼻孔的「牛槓」；只要站在牛後，揮動一下拴在牛槓上的繩子，牛槓磨擦著牠的鼻子，向左向右全聽你的指揮。

我走過去，接過她手中的牛繩，站在牛後，輕輕地揮動牛繩，一聲「嗨」，把牛趕上了田埂。

她站在一旁目瞪口呆地看著我。

「傻眼了吧，小姐！」

「我倒要研究一下，馴服牠的理由。」她聚精會神地打量著牛繩和牛槓。

「讓牠吃飽，什麼理由都得推翻。因為牠是牛。」

「你是牛哥啊，懂得牠的牛性。」

「如果我是牛哥，妳便是牛嫂，正好一對，誰也沒佔到便宜。」

「前面有個小池塘，把牠牽去喝水。」我指著前方的深凹處，「記住，讓牛走前頭，妳走牛後。」

「為什麼？」她瞪大眼睛看我。

「如果妳走前面，牠就不走了。」

「又是為什麼？」

「因為妳漂亮，老牛也不想走，要多看妳幾眼。」

「你累不累呀！」她又瞪了我一眼，興奮地、輕輕地揮動牛繩，讓熟悉環境的牛兒來帶路。

很快地，我也把田頭、田尾沒犁到的地方都翻鬆整好了。我荷著鋤頭，順便提起我們放在田埂上的鞋襪來到水塘旁。牛已喝夠了水，正啃食著塘邊青翠的野草。

「怎麼能讓你幫我提鞋？」她放開牛繩趕緊地接過去，一臉訝異地。

「什麼時代了，還頑固不化呀！說不定將來老了，還得幫妳洗腳呢！」我不在乎地說。

她面無表情地凝視著我，無語地沉思著，眼裡閃爍著一絲淚光。我急忙地走近她，想伸手拭去她的淚痕，卻發現滿是污泥的手尚未洗淨，又縮了回來。

「怎麼了？我說錯啦？」我不解地問。

「不，陳大哥。你沒說錯，我實在太感動了。」她用衣袖拭去淚痕，隨即浮現一絲笑容。

「拜託，小姐，別把我搞得滿頭霧水。」我笑著打趣她，「快洗洗手，把腳也洗淨，好穿鞋子，我們得回家了。」

夕陽已逐漸地染紅了天邊，我們相繼地取下箬笠，遠方吹來一陣陣清涼意。曬了一天的太陽，她的雙頰有些微紅。她牽著牛，不須經過指點，老牛已熟悉這條回家的蜿蜒小路。擦肩而過的村中男女，都相互地打招呼，也同時多看了她兩眼。我很高興帶回來的是一位漂亮秀氣又會牽牛的現時代女性，而不是眼睛長在頭頂上的大小姐，相信父母親沒有不喜歡她的理由。我內心充滿著希望和自信。

我們沒有從祖厝口經過，改走番仔樓這條大馬路。番仔樓的屋主僑居南洋，整棟洋樓由駐軍的幹訓班借用。我們尚未走到番仔樓，在周圍打掃環境的戰士，卻驚叫了起來。

「藝工隊的顏琪，大家快來看。」

低頭掃地的戰士們都把頭抬起看著她。顏琪也禮貌地向他們揮揮手，笑一笑。

「顏小姐，妳就住在這個村莊啊？」一位戰士問。

她沒有正面答覆，只是含笑地點點頭。

「我幫妳牽牛。」又有一位戰士跑過來。

「謝謝你，我們到家了。」我趕緊替她解了圍。

她回頭看看我，我快速地上前把鋤頭交給她，接過她手中的牛繩。

「妳先回家，從邊門進去就可以，我拴好牛就來。」

母親適時地由屋裡走出來，看到了顏琪，高興地接過她手中的鋤頭。

「辛苦了，顏小姐。」

「不，阿姆，叫我顏琪。我爸媽也是這樣叫我的。」

母親更加地興奮，慈祥的臉龐綻放了無數的笑靨。

我拴好了牛走進家門，母親已炒了好幾道菜擺在桌上。父親還在廚房裡幫母親燒柴煮湯；父親提早回家，或許也是為了幫母親準備晚餐吧！

我為顏琪準備了拖鞋，帶了毛巾、香皂和臉盆，在門口外的水井旁，打水洗臉。鄉下因受種種限制，還沒裝自來水；然而，井水的清澈、冰涼，又沒有漂白的化學藥劑，是自來水所不能相提並論的。

「顏琪，妳坐在那顆石珠上，我幫妳打水。」

「不，陳大哥。你坐，讓我來試試，看看能不能打起一桶水。」

我把綁了繩子的水桶遞給她，我也深信她能輕而易舉地打起一桶水來。只是，不能讓同在井旁的村婦，誤認她是一個擺架子的大小姐，還要男人替她打水洗臉，這也是她心思細膩的地方。

清涼的井水，讓我們神智更清醒，把毛巾冷敷在臉上，白天被太陽曬過而熱烘烘的臉龐，此刻則舒暢無比。井邊圍了好多人，老的、少的；她們不是來看我洗臉，而是來看打水的顏琪。她們品頭論足，這在農村是很正常的現象。她依舊笑容滿臉，是否她已看多了掌聲和噓聲，這個小小的場面是嚇不倒她的。品論也很快有了結論：是媠查某一個。那麼媠的查某，那麼地「幼秀」，竟也能下田工作，也能牽牛，真教她們難以相信！

洗好後，顏琪拿著臉盆跟她們說再見，卻沒有得到任何的回應，大家只是以微笑來代替一切；這也是農村的特色——樸實得可愛，敦厚得令人難以忘懷。

回到家裡，母親連碗筷也準備好了，父親一見我們進來，也從椅子站起：

「快來吃飯，還得趕尾班車呢！」

「謝謝阿伯，您先請坐。」她走過去，為父親移正椅子，又為母親拉出椅子：

「阿姆，您也請坐。」

「阿爸，阿母。」我指著八仙桌上放的東西，「這些是顏琪帶來的，酒和煙送給阿爸，保力達B送給阿母。」

父母親幾乎異口同聲地說些感謝的話，她也回稟說：「只是一點兒心意。」

母親為我們準備了豐富的晚餐，與中午的芋頭稀飯恰恰相反。年節才能宰殺的土雞，此刻則白斬清燉都有；也讓我感到驚訝，母親竟能不必上市場，而烹飪出這幾道佳餚。

顏琪為我們盛了飯，父親自行倒了一杯高粱酒，而門口卻響起了吉普車的喇叭聲，我趕忙走出去一看，竟是緒良兄。

「快請，快請！」我握住他的手，同步進入大門。父母親與顏琪也站起來相迎。

「伯父、伯母，來向您們辭行。」緒良興奮地說，「顏琪，妳也在這裡。」

「先請坐，邊吃邊聊。」父親指著椅子說。

母親趕緊拿來了一組碗筷。

顏琪也禮貌地向他問好。

「辭什麼行呀？」我迷惑地問。

「剛接到人令，烈嶼守備區政三科長。」

「原來高升了，恭喜你！」我說。

一片恭喜聲後，父親又取出了兩只小酒杯，為緒良和我各倒了一杯高粱酒。

依他的學經歷，早就該外放當科長了。然而，「雷公」卻不願放人，他認為：幕僚科長不能算經歷，當不當無所謂，將來有機會照樣可以調升旅處長。

顏琪首先端起茶，敬了父母親，又轉向緒良兄：

「監察官，謝謝你這些日子對我們的關懷和照顧。」

「謝謝妳，顏小姐。」他輕嚐了一小口，沒有放下酒杯，轉而對著父母親說：「我也坦誠地向您二老稟告：顏小姐是一位知書達禮、秀外慧中的乖巧女孩，將來也一定是好媳婦。」

父母親的喜悅溢於言表。

「顏琪，我們也喝一口。」父親高興地舉起杯。

「謝謝阿伯。」顏琪也把茶杯舉起，轉而向母親說：「阿姆，您也一起來！其實監察官過獎了，我只是一位平凡的榮民子女。」

「顏小姐，我看也該改口了。」緒良兄笑著，「該叫爸、媽了。」

「總會有那麼一天吧。」她羞澀地笑著。

彼此的喜悅，除了綻放在臉龐外，我的內心更浮現出一個即將來臨的幸福世界。儘管兄弟姊妹各奔前程，遠在隔海就業與求學，我將無怨無悔地隨時聽從父母的使喚，肩負著為人子女的職責，相信顏琪也會與我同甘共苦，發揚傳統的美德——孝順公婆，教養子女的。

緒良兄的到來，也讓我們不必急著趕搭末班車。待會兒可搭乘他的便車，也讓我們沒有時間上的壓力，盡興地聊著。顏琪陪在一旁，偶而也適時地表達她的意見和看法。倒是時有鄰人和孩童來串門子，她也能主動地和她們打招呼，無形中也縮短了彼此間的距離。看在父母親的眼裡，老人家更是眉開眼笑。她所流露的更是自然的親和力，不是虛偽的應付、偽裝的表情，讓人留下深刻的印象。

晚餐後，顏琪主動地收拾碗筷，母親卻不好意思讓第一次遠來的客人動手。

「阿姆，您是怕我洗不乾淨嗎？」她笑著說，母親也不再堅持。我始終沒有表達意見，相信她能把這樁小小的家事，料理得讓父母完全滿意的。也同時讓父母親能認同這位北仔查某囡仔與一般金門的女孩沒有兩樣，更能適應我們的農家生活。尤其是微妙的男女感情，絕對和地域是無關的。如果說有，也只是個人認知上的差異。有人追求一生的榮華富貴，有人追求官位和名利；亦有人是看破紅塵，甘心淡泊地過一生。我們是屬於那一類的呢？顏琪清楚，我也明白。只是我們都把它放在心裡，不是掛在嘴上的。讓歲月來作證、讓時間來考驗，真正的心有靈犀一點通。

坐上回程的吉普車，這個寂靜的農村上空，已是滿天繁星。躲在雲層裡的月兒，時隱時現；車輛的遠燈，照著兩旁高大的木麻黃，我們像走在時光的隧道裡。疾駛的車輪，像無情的光陰，一方面讓我們無憂無慮地成長，同時，也讓我們一步一步地走向蒼老、歸向塵土。但不必懼怕，這是人世間正常的時序運轉，只要把握住存在的時時刻刻、分分秒秒，不要讓青春留白、不要虛度燦爛的人生歲月，活著的目的似乎也就達成了。

她把手輕放在我的膝上，指頭像打拍子的節奏，輕輕地彈著，顯示出她此刻輕鬆的心情。在田裡的一整天、在家中的短暫時刻，她流露出的不是平日現實環境中的角色，而是一位平平凡凡的鄉村婦女、一位孝順公婆的好媳婦，一位能敦親睦鄰、相夫教子的好牽手。在這個社會，真正能體認自己角色的女性已不多見了。吵鬧無常、挑撥離間，好吃懶做、浮華不實的現代人，處處可見。這雖然是工業社會所衍生出來的問題，但我們不得不憂心、不煩惱。如以佛家的因果論來說，能與顏琪在一起，不知是我前世修來的福份，還是老祖宗的庇蔭？

吉普車很快地進入太武山谷，兩旁高聳的巨巖、重疊的山巒，遮住了大半的天空；然而燦爛的星空、皎潔的明月，像極了我們此刻的心情，懷抱著美好希望。今天雖然已經過去了，但過去並非是失去，我們的內心不僅滿載著幸福，似乎也看見了未來的希望，正像那穿過烏雲、洩落在大地的月光，展現出無比的光明！

第九章

參加國軍年度藝工團隊競賽與全省巡迴演出回來後，顏琪的聲帶卻受到很大的傷害；聲音變得沙啞、低沉。不能主持節目，也不能歌唱。因而造成她意志上的消沉與情緒的低落。一位藝人，靠的是她先天優美的歌喉，倘若唱不出往日柔美的音韻，對她的打擊猶如失去了青春年華，讓她感到悲傷、感到對人生的乏味。這也是我來到人間廿餘載所碰到最為棘手的問題；比起繁瑣的業務，更讓我感到不知所措。尤其是，我們已進展到如同一體的親密，看著她的痛苦，我感同身受；看著她日漸消瘦的身影，寧願代替她承受一切、寧願此刻受苦難的是我自己，而不是心愛的她。

吃了醫務所無數的消炎藥品，依然無法恢復她的音色。我向組長報告，也與康樂官、隊長打過招呼。金勤連的調度士，馬士官長，以私人情誼支援我一部四分之一吉普車，懷著忐忑不安的心情，帶她來到尚義醫院門診部做徹底的檢查。

沿途上，我們已沒有雅興欣賞這楓紅菊黃的秋之景緻。白茫茫的蘆葦花正盛開著，在那一片由淺綠轉為焦黃、形將枯萎的蕃薯藤畔，秋收後的高粱穗也身首離異地平躺在水泥路中；車輪輾過處，迸出一粒一粒的果實，雜碎塵土隨地飄揚起，又安分地落下，再回歸到地上，就彷彿我們此刻高低起落的心情，期盼著好運能及時降臨。

車輛從成功往尚義的險坡滑下，左邊的海濱正是漲潮時分，海水已淹過沙灘上的鐵絲網。一波未平又一波，白色的浪花濺得好高好高，把遠方的漁舟帆影，阻擋在我們的視線外。

她默默無語地坐在我身旁，我何曾有心欣賞車外的自然美景。我取出擎天職員證，配掛在左邊上衣口袋的鈕釦上，移動了身軀，改坐在指揮座上。右轉就是尚義醫院了，我必須讓衛兵知道，我這藍色的擎天職員證可通行最高的指揮所——擎天峰，別把我當成一般民眾看待，攔車盤查。這畢竟是一個現實的社會，軍中何嘗不是如此。

扶著她下車，安全士官向我敬了禮，並非我自抬身價，畢竟我是防區直屬福利單位主管，又兼辦防區福利業務。我的下屬單位人員，何止是一個連的兵力。

「找政戰處曹處長。」我向安全士官說。

出來相迎的政戰官張上尉，他說處長正在開會，已替顏琪辦好掛號手續。這是我事先與他聯繫的結果。

我們在政戰處等候，政戰官親自到門診部協調有關事宜，而萬萬想不到，為顏琪診斷的醫師是寫詩的曾文海。他是臺大醫學院畢業，專攻耳鼻喉科，正在服預官役。我的〈慈湖行〉在《葡萄園詩刊》發表時，他的〈秋之組曲〉也在同頁出現。透過時任考指部上尉行政官的詩人，文曉村先生的介紹，彼此之間建立了深厚的友誼，只是我的身體一向粗安，尚未找過曾大夫。剛一見面，先把我拉到一邊，拍拍我的肩膀說：

「老哥，別以為我想看歌星、明星的演出才找你要入場券；也別以為我專幫護士小姐買衛生棉。今天你可不是找我談文論詩的，對不對？大家有得瞧！」

他並沒有體會出我此刻的心情，是怪我無事不登三寶殿？還是先來點輕鬆的，緩和我內心的憂慮？

我禮貌地向他們相互介紹，而詩人總是較浪漫、較可愛，明明是一句話，有時倒像是在寫詩。或許，他已看出我們此刻煩躁的心緒。以他專業的知識和素養，仔細地詢問她的病況；細心地做多項的檢查，綜合檢查的結果，在X光透視片上，證實她的聲帶長了一個小小的繭而壓迫到神經，必須動手術切除。雖然不是高難度，但萬一手術失敗，將永遠失聲與沙啞。聽到如此的分析，顏琪的臉色泛白，我也聽得毛骨悚然。心想：一位在異鄉異地就業的女孩，身邊已少了父母的呵護和關照，只憑藉著對演藝工作的愛好和熱衷，自行投身在這個複雜的環境裡。如果再缺少友情的關懷、愛情的滋潤，她此刻所面對的、內心所衍生的，將是一種無形的恐懼和憂慮。

我們坐在門診部白色的木椅上，來來往往的病患，白色制服的醫師和護士。我緊握住她的手，不是親密，也非調情，只想在她情緒陷入低潮的時刻，給予她一份力量，讓愛的熱和力，化解她內心的恐懼。她除了微微地點頭、含笑外，相信也能看出我的心情與她一樣地沉重。我除了輕聲地作一些解釋說明，和一點安慰的話外，她默默地，我也是；她無言無語，我何嘗不是也如此。

文海看完病患，我們一起來到政戰處。曹處長已開完會，傳令為我們泡來香片茶。在未調任處長前，他是政一的參謀官，彼此同在一個營區服務，一份同事情誼依然存在我們彼此的心頭。雖然調任處長，但與政五的業務更是密切。坦白說，他找我，要我幫忙、要我替他們服務的機會更多。

「顏小姐，妳要把心情放輕鬆，曾大夫除了是醫生世家外，專攻的又是耳鼻喉科，這點小毛病，對他來說不是問題。」處長開導她說。

她含笑地點點頭。

「文海，既然必須動手術，在時間上希望能快一點，也可減少她的痛苦。」我以央求的口吻說：「你就多費神吧！」

「好。」他站起身，「我找主任去，你們先坐坐。」

文海走後，處長也熱心地與各有關的科室通過電話，務請幫忙與關照。然而，她卻不斷地移動坐的姿勢，是否心裡感到苦悶和煩燥？精神感到不安？雖然我不是心理醫生，但這卻是一般病患的自然反應。

我向處長打過招呼，帶她到室外走走，透透氣。連淡妝都沒上的她，更凸顯出臉色的蒼白和憔悴，我已顧不了許多有色的眼光，緊緊地牽著她那冷冷的小手。我們緩緩地走過白色的長廊，撲鼻的藥水味讓人噁心。白色的牆卻分隔著兩道窄門，門裡有生、也有死；有死，也有生。這就叫人生吧！

我們站在醫院大門口的扶桑花旁，翠綠的葉子已有些微黃，不知何時綻放著幾朵淡紅色的小花。它的花瓣已破損，是蟲兒的啃食，還是季節的摧殘？

「陳大哥，」她沙啞地、輕聲地說，「我有點兒怕，我怕開刀。」

「顏琪，別怕。妳的快樂，讓我分享過；妳的痛苦，我也能理解。放心吧，在短暫的人生旅程裡，我不會讓妳孤單。」

「只怕我會拖累你。」她仰起頭看了我一眼。

「現在不是我們談論這些的時候，我們要相信醫生、相信文海，以他的專業、他的醫術，會讓妳很快就復元的。」我握緊了她的手，「我們的相識，不是一天兩天；我們的相知，也非一年兩年。顏琪，在我人生的小舟上，我必須再重複地說一次，妳是我最甜蜜的負荷！」

我鬆開緊握她的手，她卻又緊緊地握著不放。她又一次地仰起頭來，眼裡閃爍的，已不是淚光，而是一顆顆斷了線的珍珠。

「堅強點，不許流淚。」我以強硬的語調說。

「陳大哥，我不流淚，我不流淚！」她鬆開我的手，取出小手絹輕輕地拭去淚痕，而那沙啞吃力的說話聲讓我不忍心；不忍心和她多說話。

我們重新轉回白色的長廊，文海與處長也緩步地走來。

「沒問題了。」文海高興地說，「內外科主任都看過了病歷，明天上午辦住院手續，下午手術。」

「把身分證、職員證交給我，住院手續由政戰官負責幫她辦理。」處長說。

「謝謝兩位老兄弟的幫忙和協助。」我由衷地感激著。

顏琪也向他們點點頭，緊繃的臉孔已全無笑意。彼此道了一聲：珍重！這裡焉能說再見。

駕駛仍然在停車場等候。我緊緊地握著她那冷冷的小手。為何冬天未到手已涼？秋陽從木麻黃的空隙處射下一絲光芒。吉普車剛左轉，卻聽到她深深地嘆了一口氣。我由指揮座移到後座，她挪出一個較寬的位置給我。轉頭凝視，只見她那張冷冷的面孔，目不轉睛地注視著前方的擋風玻璃。她難過，我何曾快樂；她悲傷，我何曾喜悅。小小的病痛，總要坦然面對，感嘆又有何用？難道是禁不起風吹雨打的溫室玫瑰？

車到尚義醫院前的交叉路口，我請駕駛開往金城，她沒問我原因，或許還深記著：「陳大哥，你要我走東，我那敢往西。」這句話吧！還有幾百天，她與隊上的合約將滿，我會實踐諾言：帶她回鄉下，過著與世無爭的日子。

她的手輕放在我的膝蓋上，我的手心重疊在她的手背上，我們不必眉目傳情，也毋須說那些肉麻的悄悄話。此刻，她心似我心，我心似她心，還有誰比我們更幸福？她只因聲帶的不適而不言，我何曾能獨語。

轉入中央公路，在瓊林圓環旁，武裝憲兵攔下了車，我坐回指揮座，讓他們知道我們都是擎天的職員，不是一般的百姓和小姐；而且駕駛有執照、車上有派車單、一一〇表，你們奈何不了我。只是我此刻的心情欠佳，臉色難看而已。

「經理好，顏小姐好。」

一個標準的舉手禮，讓我看清白盔底下雄壯威武的憲兵同志，帶班的是憲一連的行政士。小子，總算你沒看錯，要不，以後別想找我要晚會票、理髮票。

一陣哨聲、一個手勢，車子繼續疾駛在中央公路上，兩旁的景緻依然，唯一差別的就是季節的變換；沒有永恆的春天，何來秋之永恆？幾隻野雁，飛過木麻黃的頂端，是一字排開？抑或是人形的分列？在這湛藍的天空自由自在地展翅飛翔。

在軍人服務站門口停車，給了駕駛誤餐費。我牽著她的手，經過土地公廟，讓她重嚐蚵仔麵線的風味。可是，她已沒有第一次來時的愉悅，竟連一碗蚵仔麵線也沒吃完；我夾給她一塊蚵仔煎，她又放回盤裡；我夾了一條魚，她又放回碟子上；她吃不下，我怎能吞進肚裡？

牽起她的手，像心肝寶貝似地牽著。現在是午時，也是今天的一半，在我們有限的生命裡，它是一個什麼樣的時刻？是善、是惡；是美、是醜？我們不知該做何選擇？也不知如何來記載？只祈求這段苦難，早日化解、早日度過。

走出小吃店，想不想再去泡壺老人茶？想不想再聽一曲虹彩妹妹？還是到靈濟古寺拈一炷清香？搖頭。苦笑。均是我心中永恆的痛。我們都一樣，不善於用言語來表達，而內心淌下的苦水，該洩向何處？是妳心，是我心，還是滴不進我們的心連心。

回到武揚，太陽已由中間偏西了一點，這是午休時刻，不能吵醒任何人，悄悄地陪她走到掛著男賓止步的寢室外。

「準備一些簡單的盥洗用具，其他的不必煩惱；待上班時，我會向組長報告，也會替妳向隊長請假。」我輕拍了她一下肩膀，低下頭，深情地說了一句，「聽話！」

「嗯。」她細細柔柔地回應我。

在文康中心的尤加利樹下，我坐在那張水泥漿砌成的椅子上，秋陽停留在前方不遠的山頭，不歪不斜地映照著我。熾熱讓我煩躁，額頭冒出的不知是熱汗，還是冷泉？明兒將送她進入手術房；雖然是一次小手術，但如失敗將成為「無聲人」，影響不能說不大。我憂心的不是聽不到她柔美的歌聲，而是她將承受不了如此重大的打擊。一位深受觀眾喜愛的演藝人員，柔美的聲韻是她在舞臺上的最大本錢，如果手術順利，聲帶也將失去原有的音色；當然，如調養得好則不受影響，這是文海悄悄地告訴我的。它隱藏在我內心裡已有數小時，這種凶吉難料的煎熬，也同時在我心靈上衍生出一絲不祥的預兆。

我抬頭仰望巨巖重疊的太武山頭。巖旁的野生樹木翠綠依然，秋風並沒能摧殘它原有的青翠，滿山景緻依舊迷人；頂端白色球狀的龐然大物，在秋陽的映照下，反射出一道刺眼的光芒。這道白色的巨光，可是我們永恆的希望？還是要在深秋的暮色中消失？

回到辦公室，同事們尚在午休，我把上午外出而未辦的公文盡速地處理：該「簽」、該「會」、該「呈閱」、該「呈判」的都難不到我。只是我的心像深邃的坑道那麼地沈寂。腦裡想的，從眼前掠過的，是顏琪那冷冷的面孔、不佳的心情，沙啞低沉的聲音。

同事們關懷地詢問，讓我感到溫馨；我同時向組長報告了一切。長官的慈心愛意，讓我銘記心頭。誠然，我們的情感尚停留在朋友的階段，可是武揚營區裡，從長官、同事、文書，傳令和駕駛，有誰不知我們深厚的情感？有誰不曉我們將成連理枝？

組長、隊長和我，親自護送她到醫院，政戰官把身分證、職員證遞還給我，一切住院手續已辦好，文海也過來打招呼。下午的手術由他操刀，以他醫生世家的背景，以及學有專精，我們是該放心的。可是她卻愁眉苦臉，悶悶不樂，這是否是一般病人自然的徵象？組長、隊長用盡了各種安慰與開導的方式，她的臉緊繃依舊，只是輕輕的、微微地點點頭或搖搖頭。

護士小姐帶她到有四張病床的房間裡。裡面已有二位女性病患住進，組長要我留下照顧，我當然是義不容辭；這也是我想做的一件事，長官瞭解我的心意，我也不能放下她不管。雖然有醫生和護士，但我深信她更需要我，更需要我陪伴在她身邊。

中午她已開始禁食。處長請我在就近的小吃店午餐，還有文海。我仍舊牽著她的手，帶她同往，讓她緊隨在我身邊。文海也趁機向她詳加說明，再三地保證，她只是聚精會神地聆聽，一絲絲、一點點的笑意也浮現不出來。餐後，我陪她在籃球場邊，一棵巨大榕樹下的鐵椅坐下，我把她的手夾在我的雙掌之間，右手輕拍她的手背。她突然地轉頭看我，眼珠未曾轉動、死命地看著我，凝視著我。一股想擁抱她的衝動，在我內心滋長著，只是此時此刻已不能讓我有更多的幻想，適時展露的理智，讓我們壓制住心中的浮動。

「進去休息吧。」我仍舊輕拍著她的手。

她搖搖頭，雙眼轉而凝視前方。

前面是一道牆，漆上了迷彩橄欖綠。牆下一株尚未長成的楓樹，左邊那棵黃色的菊花遮住了綠色的菊葉，是自然的季節讓它展露醉人的容顏和丰采，抑或是人工刻意地施肥和澆水，讓它快速地成長和綻放？

「已是深秋，妳與隊上的合約剩下不到兩年了，我會實踐對妳許下的諾言，帶妳回鄉下。」我試著轉換另一種話題。

她猛力地點點頭，含淚地微笑著。

果真，她已看透了繁華，認清了這個世界。她企求的是一個溫暖的家，不是掌聲。長官的安慰、醫師的開導，仍然激不起她一絲的笑意，我已深知她的想法，只是不善以言語來表達、以聲音來傾訴。

白色的單扇門緊緊地關著。藍底白字的「手術室」釘在門框上，門外依舊是白色的長廊。白色的木椅靠在同色的牆上，我能坐下嗎？我有坐下的心情和勇氣嗎？站著、凝望、守候，來回躑躅、手抱胸前，手往背後圈、拳頭擊掌，一遍遍，來來回回地，期望那扇門的「司必鎖」被扭轉、門被開啟，期望文海脫下手套、取下口罩向我報佳音。坐下又站起，門絲毫沒有開啟的徵象，只聞到一股濃濃的異味，不是她的髮香或體香，而是讓人作嘔的藥水味。處長關心地走近我。

「放鬆心情，沒事的。」他拍拍我的肩。

我苦笑地點點頭。點頭並不能讓我的心湖平靜。但願沒事，就當什麼也沒發生，能嗎？我能這樣想嗎？

「謝謝你的關心，你忙吧。」我禮貌地說。

「有事隨時找我。」

我點點頭。

重新凝望著那扇白色的門，白色讓我恐懼，不是純潔的象徵。來回穿梭的護士，白色制服讓我看不出有一絲兒美感，那還有什麼清麗可言；比起我所心儀的顏琪，還有一段長長的距離和深深的溝渠。

白門終於開啟了！文海的口罩已取下，我快速地衝過去，搖動他的肩膀，卻不知該說什麼。

「完了。」他輕拍了我一下肩。

「什麼？」我驚叫著。

他沒理會我，逕自往前走，我緊張地跟隨他。

「我是說手術完了。」他停下腳步，「看你窮緊張模樣。」

「小子！」一絲微笑掠過我的唇角，「沒問題吧？」

「當然。」他得意地、肯定地，「小心照顧，不要受到感染，後遺症我已提過，手術後的調養更重要，或許不會像我說的那麼嚴重。」

「感謝你，曾大醫師。」我笑著向他深深地一鞠躬。

門又被推開了，護士小姐推著輪椅，一瓶點滴高懸在旁邊。我牽起她放在扶手上的右手，低著頭，看她那纏繞著白色紗布的蒼白小臉，一步步地跟著輪椅前進、走向病房。扶起她，掛好倒懸的點滴瓶，讓她躺在床上、讓她安靜祥和地躺下休息。我輕輕地為她蓋上毛毯，她已疲倦地閉上雙眼。走出病房，來到政戰處打電話向組長報告一切，也向隊長說明現在的狀況。有我在，請他放心；當然，他們一定放心的！

我坐在床邊的矮凳上，也禮貌地向另兩床的病患問了好，彼此都是初識，也沒有什麼可談的。文海說點滴裡會有病人所需要的營養素和消炎藥物，目前是不能進食的；點滴快完時，要通知護士更換，要我安心坐下當「大爺」。他好心地為我帶來一本剛出爐的《創世紀詩刊》，此刻，我那有心情看詩品詩，只期待她早日康復。

秋陽已滑落在窗外的古榕旁，射進一道金色的光芒，我起身拉了窗簾。組長、隊長還有隊上的兩位女隊員，提了奶粉、水果進來，她依然睡著。他們相繼地走近床沿看看，我低聲而簡單地向他們敘述了一下狀況。

「主任馬上到。」組長輕聲地說。

院長、各科主任、處長、文海都相繼地進來。或許已接獲主任辦公室的通知。

寬厚的雙肩，神采奕奕地，鼻樑緊扣著深度的眼鏡，慈祥的長官跨進病房的第一句話：

「顏琪呢？」他托了一下眼鏡，急促地走到她的病床前，「不要緊吧？」

院長上前一步，向他做了詳細的報告，文海也補充了說明。

主任目視了四週。

「讓她住這裡？」他面對著院長，有點兒不悅地，「特別病房都住滿了？」

「報告主任，沒有。」院長趕緊說。

「她不一樣嘛！這次藝工團隊競賽，沒有她，我們那來的乙組第二名！又是全省巡迴演出，把她累成這樣，功勞苦勞都有她，換個安靜的房間，讓她好好地休息。」

院長連聲說了好幾個「是」字。

「你負責照顧她。」主任看著我又轉向組長吩咐著，緊急公文就送到醫院來讓他辦。

「是，主任。」組長畢恭畢敬地說。

我無語地站在一旁，雙眼凝視主任慈祥的臉龐。侍從官把兩大盒白蘭氏雞精放在櫃子上，主任已踏出房門，所有人員也隨後恭送。侍從官拉了我一下衣袖，低聲地笑著說：

「老闆有交代，沒照顧好，」他停了一下，摸摸配在腰際的手槍，「小心！」

我撞了他一下，輕聲地說：

「別神氣，副隊長到福利站買衛生棉，我已交代過，不賣！」女青年工作隊副隊長，是他的同學、也是女朋友，我故意消遣他。

「你敢！」他咬著牙，笑著。

「試試看！」

彼此開開玩笑，無形中心情也開朗了許多。

主任走後，院長已交代所屬，讓顏琪住進「特二」病房。這是專為高級長官而設的，裡面有電視、沙發椅、衛浴設備，環境幽雅清靜，能住進這裡，除了長官的厚愛外，也證明她的工作表現深獲長官的肯定和讚賞。

經過一下午的沉睡，她的精神已好多了。我調整了床頭的高度，把枕頭放在她的背後，讓她舒適地斜靠著。

「文海說過，手術相當成功，要妳安心靜養。」我站在床頭，輕理著她的長髮，同時也告訴她：主任、組長、隊長還有兩女隊員都來探望她，能住這裡，也是主任特別交代的。

她微微地點點頭。

護士小姐每隔一段時間，都自動地來量體溫、記錄病況。特別病房的病患，相對地也獲得她們更多的禮遇；這是現實社會正常的發展現象，長官的一句話，遠勝叩十個響頭，任誰也不敢否認。

整個院區，燈光已亮。雖然每盞燈都圍上了裡紅外黑的燈罩，但並不能完全阻擋外洩的燈光。我扭開了電視，調低聲音，而後俯在她耳旁輕聲地說：

「我坐處長的車回組裡看一下，很快就回來。」

她深情地凝視著我，而後微微地點點頭。

雖然長官能理解我此刻所面臨的境遇，但這畢竟是私事。組裡、站裡待我處理的公務，每天都有不同的狀況，我不能完全放下不管；全身投入辦好業務，是我一直奉守的。當然，人非聖賢，焉能無過；小狀況出過，大問題卻從未發生，這也是我一直感到無愧於長官的一件事。

車停在門口，圍籬下的六級臺階，我三步便跨了上去。匆匆找來管理員、會計和領班，問清楚了站裡的情形；並吩咐他們，如有急事，打電話「五常」轉政戰處，請處長找政戰官轉達。他們也能理解我的心情。

我又匆匆地來到組裡，是下班時間，值日的是康樂官。

「怎麼樣了？」他一見我進來，急切地站起來，關心地問。

「報告長官，」我走近他桌旁，含笑地指著他說：「你的前途鐵定是無亮了，中校到底，想翻身也難。」我試圖跟他開開玩笑來化解我業務上的緊張，緩和我內心的壓力。

「開玩笑，」他做了一個開抽屜的手勢，「命令在裡面，馬上當處長啦！」

「老闆交代政一組又收回了。」我依然笑著，「你康樂部門的隊員手術住院，竟要我福利部門來照顧。」

「有種你留下來值日，我去照顧。」他笑著從椅子旁走出來，「我看你不心酸酸才怪！」

我的心思完全讓他不折不扣地摸得一清二楚，沒有人能取代我與顏琪相互之間所處的位置，這不是一天兩天孕育而成的；必須讓時間的真光照耀，通過嚴酷的考驗，過不了這些關卡，它所滋生的感情是不真實的，是不能恆久的。

文書抱來一堆公文讓我簽收，不管是速件、最速件、普通件，我全把它放進提包裡帶走；今日不辦完，明日將更多。

車駛離太武山谷，秋夜的星空總是較祥和，繁星在天邊閃爍，卻照不亮木麻黃樹下的漆黑和陰沉。引擎的聲響讓我聽不見秋蟲的吱喳；心靈卻感應著它的存在，像顏琪柔美悅耳的歌聲那麼美妙！

回到特二病房，那位漂亮秀氣的護士小姐正踏出病房的門檻。還來不及向她道謝，卻聽到：

「陳先生。」

我停下腳步，驚異地，這裡除了顏琪外，並沒有其他人，她叫的當然是我。

「妳好！」我趕緊回應了一聲。

「在《自由青年》讀過你的〈烽煙下的杜鵑〉。」甜甜的笑臉、清晰的口齒，此時散發的已不是嗆鼻的藥水味，而是一股迷人的青春氣息。我突然想起，她或許就是文海常提起那位寫散文的護士小姐──黃華娟。

「黃華娟？」我脫口而出。

她含笑地點點頭。

「妳的散文柔美優雅、感情豐富，曾大夫曾經多次提起。〈烽煙下的杜鵑〉已收在我的文集《寄給異鄉的女孩》裡，改天送妳一本。」

「謝謝你，陳先生。」她重新踏步，緩緩地走著，「再見！」

「再見。」我也向她揮揮手。

進了門，顏琪依然看著電視，我把公事包放在茶几上，走到她身旁，輕撫著她的肩膀，深情地說：

「休息一會兒吧，別看太久了。」

她點點頭，晶瑩的眼眸，閃爍著一絲淡淡的輕愁。

我扶著她躺下，搖低撐高的床頭；為她蓋好毛毯，捻熄床頭燈，俯下身，在她佈滿藥水味的額頭輕輕地一吻。

我捻亮了茶几上的檯燈，把燈罩旋轉至讓她看不到刺眼的燈光。取出所有待簽待辦的公文，雖然都是一般的例行文件，卻有一部分牽涉到福利盈餘的運用，以及原始憑證的核銷，不能不慎重，也不能有所疏失。一旦讓監察與主計提出不同的審核意見，承辦人也會感到臉上無光。自從緒良調任科長後，他的職務由苗中校接替，彼此都有替長官負責的共識。雖然在不同的崗位上，業務上的溝通，是幕僚人員所不可缺少的。

因而，我們合作得相當愉快。

十點正，黃華娟除了為她量體溫外，又為她換了一瓶點滴，也同時關心地問：

「你晚上就坐在這裡？」

「公文一大堆。」我指著茶几上那疊待辦的卷宗，「妳，小夜班？」

她點點頭，而後悠悠地說：

「顏小姐體溫各方面都很正常，你可以放心。」

我再三地向她道謝，也禮貌地送她出房門。人，是感情的動物，見面三分熟是自然的悸動。多少人批評護士有晚娘的面孔，實際上，我們該體諒她們繁瑣的工作；大夫的使喚、病患的差遣、大夜班、小夜班的輪值，她們所承受的，非局外人所能理解。

走到床前，她睜著雙眼，目視著天花板。是黃華娟量體溫而驚醒了她？我輕撫她的臉頰，把散在額上的髮絲理好。坐在床沿，輕輕地拉起她的手，輕拍著她的手背一遍遍、一遍遍、一遍遍、一遍遍……。突然，她捏緊了我的手，把視線由天花板移轉向我，鬆開手後，她比畫了要寫字的手勢。

「妳想寫字？」我訝異地問。

她點點頭。我扶起她，斜靠在床頭。走到茶几旁，撕了一張空白的簽呈紙，取了筆，拿了卷宗墊著。她在紙上寫著：陳大哥，我愛你，我不能沒有你。

「妳怎麼還說這些孩子話呢！我們的心早已融合在一起了。」我目視著她，柔情地說，「是不是我做錯了什麼事，讓妳不高興、不放心？」

她搖搖頭，淚水滴落在紅色的卷宗上，染色的卷宗隨即擴散成兩道淚痕。

我輕輕地把她插著針頭而微彎的左手放平，再輕拭她臉頰上的淚珠。平時再苦、再難的工作，也從未見她埋怨和流淚。怎麼地，這些天溢出的淚水，不知凡幾；是病痛的折磨？情緒的不穩？還是另有他故？環繞在我腦裡的問號，教我無從理起，讓我心頭鬱悶。

睡了幾個小時，手術時的麻醉藥也退了，是否傷口的疼痛讓她難以忍受？還是突然想到親人不在身旁，病在異鄉的失落感？我實在找不出妥當的言語來安慰她、來安撫她此刻不穩定的情緒。

我無語地默坐在床沿，依然輕拍著她的手背。時而望望茶几上那疊待辦的公文，我並不能逕自走回撰寫或簽擬。時間一分一秒無情地溜走，今天尚未過完，我也不能期盼明天能帶給我什麼新希望；後天離我們更是遙遠，美好時光的到來，總是較緩慢，我們能祈求什麼？盼望什麼？

重新讓她躺下，小夜班的黃華娟已把病歷交給大夜班的護士。夜的寂靜，秋月的皎潔，窗外有繁星閃爍，但並不能激起我心中任何的聯想；我的思維滿是簽呈上的「主旨」、「說明」和「擬辦」，較簡單的是「呈閱後存查」，較繁瑣的是甲案、乙案、丙案，恭請長官卓裁。

日子很快就會過去，她與隊上的合約期滿後，我們都不再留戀此時的工作。回到鄉下，歸於平淡，是我們一直期盼的。雖然不能讓現時代人類所接受，我們勢必會克服一切；再大的困難，也改變不了我們的決心。

擬完最後一份簽呈，所有業務上的壓力頓時消失，我並沒有因私忘公。而此時疲倦與睡意相隨而來，我雙手交叉放在腹部，仰靠在沙發上，我的意識也消逝在這朦朧的黑夜裡。我是在照顧病患？還是陪她一起見周公？

大夜班的護士小姐又一次地進來，我揉揉眼。

「小心，著涼。」她關心地說。彼此不熟，她也沒有黃華娟的親和力。

「謝謝。」我站了起來，看她為她量體溫。

「正常。」她甩了甩體溫計，逕自走出房門。

文海也說過：手術後的病人，除了怕外來的感染外，體溫的急速上升、高燒而不退，都是危險的訊號；如果一切正常，會加快傷口的癒合，快速地復元。

我推開門，站在騎樓下。不遠處就是太平間。它閃爍著暗淡的燈光，真的能太平嗎？當然，裡面沒有人會爭吵，沒有人會打架；在這深夜裡，讓人感到有一絲兒恐怖。

對面路邊的木麻黃，沙沙的響聲，在這秋之深夜裡，我們聆聽不出它優美的旋律，只感到它的恐懼和淒涼。

回到房裡，看她熟睡時的姿態，依然很柔、很美。白色紗布散發的藥水味已取代她的幽香。我久久地凝視著這位陪我走向青春歲月的女子，我想俯下身，親吻著她的臉頰和雙唇；我想緊緊地，把她摟進我青春激盪的懷抱裡；我此刻想的是這夜的寧靜和安祥，更想聆聽她優雅柔美的歌聲。然而，現在能嗎？或許該期待的是在未來的時光裡。

坐在沙發上，我把辦妥的公文、職章，放回公事包裡。遠處雞聲已鳴，黑夜將盡、黎明已在不遠處；大地翻起了魚肚般的銀白，又將是嶄新一天的開始。

我伺候她簡單地梳洗，隊上的男女隊員分批來探望，大家庭般的溫暖，兄弟姊妹般的感情，洋溢在特二病房裡。

隨著一波波探望的人潮，她笑了；手術前與手術後的愁眉苦臉從她的笑靨中消失，她的精神已顯得格外充沛。當然，能笑不能說，也是一種苦惱，這是她不得不忍受的痛苦煎熬。我們深深地期待著，期待朝陽為我們帶來燦爛耀眼的今天。

康樂官、參謀官也相繼地來了。見到平日相處在一起的老兄老弟，我也覺得精神一振，喜悅的形色自然地流露著。

「老弟，昨晚辛苦啦？」康樂官含著一絲兒嘲笑。

「報告長官，為你的部下而辛苦，也是應該的。」我笑著回頂他一句。

坐在沙發上的參謀官也笑出聲來，斜靠在床頭的顏琪則是一臉茫然，睜大眼睛看著我們。

「我的部下是你的誰呀？」他又來上了一句。

我頓時被頂得無言以對，她是我的誰？

參謀官卻發現了她寫的那幾個字。

「哎唷，還來這一套呀！」他站了起來，很感性地唸著：「陳大哥，我愛你，我不能沒有你。幸好我跟康樂官都曾經年輕過，要不然，不羨慕死才怪！」

她的臉已微紅，儘管不會被這幾句話激怒，卻讓她感到羞澀。當然，內心隱藏的，是外人無法探尋的愉悅。

我把簽擬好的公文請康樂官一併帶回，該呈核、該會稿，則請文書幫我分送。

「顏琪，妳好好休息，我們先走啦。」康樂官說著，走了兩步又轉回頭，「其實，有妳陳大哥照顧，我們都很放心，但他實在是辛苦了。」

他看了我一眼，我用手肘輕碰了他一下，阻止他再說下去。

她點點頭，默默地笑著。

推門送走了他們，卻迎來一地陽光。院長、科主任、處長都來轉了一下。畢竟特二病房的病患是主任特別關照的，他們不能不聞不問。文海也進來，對手術後的癒合和進展，感到相當的滿意和興奮，尤其是朋友的朋友，更要特別的用心。最危險的感染期已過去了，也可先行進食一些流質的食物。我把昨晚碰到寫散文的黃華娟向他提了一下。

「寫得很勤，還上過『中副』。」他說。

「我答應送她一本書，不要忘了提醒我。」

「送她書？」他疑惑地，「你送過我沒有？」

「那些鬼東西，你大詩人還想看？」

「不要看人大小眼，」他笑著，而後微瞄了顏琪，低聲地說，「小心告狀！」

「你以為我是你詩中的〈白馬王子〉？」

他寫的一〇二行情詩〈白馬王子〉曾經在「新文藝副刊」的詩隊伍發表，除了得到青年朋友的熱烈迴響外，也獲得畢業臺大外文系的女詩人趙瑛的青睞。役畢後，將一起出國進修，許多相識的文友們，都非常羨慕這對詩壇上的金童玉女。

我們的對話，不管是玩笑、正經，她都聚精會神地聆聽著，只是此刻，沒有讓她發言、表達意見的機會。

推門進來的是黃華娟。文海說過，特等病房的護理人員都是特選的。當然，除了熱誠的心、服務的態度、美麗的容顏，相信都是考量的主因。

她問候了文海，也同時問候我。

「白班？」文海問。

她含笑地點點頭。

我也禮貌地站起，對著她笑笑。

她逕自走到床前，為她做例行的護理工作，也重新換了一瓶點滴。

「打完這一瓶，可以休息了，讓她吃點流質的食物。」文海從口袋裡取出筆和處方箋，用英文開了處方，「順便交給藥房。」

他把處方箋遞給她，而後笑著說：

「在〈窄門〉那篇小說裡，判了醫生無期徒刑、判了護士十年又兩個月徒刑的就是他。」文海指著我，又轉向她，「看來我們都得特別小心了！」

「你有沒有搞錯，文海，那費醫生可是個密醫呀！」我辯解著，卻惹起了他們的笑聲。我看了顏琪一眼，她也正盯著我，唇角那絲微笑，是滿足我的作品受到肯定？還是我緊張的辯解，讓她感到莞爾。

送文海走出病房，他突然小聲地說：

「少看黃華娟一眼，你沒發現，顏小姐不高興了。」

「笑話，她風度很好。」

「不信，等著瞧！我瞭解病人的心理。」

不管他說的是玩笑話、還是正經話，都讓我百思莫解。彼此只是簡單地交談，何來多看她一眼；我倒要看看，他是否真的那麼懂得病人的心理？

主任和組長又一次來探望她，對特二病房的環境深表滿意；對我能公私兼顧也勉勵有加。院長向他報告復元的進展，他喜悅的臉龐流露出慈愛的光輝，尤其聽到下午即可進食流質食物，更是高興。

我把茶几上，組長帶來的公文，重新調整一下。紅色卷宗的速件和最速件，把它擺在最上面，普通件則放在下面。取出職章和筆後，把頭仰靠在沙發椅後的頂端，閉起眼，不知怎麼地，浮現在腦海裡的，竟是穿白色制服的黃華娟。我猛而地睜開眼，這簡直是不可思議！我站起身，窗外的陽光亮麗依然，她正安祥地午睡著，我輕輕地把她露在外面的右手移到毛毯裡。秋天的涼意，已在這個小島上擴散著，稍有不慎，著涼了，將是雪上加霜。過些時候，當護士為她拔除深插在血管裡的針頭，或許，她將能輕鬆地活動筋骨，也可下床走動，只是還聽不到她悅耳的聲音。

她微動一下身子，睜開了眼，伸出手讓我握住；而後又閉上了眼，我並沒有移動投射在她臉龐上的視線。沒有上妝的她，更有一份自然柔和的美；頰上一顆沙似的小黑點，更凸顯出她白皙而清麗的臉龐。香唇的色澤是清淡的杜鵑花，而不是嬌豔的紅玫瑰；黝黑的眉毛，並沒有刻意地修剪和剃刮，自然地與晶瑩的眼眸相得益彰。這是自然的、真實的，更是美的容顏。就像少女純潔的心靈一樣，讓我感應到真實與柔美。

轉頭看看茶几上那疊卷宗，讓我有些心煩。如果不帶來處理，組裡辦公桌上不知是「文」滿、還是「稿」患？當顏琪合約期滿，我是否真能下定決心，離開這個孕育我成長的環境？長官會輕易地讓我離職嗎？日子總是捉摸不定的，有起風、有下雨的時刻；有熾熱、有寒冷的時候。那來天天天藍、晴空萬里？更沒有永恆的春天。

處理完紅色卷宗的速件，推門進來的是一張陌生的面孔，白色的制服外加了件深藍的外套，好像要滑下去的白帽上，別了一枚黑色的髮夾。她以職業上的專業，熟練地撕開纏在針頭與針筒上的藥用膠帶，快速地拔除插在血管的針頭，用潔白的棉花輕輕按摩皮膚下的針孔處，讓她解除肢體上的束縛，且也讓我聽到一聲低而清晰的：謝謝。一陣莫名的喜悅掠過腦際，她果真是沒問題了！不久，我又可以聽到她甜美的歌聲，還有那一聲聲教我終生難忘的「陳大哥」。

她已毋須躺在床上了，自行地梳洗一番，又展現出原有的清麗和美貌。未手術前的愁眉苦臉，也隨著針頭的拔除，而飛向九霄雲外！看見再度綻放出來的迷人笑靨，我實在找不出任何恰當的辭彙，來讚美她，只感到內心充滿著無比的歡欣和幸福。

我在矮櫃取出主任送的白蘭氏雞精，為她開啟瓶蓋。

「主任送的，喝了它吧！」我隨手遞給她，「營養成份高，易消化、吸收。」

她興奮地接過去，但只輕嚐了一口，又放在茶几上，皺了一下鼻子，輕拍了我一下肩膀，彷彿是口味不對的樣子。

「慢慢喝，」我重新拿起，又一次地遞給她，「好些天沒有吃東西，這是病後常有的厭食狀態。」

她坐在我身旁，看我撰寫簽呈和擬稿。這些都是例行公文，並非機密文件，我並沒有阻止她。從眼角的餘光看去，我發覺她已移轉了視線，看的不是公文，而是深情地凝視著我。

「陳大哥。」又是一句清晰而柔美的聲音。

「顏琪，」我猛然地握住她的雙手，興奮而激動地說，「太久沒有聽到妳的聲音，太久、太久了。」

她微微地笑著，沒有勉強、更沒有偽裝。她掙開我緊握的手，在空白的簽呈紙上寫著：辛苦你了。

「這是我心甘情願的，沒人強迫我。甚至長官同事都認定：這是我該做的。他們認同的不是一般世俗的形式，而是我們兩顆契合著的心。」我仍然激動地，「孤男寡女在一起，或許是世俗的禁忌；然而，我們的品德和操守，長官和同事們都沒有懷疑，只有肯定、沒有流言，只有關懷。」

她點點頭，含淚地笑笑。

「不要流淚，妳不認為我們心中很坦然？不幸和噩夢都遠去了，妳不認為幸福已降臨了嗎？」

她依然點著頭、流著淚。是悲悽的淚滴？抑或是喜極而泣的淚珠？只有她心裡知道，只有她自己明白。我的有限思維，還是不能理解她此刻的心思，只能以上天賜予我的智慧、以誠摯之心來善待她、以永恆不變的心來愛她。

文書又為我抱來一大堆待辦的文件。感覺上，這幾天的公文特別多，件件要簽、要擬，找不到幕僚人員最高興的「呈閱後存查」，那種輕鬆而不費腦筋的案件。

她雖然已度過了危險期，正快速地恢復中，而我的情緒卻彷彿掉進一個深谷裡。昨晚在沙發上睡了一會兒，今晚情況將依舊。是無眠讓我心情不佳？還是繁瑣的公文，讓我心煩？我能把職章摔掉？或是扔掉那支討厭的筆？我能撕掉公文？或是在每件公文上都寫上「呈閱後存」？此刻的所思所想，都是不能也不可能。

讓她服完今晚最後一次藥。雖然體力、傷口正在復元中，精神上的疲倦，或許尚未完全恢復。不一會兒，已睡得很香、很甜。而這秋之夜晚已深沉，屋外木麻黃樹梢咻咻的聲響，帶來一股莫名的寒意直襲心頭。

手持電筒，推門進來的是黃華娟。她已穿起深藍的外套，我不能讚揚她的美貌，只深感她是燃燒自己、照亮別人神聖的白衣天使。文海要我少看她一眼，而此時眼珠卻不聽大腦的指揮，竟多看了她三眼五眼。

她露出兩排潔白的牙齒，含笑地點點頭。朱紅的唇，是青春與嬌豔；是花露水的濃香，還是少女的幽香？竟把這房裡的藥水味溶解了。

「還不休息？」她關懷地。

我指著面前的卷宗，無奈地搖搖頭。

「這樣會累壞的。」

我苦澀地笑笑，卻情不自禁地又多看了她一眼，看了很久很久的一眼。然而，她卻低下頭，拿起病歷表，寫下一些我看不清楚的字跡。

「晚安。」她含笑地擺擺手。伴我的，又只剩下這盞微弱的孤燈，以及這疊紅白卷宗和無盡頭的寂寞。

不久，門又推開了。黃華娟端來一杯熱牛奶，提了一床三花牌毛巾被，沒有說來由，我也來不及道謝，她的倩影已消失在這漆黑的秋夜裡。

少看她一眼。而我看的那一眼，竟比這秋夜還深還長……。

顏琪終於要出院了！高興的何只她一人，最興奮的莫過於我，減輕了公私兩頭兼顧的雙重負擔。

組長、隊長親自來接她。院長、處長、文海，黃華娟……等都出來相送。我禮貌地向他們握手致謝。走到黃華娟面前，我正要收回不知覺而伸出的手時，她卻大方地伸出細柔的玉手，讓我握住；雖然在那交會時，多看了她一眼，在我心中的感應上，她何嘗不是多看了我好幾眼。

組長在一旁等我上車，文海則輕拍了我二下肩，要我站一旁，取出了他隨身攜帶的處方箋和筆，假裝記錄些什麼。

「小子，叫你少看她一眼，你偏不聽。」他低聲地說，或許只有我們兩人才能聽到，「車上有人不高興啦！想腳踏兩條船，你會死得很難看。」他半認真半玩笑地說。

「還不都是你害的。」

「那麼，我是罪人啦！」

「何止『罪人』，簡直『愚言』！」

「人家就是欣賞你評〈罪人、愚言〉那股得理不饒人的傻勁。」

「改天再談吧，文海！這種鬼地方不能說再見。」我向他揮揮手，快速地跨上車。

此刻，秋陽已從尚義海堤爬上了斜坡那株苦楝樹上。車內熾熱的氣氛與夜裡的冷颼成了強烈的對比。我向隊長建議：顏琪目前還不能參加排練，白天讓她到站裡來，以便我就近照顧；晚上則回隊上，也免增添隊上的麻煩。隊長高興地說好，組長也同意我的建議。

顏琪只是在飲食方面稍有不便，其他的則毋須我操心，於情於理，我的做法並無不妥之處。而她雖然能低聲地說話，但在車上卻始終未發一言、未講一語，只聚精會神地聆聽我的建議與安排。是否真如文海所說的：車上有人不高興呢？我也沒有「腳踏兩條船」的本事。這些都是文海的玩笑話，豈能當真！

車抵武揚臺，男女隊員幾乎把她團團圍住，她的唇角也露出一絲笑意。

「稍為休息一下，到站裡等我。」我輕聲而柔情地說，「我到金城開完物價調節會議後，順便為妳帶蚵仔麵線回來。」

她沒點頭，也沒搖頭，更沒有回應我，只是冷冷地看著我。是讓文海猜對了呢？真的車上有人不高興；還是他真懂得病人心理，下了車還是不高興！

繁瑣的公務，讓我的思維停滯不前。沒有時間讓我獨思獨想、沒有時間容我分析和解剖。人，能真正瞭解人嗎？或許只是一知半解，誰又能真正瞭解誰？

我放棄了承辦單位的午餐招待，提了一袋蚵仔麵線匆匆趕回站裡，傳令告訴我：顏小姐沒有來過。「西康二號」的總機小姐為我接通了電話，隊長告訴我，她的心情似乎不太好，回來就睡了。是的，她心情不好，我卻心身俱疲；我唯一想的是蒙頭大睡一覺，如此簡單的願望卻不能達成，我的心情能好嗎？

我把袋裝的蚵仔麵線，倒在保溫飯盒裡，請供應部的蔡小姐為她送去。吃下或倒掉？眼不見為淨，我管不著。火氣總與起伏變化的情緒交織著，午餐的鈴聲已響，氣尚未消，飯更難嚥；不去吃飯，軍法組總不致於判我徒刑吧！

今天是星期五，下午軍官團教育，所有現職軍官，除了值星外，都必須到擎天廳聽課。辦公室除了文書、傳令外，輪值軍官是承辦「民運」的王少校。我坦誠地向他打了招呼：我太疲倦了，急需睡覺，有事請替我擋下。我也把相同的理由告訴站裡的管理員和會計小姐，請蔡小姐晚餐時，順便到小食部煮碗麵送給顏琪。我也交代西康二號的領班張小姐，除了組長以上長官、凡有〇三一的電話，不要接進來。交代完後，我倒在床上，不一會已呼呼大睡，忘了我是誰……。

誠然，睡了一個好覺，忘了我是誰。但夜總有走完的時候；黎明也有來到的一刻。我尚存在於這個佈滿荊棘的人生舞臺，必須遷就這個現實的環境，怎能長眠不起？雖然把寶貴的時光浪費在床上，我的精神卻相對地飽滿了。內心滋生著青春與快樂的氣息。休息是為了走更遠的路，又是嶄新一天的開始。

一早，我請蔡小姐帶去奶粉和方糖。雖然生了點悶氣，但我愛她、關心她的心意並沒有改變。為自己沖了一杯奶粉，就趕到組裡聯繫政三與主計，派員突擊檢查福利單位。長官再三指示：不冤枉一個好人，不放棄任何一個弊端，賞罰要分明。跟隨著廉能的長官辦事，讓我們能充分發揮，全身投入；不但有更重的責任感，內心更有一股莫名的成就感。

突擊檢查並非走馬看花，也不能以時間來計算。檢查的結果，優缺點的檢討分析，都得做最詳細的記載。動態與靜態雙管齊下，檢查記錄也可做為上級年度視察的成果。

轉了一上午，雖然沒有發現重大的弊端，但需要改進的問題則不少。送主計處李少校回金城營區，我與政三苗中校則在明德營區下車，他直接走進武揚坑道，我則先回站裡。剛步上臺階，供應部的會計小姐已走出來。

「顏小姐在裡面等你。」

「謝謝。」我禮貌地說，「沒其他事吧？」

她搖搖頭，笑一笑。

我加速了腳步，心跳也加快了許多，推開紗門，尖聲地喊著：

「顏琪。」

她抬起頭，從椅上站起，上前一步拉起我的手，一聲「陳大哥」過後，是兩行清淚。

「你再也不喜歡我了，是不是？」低低柔柔的聲音，悅耳依舊。

我沒回答她，也沒先拭去她的淚痕，把腋下的卷宗放在桌上，心頭一陣哽咽，淚水情不自禁地奪眶而出。

是感情的脆弱，抑或是滿懷的委曲？我含著淚水久久地凝視著她。然而，我凝視的是一個頰上佈滿珍珠的美麗容顏，她已不能自已；淚水沾濕了我胸前的衣襟，陣陣的哭泣聲，聲聲震撼著我心中的每一條神經，像針般地猛刺著，讓我淌下滴滴的鮮血……。

午餐的鈴聲響起，也搖醒了兩顆失態的心靈。我交代支援組裡業務檢查專車的駕駛，餐後即速回來。

時間分分秒秒地從指隙間溜走。她坐在沙發上，紅腫的眼皮、揉過的鼻尖、哭泣後的明顯標誌就浮貼在臉龐。誰也不願先開口，她有她的想法，我有我的思維；內心雖然難過，誰也不願開口來表明，是兩個不同的個性？還是同樣一個性情？

駕駛喊了一聲報告後，走進來。

「馬上到山外。」我交代他說。

「擦擦臉，我們吃飯去。」我遞給她一條微濕的小方巾冷冷地說。我的口氣似乎欠缺了一份溫柔，我自己明白。

牽起她的手走在長長的通道上，男女職工見怪不怪地投以異樣的眼神。是品頭、是論足？任由他們自由選擇，我們所做所為，沒有什麼值得懷疑的地方。

車子停在新市里籃球場的邊緣，我扶著她下車，右手繞過她的左肩，輕放在她的右肩上。

「換換口味，我們吃廣東粥。」我低聲地說。

她點點頭。

我們在靠牆的小桌坐下，早晨熱絡的小粥店午時已冷清。我請掌廚的在另一碗多加一個蛋、一些豬肝，把肉片改成肉丸。吃了好幾餐麵，或許已讓她倒盡了胃口，而此時她卻吃得津津有味。我們心中的悶氣，也隨著粥上散發的水蒸氣，逐漸地消失。

「慢慢吃，別燙著了。」我愛憐似地說。「先把豬肝吃了，還有蛋。」

她放下了湯匙，抬起頭看看我。

「陳大哥。」她柔柔地，「我不該生氣。」

「我知道妳沒有生氣。」我也放下湯匙，「只是心情不好，對不？」

「怎麼我一直感到，黃華娟總是以一對不平常的眼光看著你。」她低聲地說。

「妳從什麼地方『感到』的？」我反問她，「別太敏感！」

「我敏感？」她重複著，「我親眼看見她把你的手握得緊緊的。」

「所以妳生氣了，不高興啦！恨我沒把手縮回來，是嗎？」我趁機數落她一番。

「陳——大——哥。」她聲音依舊低低地，卻把這三個字拉長了音調，撒起嬌來，「你幹嘛啦！」

我重新拿起湯匙，笑著說：

「快吃吧，待會兒涼了。」

她興奮地吃完那碗加料的廣東粥。是吃膩了麵，覺得它可口？還是心情好胃口佳？人，也真是奇怪的動物，只憑藉著自我的想像，就妄加論斷。自找歡樂難，自尋煩惱快；原本充滿歡欣和希望，卻硬要鑽牛角尖，把自己推進一個痛苦的深淵裡。

「下午我還得出去檢查業務，好好在站裡休息、看書，別胡思亂想，自討苦吃。」我像哄小孩般地說，「過些日子，找一個禮拜天，我帶妳出去玩。」

她深情地看看我，含笑地點點頭。

第十章

早餐的鈴聲尚未響，顏琪已來到站裡。我正在翻閱發行站送來的早報。在正氣副刊裡，有黃華娟的一篇散文〈寄語秋風〉，尚未看完，顏琪的聲音已響。

「陳大哥，你不是要帶我出去玩嗎？怎麼還在屋裡？」她推門進來，緊身的牛仔褲、白色的大翻領襯衫，套著紅色的開司米龍毛衣，集青春美麗於一身。

「妳簡直是開玩笑！」我把報紙擺一邊，站起身，故作神祕地說。

「開玩笑？」她收起笑靨，莫名地問：「開什麼玩笑！」

「看妳這身妝扮，比妳在臺上穿的低胸禮服還要迷人。」我笑著說。

「迷了你啦？」她不甘示弱地。

「何止迷了我，武揚營區所有的官兵不都被迷倒才怪！」

「何以見得喲！所有的官兵都被迷倒，就偏偏迷不倒一個人。」她伸伸舌頭，皺皺鼻子，

「陳大哥，我還是不夠迷人，對不對？」

「怎麼還不夠迷人？別人被迷倒，我卻被迷死；迷倒總沒迷死的神聖和莊嚴吧！」

「反正我說不過你。」她有點兒自討沒趣。

「告訴我，今天想到那裡玩？」我改變了話題。

「貴人多忘事呀！我不是說過，你要我走東，我不敢往西嗎？」她正經地說。

「何以見得喲！」我模仿她剛才的口氣，繼續說：「上車也生氣，下車也生氣；就差點沒被氣炸！」

「大人不記小人過嘛！從現在起，絕不跟你鬥氣、嘔氣，也不自己生悶氣。」她雙手環抱在我頸後，調皮地在我頰上吻了一下，又用手輕輕拭去她吻過的地方，唯恐留下一個紅色的唇印，以及那絲愛的唾液。

我們在新市里的雜貨店買了水果和飲料、麵包和蛋糕。在這秋末初冬的假日裡，懷著極端興奮的心情，沒有目的地漫遊著。沿著新市里的復興路直走，假日的街頭，熱絡的商業氣息把冷清與寂寞拋得遠遠的。她雖然尚未正式排演排練，但聲帶似乎沒有受到手術的影響，說話依然悅耳動聽。輕快的腳步，像雀躍般的小鳥，散發著青春的奔放氣息，把一周來辦公室裡的嚴肅與冷漠氣氛完全地趕跑了。

走過金門監獄員工宿舍的圍籬旁，卻碰見了「山外茶室」的邱管理員，我簡單地介紹她們相互認識。他客氣地請我們進去坐一會兒，然而，我們能進去嗎？看見那些進進出出的官兵們，告子的「食、色，性也」，自然地出現在我的腦海。防區福利金最主要的來源，它們佔了很大的比率。

走過茶室大門，右轉就是小太湖了。

「陳大哥，剛才邱管理員不是請你進去坐坐嗎？」她突然開起了玩笑，「管理員是一番好意，我看你就進去坐一會吧！」

我停頓了腳步，把提袋交給她。

「妳說的？」我轉過頭，走了好幾步，笑著又走回來。看她呆若木雞地站在路邊，「看妳不心酸酸才怪！」

「笑話，」她把提袋塞給我，還嘴硬地說：「你還不是常常往茶室跑嗎？怎麼我沒心酸酸過？」

「別把我醜化了，小姐。那是因公而去，我可沒有那麼無聊的單獨去過。」我嚴肅地提出辯解。

「別緊張，」我們繼續地往前走著，「如果信不過你，還會和你走在一起嗎？」

「這輩子總算沒白疼妳。」我把提袋換到左手，右手則牽起她的手。

「為什麼？」她迷惑不解地。

「因為妳說了一句很有良心的話。」

「你要死啦，」她甩甩我的手，「難道我會說些沒良心的話？」

我們歡歡喜喜、高高興興，手牽著手，向左轉走著，在太湖堤畔的木麻黃樹下歇下腳；坐在涼涼的鐵椅上。湖裡的波光水影、湖中央的同心島、迎風招展的枝葉，並沒有受到秋風的摧殘而失色，這才是我們想追求的自然美景，這才是我們想呼吸的新鮮氣息。

「帶妳來這兒吹秋風、看落葉，會不會覺得單調了一點？」我開了一瓶可樂，插上吸管遞給她。當我準備打開第二瓶時，她卻阻止住我。

「先把這瓶喝完，免得待會兒要拿著走。」她手上拿著飲料，並沒有先喝，「其實，我們有很多共同點，只是還沒一一地浮現出來。我始終沒有忘記，有一天，你要帶我回鄉下。」

我移動了坐的姿勢，更靠近她一點，把手環繞過她的頸後，放在她的肩上，緊緊地擁著她。

「我們都沒忘記有一天要回歸田園。尤其經過妳這次小手術後，讓我更深一層體會到，我們都有相互照顧、相互扶持的義務。」我滿懷深情地說。

「那段時間，我的心情實在惡劣到了極點，讓你也感受到我情緒上的低氣壓。你所承受的，何止是我的愁眉苦臉；更難受的是，無形的心理壓力。」

「為了妳，任何的艱辛苦楚我都願意承受。」我頓了一下，「有時，我自己在想：在臺灣出生的湖南人，如果真成為金門媳婦，真不得不相信佛家所說的緣分了。」

「不，我們應該說是前生相互虧欠，此生卻相互地來償還。」

「那一定是我欠妳的較多。」

「為什麼？」

「論妳的美貌和才華、論妳的柔情和秀麗、論妳的為人和處世，不管東論西論，南論北論，怎麼論也想不到我們會在一起。」

「因為金門青年有個敦厚的臉孔，有顆赤誠的心，這些是永恆不變的。美麗的容顏，將會隨著歲月的消逝而蒼老；貌美和才華，如果沒遇到一顆真誠而賞識的心，又有何用？」

我微微地點點頭。

「喝點可樂潤潤喉。」我用環繞在她肩上的手指，輕輕地彈著她的肩。

「你先喝。」她把可樂遞給我。

「不，我前生先喝了一口，此生應還妳兩口，妳快喝。」我重新把可樂遞給她。

「反正一人一口，誰也不欠誰。」她接過可樂，「既然我那麼受尊重，陳大哥，我先喝了。」她輕輕地吸了一口，抽出吸管，倒轉回去。

「幹嘛啦，那麼衛生呀！」我接過可樂笑著說。

「不好意思讓你嚐到我的口水。」她笑著說。

「笑話！」我大聲地，「沒吸過妳的口水，怎能得到那麼體貼的愛。」

「你唯恐人不知啊？」她用手摀住我的嘴，「那麼大聲，不害臊！」

「就是不懂得害臊才敢愛妳。別人一定會說我癩蝦蟆想吃天鵝肉。」

「管人家幹嘛呀！只要我們清清白白、光明磊落，不橫生枝節，隨他們怎麼想、怎麼講，我們管不著！」

「說來可笑，陪妳住院的那天，我曾向組長報告：希望隊上派名女隊員陪妳、照顧妳；卻被組長當場臭罵一頓，『你心中有鬼啦，你不照顧她，誰去照顧？管別人怎麼想，怎麼講！』組長氣呼呼地走後，康樂官又火上添油、落井下石地笑著說：『罵得好，罵得痛快！』」

「謝謝路見不平的長官。」她雙手合十地笑著說。

「該妳喝了，」我把可樂遞給她，「先講好，我是不願把吸管倒轉的，你若不敢喝，請放下。」

「別以為我沒品過你的口水。」她低聲地說，猛力地吸了一口。

「那麼小聲，也不害臊！」我仿著她的口氣，笑著說。

她笑了一聲，被可樂嗆了一下，沒吞下的全噴了出來。

我們沿著湖堤，繼續往左走。低垂的柳樹、翠綠的水草，把湖的西面點綴成一幅自然怡人的美景。我們愉悅的心，像漂浮在湖裡的水草，無憂、無慮，逍遙自在。我們的內心，沒有初冬的淒涼況味，有的盡是春日般的溫馨。

坐在延伸在湖中心的同心島上，所有的景緻全在我們的眼裡。對岸的野花野樹，保護著堤岸的土方；滿地翠綠的野草，像絨毯般地舖蓋著。這麼好的自然美景，這麼好的晴朗天氣，只有零零星星的幾個遊客在瀏覽，真教我們心生惋惜。這與我們走過的新市街道、大排長龍的電影院門口、進進出出的特約茶室相比，它顯得既冷清又寂寞。

「吃蛋糕？還是麵包？」我打開放在石桌上的提袋，推向她面前，讓她先選擇。

「能不吃嗎？」她把手肘放在石桌上，手托著腮。

「小寶貝，妳就乖乖地吃一塊吧。」我伸手取出蛋糕，放在她面前，笑著說。

「哎喲，我的陳大哥，」她高興地站起來，走到我背後，雙手放在我的雙肩上，俯下頭，臉幾乎貼在我的頰上。「認識那麼久，都是連名帶姓地叫顏琪，今天卻來上了小寶貝，你存心讓我感動死！」她說後，在我頰上親了一下。

「真那麼喜歡小寶貝呀！」

「想、想、想！」她又在我頰上，深情地一吻。

「其實，小寶貝在我心中已隱藏很久了，就怕妳感動死，才不敢叫呀！」

「說來很奇怪，我在臺上主持節目時，無論遇到任何難題，都能輕易地化解掉；而在你身旁，每次都講不過你。」

「當然不一樣啦！妳在臺上唱的是獨腳戲，自彈自唱，能把死的說成活的；在臺下，我們演的是相聲，說錯了，小心我用扇子敲妳的頭！」我比劃了要敲她，她卻機警地閃過一邊。

「別那麼兇嘛！」她重新坐回石椅，「我看將來不被你敲扁才怪。」

「放心，小寶貝，疼妳都來不及了，怎麼捨得敲妳。」我拿起蛋糕遞給她，「吃吧，別再抬槓了。」

「反正是抬不過你。」她吃了一口蛋糕，看著我，「其實，我們邊談邊笑，無形中把隱藏在心裡的話，都自然地流露出來。」

「我也有相同的感受。」我拿著麵包，「如果不說出來，妳永遠不瞭解我腦裡想的是什麼？我也不知道妳葫蘆裡賣的是什麼膏藥？彼此的無言相對，感情只能原地踏步，甚至會讓情敵乘虛而入。」

她吃著蛋糕，若有所思地，沉默不語。

「尤其是一點小小的誤會，如果不及時化解，而衍生起可怕的冷戰；誤會愈來愈深，到頭來，難保不會落個分道揚鑣的下場。」我繼續說著。

「陳大哥，我保證，這種事以後絕不會在我們身上發生。」她抬起頭看看我，「一人生氣，兩人難過，何苦呢？」

「如果『氣』可以預先『生』、『架』可以預先『吵』，顏琪，我們現在面對太湖盈滿的湖水，面對著空曠的田野，」我手指著前方，好笑地說，「讓妳先生氣，接著再吵架，以後的日子就誰也不能生氣，誰也不能吵架了。」

「這是你想出來的點子，還是由你先生氣吧！可是我一直想不通：架要從何吵起？」

我收起了笑容，久久不語。

「怎麼你不說話？」她有點兒奇怪地。

「怪啦，妳不是要我先生氣嗎？生氣就是不說話，難道妳沒生過氣？」我笑著提高了嗓門，「再繼續下去，就叫吵架。」

她高興地笑著。

「現在我正式宣佈：我與顏琪在一起，已沒有氣可生，更沒有架可吵。」我舉起右手做了一個宣誓就職的態勢，「除非她無理取鬧。」

「真是高招！還預留了一個後步，」她搖搖頭，也舉起了手「從今以後，我是陳大哥的乖寶貝，不生氣、不吵架、不無理取鬧；如果他再愛上別的女孩，我會跟他沒完沒了；如果他不要我，我會跟他拚命！」

「好殘忍呀！」我站起身，指著她說，「妳預留的步數竟然是要跟我沒完沒了，還要跟我拚命！」

她也站了起來，拉起我的手，我們相繼地步出小亭子，在淡淡冬陽的映照下，坐在草地上。

「陳大哥，我什麼都可依你，唯有這兩點，我必須為我自己而堅持。」

她把頭斜靠在我肩上，我輕輕地把她摟進懷裡，撫著她被風吹散的髮絲。

「你抬頭看看我，像不像一個無情無義的人？」

她真的抬起頭，凝視我的是一對水汪汪的眼睛，以及一個清麗可人的臉龐。我情不自禁地，俯下頭，輕輕地吻合她的雙眼，而後從額頭、耳邊、頰上，終於四片比火焰還熾熱的紅唇，觸電似地接合在一起、融合在一起；她的舌尖像泥鰍似地，在我舌上舌下攪動著；攪動的是青春的焰火、奔放的熱情、浪漫的氣息。久久、久久，有一世紀那麼長久，繚繞在這湖的四周，以及山的這頭、那頭。我們的心在燃燒著、跳動著，加快的速度，似那踩足了油門的跑車、像一瀉千里的瀑布、更像一股湍急的洪水，流向我們激盪的心湖、流向永恆、流向永永遠遠……。

她依然斜靠在我懷裡。我們毋須做多餘的詮釋，只感到心靈裡的飽滿和充實；沒有偽裝、更無虛假，像這湖畔青青的水草，翠綠自然；像天空的浮雲白日，逍遙自在，人世間的幸福，全掌握在我們手中、在我們心裡。

「陳大哥，我實在對目前的工作，有極高的厭倦感，恨不得合約明天就到期。我寧願跟你回鄉下，上山下海。」

「日子總會在我們期盼下來臨的，我們更要忍受這段黎明前的黑夜。」我安慰她說。

「妳已經提過好幾次了，我瞭解妳的心情。」

她沒有再說什麼，只是眼角閃爍著一絲淚光，是期盼著未來的幸福？還是滿足此刻的溫馨？

我牽起她的手回頭走，走向第三士校筆直的柏油路。在木麻黃的樹蔭下，卻感到一絲兒涼意；三五成群的士校學生，來回穿梭在這微寒的路上。他們時而投以賞美的眼光，當然是投向我身旁的水查某；時而高興地嘻笑著，是品論著她的艷麗，還是迷人的丰姿？是欣賞她高雅的氣質，還是美麗的容顏？

我們轉入一個小小的村落——安民。在一家榮民經營的小食店午餐，老闆兼伙計的老先生，把桌椅擦拭得乾乾淨淨，物品堆放得井然有序。鄉村的小店不能與城鎮相比，生意雖然有點冷清，老先生的親切招呼，讓我們有回到家裡的感覺。他為我們煮來兩碗肉絲麵，外加荷包蛋，切了一小盤滷菜，無論色、香、味，讓我們口感十足。

老先生在我們不遠的椅子坐下，突然對她說：

「妳很像金防部藝工隊的顏小姐。」

她笑笑，沒有回答。

「老先生，不錯。她就是顏小姐。」我禮貌地代她回答。

「我在士校看過妳的表演。」他高興地，「妳能說、能唱，長得又漂亮。」他豎起了大姆指，笑著，「真是頂呱呱。」

「謝謝老先生。」顏琪向他點頭一笑。

進來了兩位客人，老先生過去招呼。

「又碰到忠實的觀眾朋友了。」我低聲地說。

「我倒希望沒有人認識我最好。」她輕聲地說，「有時讓人指指點點的，心裡感到很厭煩。」

「所以妳迫切地想歸於平淡？」

「這只是其中之一。」

「其中之二呢？」我依然壓低了聲音，「想快點嫁給我，對不？」

「你什麼時候變得那麼聰明啊！」她笑著。

「是我心中自然的感應。」

她夾了一塊滷豆干放在我的碗裡，我為她夾了海帶，如此簡單的午餐，遠勝山珍海味。

「陳大哥，怎麼沒聽過你喜歡吃什麼呢？」走出小食店，她拉拉我的衣袖，好奇地問。

「我歷經五〇、六〇兩個苦難的年代，它雖然讓我成長，卻也讓我嚐到艱辛苦楚的歲月；現在雖然生活改善了許多，但我始終不敢忘掉那些已逝的苦難時光，更不敢奢望喜歡吃些什麼。當有一天，妳親自下廚，端上桌面的，我沒有不喜歡的理由。」我們邊走邊說著。

「我能理解你的心情。從苦難中磨鍊出來的金門子弟，講實際、重感情、不浮華，這也是我爸經常提起的。」

我們走過最近舖設的水泥路面，左邊的山丘零星地長著幾棵不知名的樹木，微黃的樹葉，必是經過季節的摧殘；與常年翠綠的木麻黃相比，它的確是欠缺一份悅人的美感，禁不起自然的腐蝕，禁不起風吹雨打。然而，它卻能獨自生存在這方乾旱的山丘上，我們不得不佩服它頑強的生命力。

走過思親亭，我們停留在榕園優美的景緻裡，看了碩果僅存、古意盎然的西洪古厝——慰廬。刻意修剪的盆景擺在庭園的兩旁，門口盛開的花卉是這初冬的寵兒。我們一一地瀏覽，細心地觀賞，不期望它能帶給我多少文思與靈感，只感到此時的歡愉和心身的舒暢。坐在綠蔭蔽天的古榕下，刷成白色的鐵椅，油漆已有些剝落，陽光射不穿的樹蔭下，冷颼依然。

「轉了一大圈，走了那麼長的一段路，妳會不會累啊？」我看看他，愛憐似地問。

「這點路算什麼！」她側過身，手放在椅背上，「將來要陪你走的路，還會更長、更遠。那些蜿蜒崎嶇的山路，我從不懼怕，何況現在走的是平坦的大道。」

「妳說過的每一句話，多麼像一首首隱藏在我心中的無名詩，句句感動著我。有一天，我會把它寫出來，傳給我們的子子孫孫。」

「陳大哥，我知道你能寫；我也深信，你已把我們的的兩顆心，記錄在你生命的扉頁裡，雖然此刻看不到，卻能感受到。」

「是的，我能寫，而妳卻能唱；當掌聲停止，所有的觀眾離去，也將是妳唱給我獨聽的時刻。」

我們的心，彷彿已被這初冬的淒涼況味所感染。凝視眼前濃密翠綠的古榕，綠意並沒有使我們的心胸開朗。

「顏琪，你還記不記得，我們在大膽島上合唱的『春風春雨』？」

「當然記得。」她興奮地一笑，神情有些激動地，「時間過得真快，就像歌詞裡那句『一年的歲月如流，流也悠悠』。」

「那時的膽量也真不小，竟然傻傻地上臺唱起來了，幸好沒讓妳難堪。」

「這首歌除了音韻外，主要的要唱出它的悲壯和情感。陳大哥，你兩樣都兼顧了，音色也不錯，情感也流露了。」

「謝謝妳，小寶貝，在妳的面前，我何能有美的音色。」我謙虛地說。

「難道你沒看見臺下的主任和組長，他們慈祥的臉龐，綻放的何止是喜悅與滿足。尤其主任親自寫出你的經歷，要我把你介紹給島上的官兵，他對你的器重和賞識，讓我也感動。」她嚴肅地說。

「謝謝主任的器重，也感謝顏小姐的賞識。」我笑著說。

「怎麼把我也扯上了？」她也笑著。

「有主任的器重，如果沒有顏小姐的賞識；今天在顏小姐身旁的人，就不知道是誰了？」

「不錯，我一直懷念大膽島，它是我們感情進展的基石。」她笑笑。

「我卻非常感謝老石，如果沒有他『毛澤東』的禮讓，我何以能得到『藍蘋』！」我情不自禁地笑出聲。

「你要死啦！」她用力地在我肩上搥了一下，大聲地嚷著。

我自己也笑彎了腰。

「老石是個大好人，誰嫁給他是前世修來的福份。」

常。」

「怎麼講？」

「一輩子不必下廚房煮飯。」

「我看世間女子，如果單單為了不必下廚房煮飯而嫁給他，不是神經病，就是不正常。」

「當初你為什麼叫他毛澤東？」

「是他先叫我乾女兒的。」

「毛澤東的乾女兒，那可有糖吃了。」我大聲地取笑她。

「你神經啦！」她說著又想搥我，我閃過一邊。

走出榕園，溫煦的冬陽，已由中間偏西了一點。水泥路的兩旁是插枝修齊的榕樹，已失去了原有的自然美感。樹旁青青的草地、豎立著禁止踐踏的牌子，我們該重回同心島，還是繼續往前走？我不再徵求她的意見。她細柔的手依然在我掌中，含笑的唇角、微風吹亂的髮絲，我能理解出她此時心情，是歡欣無比，也是愜意盎然。

「妳不覺得到了郊外，我們彷彿年輕了好幾歲！」我看看她說。

「其實，我們都很年輕；但是一進了辦公室，你就成了老太爺啦！」

「怎麼講呢？」我不解地問。

「你那一板一眼的辦事精神，拿起電話就是一句急促而令人難受的『六五一』，不老才怪！」

「全讓妳給說對了！進了辦公室，就像一部機器，除了文書、傳令外，清一色都是年紀比我大的老參謀，無形中，自己也變老了；只有跟你在一起，才能品嚐到青春的氣息。」

「那該感謝我囉！」

「當然。」

「怎麼個謝法？」

「送給妳一個吻。」我笑著。

「不害臊！」她甩甩我的手，又白了我一眼。

在趙恆惕題字的太湖巨石前，湖的景觀全在我們的眼簾。仰望巨巖重疊的太武山頭，是畫家筆下的水墨色澤。湖的那頭，水泥橋區隔著大太湖和小太湖。疾駛而過的軍車，像巨鷹般地掠過我們眼裡，快速地消失在左轉的車道上，讓我們想起這個燦爛的人生歲月，是否也會在瞬間消失的無影無蹤？

我們重賞湖邊怡人的美景。深植的柏樹已成長，挺拔的主幹，分叉出來的副幹和針葉，點綴在廣場的圍籬下；迎風招展的嫩枝細葉，總讓人想多看幾眼。

我依然牽著她的手，深恐走失般地護衛著她；深恐她迷失在這初冬的美景而不自知。

秋天已過，那讓人感傷的時節，遺留下來的幾片落葉，教人忍不住想俯身來拾取它。一片二片不嫌少，五片十片不嫌多，這是秋末與初冬相映成趣的季節。

穿過一片低矮的松林，我們走上左側高處的涼亭。俯視水波蕩漾的太湖冬水，在湖中游上游下的不是鴛鴦，而是水鴨；在水中滋長的不是蘆葦，而是水草。低垂的柳樹、青青的柳葉，吻著柔柔的湖水；而湖邊那片翠綠的草地，它根植在湖畔的沃地裡，正以頑強的生命力與季節相抗衡，展現出迷人的手姿。

「陳大哥，你想些什麼啊？半天也不說一句話。」她拉著我，坐在亭外一株低矮的松樹旁，嬌嗔地問。

「除了想妳，」我輕輕地擰了一下她的臉頰，「小寶貝，還有誰能讓我朝思暮想呢？」

「還有、還有，還有黃華娟！」她伸伸舌頭，縮縮脖子，笑著說。

「妳無理取鬧，我要生氣了。」我板起了面孔。

「如果你腦裡真的想著黃華娟，小心，我也要發火了。」她依然笑著說。

我一把拉住她，緊緊地把她摟進懷裡。她默默不作聲，也不再微笑；閉起了眼，以我的手臂當枕，像隻小綿羊般地斜靠在我懷裡。我低下頭，用鼻尖在她臉上的每一個角落摩擦著、輕揉著。摩擦的是，她的溫柔和美麗；輕揉的是，她細嫩的肌膚和風華。我們已無視湖中偷窺的野雁和水鴨、以及嘲笑的魚蝦，我們奔放馳流的是青年的熱血、青春的火焰，而不是激情。美好的時光也逐漸地來臨，理智也會戰勝一切。誠然，我們是青年，不必信仰老夫子教鞭下的教條，可是我們也不能失去原則，更不能失去傳統的美德。忍一時，我們的愛情將更完美；忍下此刻，換取高尚的人格和清白的身心。深情地一吻，已讓我們的愛更牢固。我們將仰首闊步，坦然地走在這條寬廣的人生大道上。

野雁吱喳地從我們頭上掠過，冬陽柔柔地映照著我們。她把頭把臉緊緊地依偎在我胸前，雙手環抱著我的腰。野雁的吱喳，她聽不到；魚蝦的嘲笑，她那能看得見。是愛和幸福，讓她像小鳥依人般地躺在我懷裡，溶解在我們心裡。

我輕輕地拍拍她的肩，一聲「陳大哥」過後，又把臉緊緊地埋在我胸前。雙手稍微地鬆開後，又是緊緊地抱住。然而，她抱住的是什麼？可曾是我們永恆的不分離；需要的是什麼？可曾是愛的滋潤和忠貞不渝。小寶貝，湖南與金門，雖然相隔著難以衡量的距離，但是我們的兩顆心早已連成一體。等待總是美的，美得像清溪中的流水，清澈恬靜、自然樸實。

冬陽已逐漸地退向西邊，展現在山頭的是五彩的霞光。沿著湖畔的羊腸小徑緩緩地慢行，內心已充滿幸福和溫馨。晚風吹皺了湖水，蕩漾的水波、彎腰的水草，我們賞的是這初冬下的自然景觀！

走過一座小小的拱橋，我突然地停住腳步，凝視她臉上嬌羞的暈紅，還是夕陽的映照？讓我茫然。然而，她也睜大眼睛凝視著我。

「怎麼這樣看男人？不害臊。」我打破這湖堤的沉寂，笑著說。

「你是老夫子，還是道學家？」她興奮的臉龐遮掩不住怡人的笑靨，「男人沒有先看女人，怎麼知道女人看男人？不害臊！」她白了我一眼。

「那麼說來說去，不害臊的是我，害臊的是妳囉？」

「別把三個月想說的話，都在一天說完。」她迅速地改變話題，「那以後，我們談些什麼呢？」

「想跟妳談的，實在太多了；想跟妳說的何止『我愛妳』三個庸俗的字。」我又牽起她的手，神情也有些凝重，「我們已經相互承諾，往後的日子不會冷戰；我也要向妳保證，我們未來的日子也不會冷場，每天都會像新婚蜜月般地，那麼新鮮和美好。」

「相信我們會做到的。」她嚴肅地，沒有一絲兒笑容，「不知怎麼搞的，每次往回程的路走時，內心總有一種不捨的感覺，彷彿就要和你分開似地令人茫然。」

「不錯，歡樂的時光過後，內心的落寞很快襲上心頭；但這只是短暫的時刻，幸福歲月總會來臨。」

她默默地點點頭，捏緊了我的手，而後鬆開；又再捏緊。復又低著頭，望著踏步的鞋尖。

「我們把整天的時光全耗在這湖光山色裡，顏琪，妳會不會覺得太無聊？還是感到陳大哥太不上道？」

「只要我們在一起，不管身處何方，陳大哥，我都感到幸福和快樂。」

走完環湖的小徑，夕陽的彩衣已褪；初冬的暮色總是提早來臨，大地已是一片昏沉。我們經過新頭、料羅與新市的交叉路口，向右的水泥路邊走著，馬路兩旁的野花野草已被暮色所遮掩。木麻黃樹下已不是清涼，而是陰沉。我們加快了腳步，把即將來臨的黑夜拋在腦後。

「陳大哥，」她捏了我一下手，深恐我聽不見似地，「晚餐我請客。」

「妳不是說過要把錢存起來，做為孩子的教育基金嗎？妳只管存錢，平時的零星支出我來打理。」

「我總覺得過意不去。」

「顏琪，你仔細看看我是誰？」我指著自己問她。

「陳大哥。」她簡潔地答。

「誰的陳大哥？是妳的陳大哥，還是我的陳大哥？」

「當然是我的。」她肯定地。

「妳不是經常說，我要妳走向東，妳不敢往西嗎，怎麼開始不聽指揮官的指揮啦？」我取笑她說。

「好、好、好，陳大哥，往後的日子，我再也不計較什麼啦，就乖乖地站在你的身旁，傻傻地跟著你走，好不好？」

「這才是我的小寶貝。」我把手放在她的肩上。

習慣地，我們來到山東酒樓，和站在櫃檯的小老闆娘打了招呼，我們逕自上了二樓。而湊巧地，讓我們上也不是、下也不是地遇見「雷公」——政三組長，還有苗中校、張少校以及駕駛兵。顏琪輕輕地碰碰我，我們的身影已在雷公的眼簾，想躲想跑、想跳想走，都難。

「好小子，」組長指著我，連續地用食指比劃了三下，而後說：「這邊坐。」

我轉頭看看顏琪，相視地笑了。坐也難過，不坐也不行。二位監察官禮貌地站起來相迎，我們在組長身旁坐下。

「從實招來，把她帶到什麼地方去？現在才來吃飯。」組長的大嗓門，引來了許多奇異的眼光。

「我們回鄉下，到田裡幹活了。」我笑著說。

「好，到田裡幹活，那肚子一定餓了！給你們加兩道菜，另加五十個水餃，吃不完要倒楣。」

當然，我們是騙不了他們的，這一身打扮，那像種田的模樣，但總不好意思告訴他，我們整天都在太湖和榕園。

「自從郭緒良當科長後，少了一位寫文章的朋友，你小子跟我政三組像拒絕往來戶一樣，連個影子也見不到。」他的聲音依舊很大。

「報告組長，忙，忙啊。」我笑著說。

「忙，忙著談戀愛！」一下子就被頂了回來。

在座的都笑了，顏琪的臉紅了，我也傻傻地笑笑，不知如何來回應他——回應武揚營區官兵既敬又怕的「雷公」，緒良口中喜歡耍寶的「何大爺」。

「苗中校你聽著，五組送來的會計報表，嚴格審核，找出缺點；在福利委員會放他小子一『炮』，我們修理不了他，讓老闆來刮他的鬍子。」

大家都忍不住地笑出聲了，連雷公自己也哈哈大笑。我明知自己審核過的會計報表絕對沒有問題，雷公只不過是藉機開開玩笑，然而，她卻傻了眼，笑得很勉強。組長已看在眼裡，笑著對她說：

「顏琪，不好受了吧！看妳快變臉了。放心，你們都是組長的好朋友，有事組長也會替你們擋下來的。」

「謝謝組長。」她隨即展現美麗的笑容。「郭監察官也經常提起，您是我們最敬仰的長官，陳大哥受您的關照更多。」

雷公高興地笑了。微禿的頭頂、慈祥的臉龐，內外交織的愉悅，把嚴肅的一面拋開，無形的親和力，讓我們感到溫馨。

「你小子光笑不說，」他指著我，「好話人家都替你說了。」

「她的國語比較標準，由她來說，您長官的德意我是銘記在心頭。」我由衷地說。

「你說的是真心話，還是在寫文章？」他笑著，「一個能思、能想、能寫；一個能說、能唱、能跳，難怪主任說你們挺搭配的。」

我看看她，她也正看著我，內心的喜悅早已浮現在臉上。

「說真的，藝工隊不是一個很好的環境，如果沒有其他因素，男大當婚，女大當嫁，還不如早點離開。一個人的青春年華有限，不管在臺上得到多少掌聲，最後總是要下臺的，總是要回歸到家庭的。」

雷公的一番話，正是我們所想的，也是我們想說的。以他對人生的閱歷與敏銳的觀察，讓我們深深地體會到他的關懷與照顧。然而，我們並沒有向他稟明，待顏琪合約期滿後就結婚。預言總是不實際的，真正的行動，才更符合我們的冀求，尤其更不能辜負把關懷的眼神投向我們的長官和朋友。人間處處有溫暖，能錦上添花也不錯，雪中送炭更可貴。

謝謝雷公，我們嚐的的何止是這頓豐盛的晚餐。他的一言一詞、一個動作、一個表情，都是那麼深刻地印在我們的腦海裡，沒有雷聲，何來綿綿春雨。沒有春雨，何能潤濕這片乾旱的大地……。

第十一章

婦聯會總幹事王亞權女士帶來歌星黃小冬、孫伯堅夫婦，以及數位藝人，但必須由藝工隊配合樂隊、燈光，另外再穿插表演節目。除了黃小冬與孫伯堅較具知名度外，其他的都是一些在酒店駐唱的新秀。然而，聽到有歌星來演出，要入場券的電話響個沒完，康樂官為了減少困擾，經常借用我福利站的辦公室，關起房門在裡面分配座次，也迴避一些要入場券的電話和熟人。在擎天廳的左側，組裡控存有兩排工作人員座位，也可以說是為同仁預留的位置，以及長官臨時帶來的親朋好友。

接到文海打來要入場券的電話，是在康樂官劃完座次、分配票數，現身出來的時候。我怪他不早打電話；他卻怪我的電話「講話中」，他的胃口不大，只要兩張入場券，論我們的交情、論他為顏琪動了一次成功的手術，我能不想辦法嗎？

經過我的說明，康樂官提出三個解決的辦法：

一、再逼我要入場券，就去跳太湖，好戲大家看不成。

二、填兩張沒座位能進去的入場券，坐在工作人員的位置上，務必服裝整齊。

當然，我選擇的是第二個辦法，也是我們常用的老套。擎天廳電影院也是組裡所督導的福利單位之一，收票員只認入場券卻管不了座位，組裡核發的入場券也容不得他們懷疑。老套新招，每位參謀都用過，尤其是康樂官自己用的次數最多，我回告文海：入場券寄放在擎天廳薛經理處，服裝要整齊，入場後到左邊的工作人員席位入座；我並沒有刻意地問他同行的人是誰？只提醒他千萬不要等到司令官已蒞臨，燈光已熄，正式演出時才到處找座位。

晚餐後，我們直接由組裡趕赴擎天廳。雖然晚會是康樂業務，然而，在特殊的晚會上，我們必須相互支援，隨時聽候長官臨時指示和交辦事項。

距離演出時間已不遠，組長把康樂官和我叫到一邊，詢問今晚藝工隊的配合演出，是要發演出獎金，還是夜點費？依康樂官的解釋，今晚雖然是配合演出，但歌星表演的節目有限，依然是藝工隊為主軸，應該發給五千元演出獎金；我則認為：臨時的配合演出，不符合福利盈餘編列的演出獎金項目支給標準，應由「政本部」的政戰業務費發給夜點費；而且演出獎金必須在演出結束，演藝人員謝幕時，由司令官親自頒發，如果歌星與藝工隊員同時出場謝幕，司令官的紅包該頒誰呢？

組長點點頭，同意我的看法，走回高級長官席位坐下。

「小子，獎金有你老婆一份，」康樂官用手肘輕碰了我一下，輕聲地說，「你就不能放放水，少說兩句？」

「我何其有幸，有老婆能領到你長官頒發的獎金。」我笑著回了他一句，轉身步上臺階，卻看見了文海。他果真服裝整齊，而在他身旁的少尉女軍官，卻讓我訝異和驚奇。

「尚義醫院少尉護理官，黃華娟。」文海看我驚訝的樣子，低聲地故意向我介紹著。

「黃華娟，好久不見了。」我含笑地向她點點頭。

她回應我的也是點頭和微笑。

我請文海先入坐，依次黃華娟，我坐在她的左邊，也就是走道旁的座位，以方便長官隨時傳喚。

「想不到妳與文海同官階。」我側過頭，低聲地說。

「官階相同，身份可不一樣；人家是大夫，我們是他使喚的丫頭。」她也輕聲地說，而後看看文海。

他默不作聲，只是笑笑。

七點正，司令官座車的引擎聲已在坑道的第一道門外響起，兩旁的憲兵同志，喊著雄壯的：「敬禮」，值星的第三處長則高喊：「起立」，陪同而來的是婦聯會的王總幹事，還有數位高級長官的夫人們。

晚會由顏琪主持，這也是她手術後第一次正式主持節目。她的聲音會不會像文海所說的有後遺症呢？平時的談笑，似乎沒有什麼特殊的變化，可是她歌唱時的聲韻，是否還能維持以往的美妙？她主持節目的音色，是否仍然悅耳動聽？

嘹喨的男聲已響起，走道的燈光已熄，布幕已緩緩地啟開。

「讓我們歡迎節目主持人，顏琪小姐。」

燈光映照她美麗的容顏，白紗晚禮服凸顯出高貴的氣質；穩健的臺風，笑咪咪的唇角，六月裡的新娘也沒有她嬌豔。臺下的掌聲因她的出場而響，這場晚會是否能因她而生輝？我們都深深地，期待那一刻的到來！

沒有錯。簡短的台詞，聽不出何處與前不同，偶爾瞟來含笑的眼神，她是否能體會到我內心的喜悅？她的居高臨下，是否已發現坐在我與文海之間的黃華娟？如果再次引起我們的冷戰，當然要找文海算帳。身旁的她，不知是無心、還是有意？在黯淡的燈光下，時而把頭偏了過來；我敏感的鼻子，聞到的不是在醫院裡滿是藥水味的黃華娟，而是淡淡的髮香，以及一股散發著青春氣息的少女幽香。

掌聲不斷地停停響響、起起伏伏，我並沒有把觀賞的精神，投入那些歌星的表演項目中；唯一期盼的是：顏琪柔美的歌喉又一次的展現。此時此刻，從她的口中出來的每一個字、每一句話，都是字正腔圓，加上熟練的台詞，迷人的手姿；臨出場時，左手拿著麥克風，右手向臺下揮動，只有黃小冬能與她相媲美，其他不知名的演藝人員，仍然不能與她相提並論，只不過是應了一句現實的話——外來的和尚會念經。

歌唱、舞蹈、特技，魔術交叉出場。黃小冬與孫伯堅表演完後，坐在貴賓席上，由演唱者變成觀賞者。這場晚會也異於一般年節由電視臺策劃的前線勞軍團，那些與王總幹事隨行的歌星出場演唱時，歌藝平平，並沒有造成太大的騷動和熱潮。

又是一陣男聲響起：

「親愛的觀眾朋友，顏琪小姐的名字大家對她並不陌生，雖然她因聲帶的不適而動了手術，在她尚未完全復元的今晚，毅然要為觀眾朋友演唱兩首歌曲——『藍與黑』以及『癡癡地等』。現在我們以熱烈的掌聲歡迎——顏——琪——小——姐！」

掌聲已響，像要撐破這巨石壁成的巖洞，燈光已在布幕右邊的出場處亮起。淺藍色的旗袍，刻意梳成的二條小辮子，銀色的高跟鞋，是否要凸顯出三十年代的故事背景？樂隊低沉的前奏已響，她隨著圓圓的光圈，緩緩地走向舞臺中間，而後微微側著身，偏向左邊一點點，是否要讓我更清楚地看到她婀娜多姿的手采？還是向觀眾展現迷人的身影？

一陣陣優揚柔美以及含蘊著豐富情感的音韻，終於從她心靈深處，經由聲帶、由潔白的齒隙間吐露出來：

藍呀藍
藍是光明的色彩
代表了自由仁愛
當太陽照到大地
你看到了藍藍的青天碧海

黑呀黑
黑是陰暗的妖氣
代表了墮落沉淪
當夜幕籠罩宇宙
你小心那黑黑的深淵陷阱

這是個什麼時代
這是個什麼社會
為什麼給了我們藍

還要給我們黑
認清楚藍的珍貴
不要被黑暗迷醉
流出更多的血和汗
要把那黑的粉碎

雖然我沒有計算過，只感到掌聲從響起到停止，是一段很長很長的時間。觀眾是同情她聲帶動過手術未痊癒？還是肯定她優美的歌聲？從側面凝視，坐在貴賓席上的各級長官、來賓，他們臉上的笑靨，以及用力拍手而發出的響聲，絕對是對她美妙音韻的再一次肯定和認同，而不是同情！

悠揚的樂聲再度響起：

不知道是早晨
不知道是黃昏
看不到天上的雲
見不到街邊的燈

黑漆漆
陰沉沉
你讓我在這裡癡癡地等

想的是你的愛
想的是你的吻
流不盡相思的淚
熬不完離別的恨
夢悠悠
昏沉沉
你讓我在這裡癡癡地等

會不會你再來
要不要我再等
一遍遍我自己想
一聲聲我自己問

恨也深
愛也深
我還是在這裡癡癡地等

也曾聽到走近的足聲
撩起我多少興奮
也曾低呼你的名字
盼著你向我飛奔
看清楚掠過的影子
才知道是一個陌生的人
會不會你再來
要不要我再等
你讓我在這裡癡癡地等

樂聲停止後，她深深地向臺下一鞠躬，我實在不能把此刻內心的感受，向任何人傾訴。刺耳的掌聲，在我腦裡激盪著、繚繞著；然而，我突然發覺到，鄰座的黃華娟，她的掌聲似乎不很熱烈，也沒有專心地聆聽和觀賞，是否對這場晚會感到失望？還是另有心思？

組長畢恭畢敬地站在司令官座前，是否又有特別的狀況和指示？不一會兒，他走到左邊的通道，康樂官已站起來，又示意要我過去。

「司令官指示演出獎金照發。」組長說著看看我，「還要發給顏琪特別獎金一千元。研究一下，錢從什麼預算支付較妥當？」

「當然是福利盈餘，」康樂官直截了當地說。可是他並不能理解到福利部門花費多少心思而編出的預算和執行後的決算，那麼簡單的一句話，就否決掉編列預、決算的精神。

「演出獎金已不能再列支，就改由其他支出項目來支付。」我向組長說。

「報告組長，」康樂官面對他說，「這件案子就請陳經理簽，他對支用的預算比較熟悉，政三、主計好過關。」

組長當場指示由我來簽辦，我能堅持什麼？能說聲「不」嗎？

組長走後，康樂官笑了。什麼都不必辦，落得一身輕，當然要笑！

「別老是把你的業務往別人身上推。」我低聲地說。

「獎金裡面有你老婆的雙份，你就多辛苦一點。」他聲音低低地，輕碰了我一下，「看你老婆今晚的表現，大老闆臉上的光彩全因她而生。那些高官夫人專門來挑媳婦的，小心讓人給挑走了，你小子就沒戲唱。」

我沒回應他，走回座位，黃華娟仰起頭含笑地看了我。雖然燈光黯淡，她清麗的容顏、怡人的笑靨，尤其是那雙水汪汪、星兒閃亮似的雙眼，卻也讓我印象更深刻。

晚會結束了，雙旁走道的燈光已亮起，在長官尚未離開前，所有的觀眾依然在座位上等候，不得擅自離開。

「前些日子，讀過妳的〈寄語秋風〉。」我別過頭對著黃華娟說。

「請指教。」她微微地笑。

「報告護理官，我能『指教』嗎？」我開玩笑地說。

「當然能。」文海笑著插上了嘴。

她沒再說什麼，只是默默地笑著，內心的愉悅，或許勝過這場晚會。

司令官已乘車離去，散場時的雜亂，依然在這防區最高單位的集會場所存在著。他們因搭乘院長的便車而來，急著出場。

「何日重遊太武山谷？」我感性地對著他們說。

黃華娟笑笑，看看文海。

「臺下的人急著走，臺上的人等著生氣；朋友，你的戲還沒完。」文海又發現了什麼，神祕地拍拍我的肩，我的心裡已有數，黃華娟則一臉茫然。

「再見了，朋友。」

回到組裡，我取出簽呈單，準備把長官交辦的演出獎金簽出來，桌上的電話鈴聲已響起。

「六五一。」我習慣地報上組裡的電話代號。

「陳大哥，肚子好餓，我們去吃麵；我在文康中心等你。」沒等我回話，電話已掛斷。我放下筆，身子往椅後一靠，是否真應了文海的話：戲還沒完？

康樂官回頭看了我一眼。

「好好的晚會不看，偏偏把人家護理官帶來。這下有事了吧！」

「都是你長官害的，給兩張入場券，讓他們坐得遠遠的，不就沒事嗎？」

「給三十一排最後面的位子，對得起你呀！你的面子往那兒掛？」

「話先說在前頭，今晚如果有事的話，演出獎金我也不簽了，你長官看著辦。」我笑著說。

「有種！」他笑著站了起來。

「試試看？」我也站了起來。挪開了椅子，緩緩地走著，「在文康中心吃麵，有事擋一下。」

「帶點滷味回來，我櫃子裡還有半瓶高粱酒。」

「你省省吧，長官。」

走出坑道東邊的斜坡，在文康中心黯淡的燈光下，我已發現顏琪靠在那株高大的尤加利樹旁；我加快了腳步，她也緩緩地走過來。雖然笑得很勉強，但似乎聞不出一絲火藥味，讓我放心不少。

「今晚的演出，或許是妳演藝事業的最高點。臺下如雷的掌聲，長官的笑靨和肯定，來賓的喝采和激賞；的確，讓我也因妳而榮。」我輕拍著她的肩，由衷地說。

「陳大哥，有時也讓我奇怪。」她突然地拉起了我的手，而後頓了一下說，「我沒有生氣，也不是無理取鬧。怎麼我在臺上賣力地演出，臺下則有人陪你輕鬆地在觀賞；好幾次我都發現，人家有意無意地把頭靠在你肩上。」

「顏琪，妳沒有生氣很好，妳沒有無理取鬧更好；如果再加上不要太敏感，那真是太完美了。」

「敏感的何止我一人，」她有點激動，「回到後臺，好多人都在問，妳陳大哥身邊的女軍官是誰？」

「妳看清楚她是誰了沒有？」

「別說她穿了軍服，佩了軍階；閉上一眼，瞇起眼睛，我仍然不會認錯人——黃華娟！」她肯定地說。

「還有呢？」

「曾大夫。」

「曾大夫是多年的文友，也有恩在我們的身上，他帶來的朋友，在我們的能力範圍裡，能不為他們安排座位嗎？」

「那她為什麼老是把頭偏向你？」

「妳看到我把頭偏向她沒有？」

她默默地無語，捏了我一下手。

「妳沒有無理取鬧，我也沒有生氣，我們吃麵吧！」

她笑了，笑靨綻放在這繁星燦爛的武揚上空，彼此的溝通，誤會將很快地冰釋，冷戰與悶氣不該存在我們心中。

「臺下的人急著走，臺上的人等著生氣。」文海的話依稀在我腦裡盤旋著，然而，他只說對了一半，另一半或許永遠不會發生。

吃完麵，我當真為康樂官帶了些滷味。坦白說，在組裡雖然大家都相處得不錯，但較談得來還是他。不但業務上有些關聯，坐在前後辦公桌，加上他的個性開朗，善於營造輕鬆的氣氛，彼此間也常常開些無傷大雅的玩笑。

踏進組裡的木質地板，他正抬頭張望著。

「滷味帶來沒有？」他笑著問。

「快被你害死了，還帶什麼滷味？」

「怎麼了？」他站了起來，「真生氣啦？」

「吹了。」我把帶回的滷味放在他桌上，「快把高粱酒拿出來，讓我嚐嚐酒醉的滋味。」

「別耍我了，本官也不是沒談過戀愛；如真的吹了，不死去活來才怪，那有這副輕鬆的樣子。」

「報告長官，武揚無戰事。小姐脾氣必須慢慢地磨，讓它由大化小，由小化無，不能處處讓她，否則，寵壞了只有自討苦吃。」

「小子，什麼時候學到這套本事，悟出這道真理？」他說著，從鐵櫃裡取出大半瓶的高粱酒，各倒了小半杯。

「你長官自己喝，我何來那麼大的酒量？」我要把酒倒回他的杯裡，他卻阻止我。

「金門人不喝高粱酒，笑話；高月廠長不抗議才怪！」他舉起了杯「來，陪我嚐一口。」

我們幾乎把大半瓶的高粱酒平分完，雖然尚無喝醉的記錄，但喝後滿臉通紅和熾熱，卻是免不了的。

「不是我講酒話，顏琪這女孩真是少見。今晚藝工隊排出的節目單，按理應由黃小冬來壓軸。但主任他老人家大筆一揮，由顏琪來壓軸；要讓他們看看我們藝工隊的水準，也暗示他們少把那些次級歌星帶來。」他飲了一口酒，「大老闆更是高興，我辦了這麼久的康樂業務，從未簽過個人獎金。錢是身外之物，那份榮譽卻是至高無上的。」

「我也有些擔心：她手術後是否能維持原有的音色。」我舉起杯，示意他同飲，「依她今晚的表現，把陶秦作曲、王福齡作詞的「藍與黑」主題曲，投入豐富的感情，詮釋得很完美。臺下的掌聲不會虛假，長官的肯定不容懷疑，我也為她慶幸！」

「實際上，她的演藝生涯還有很大的發展空間，一旦結婚，也同時畫下休止符。」他關懷地說。

「這個女孩雖然優點很多，但我更欣賞她沒有企圖心和野心，把人生看得很平淡，我們也有共同的心願，回老家種田。」

「種田？」他疑惑地，「你們能種田？一個文弱書生，一個藝海花旦？你還是寫你的散文和小說，別再兼編劇本又自導自演了。」他有點兒不信。

「至少總得離開這個環境吧！」

「這點我倒贊成。」他飲了一口酒，「聽過沒有，魔術師把魔術變上床了，女的總較倒楣，『先電出境』已辦好了，明天就送走。」

「魔術師呢？」

「找不到接替人選，只好暫時讓他繼續『變』，雖然立下悔過書、保證書，但總是一樁窩囊事。」

「敬你長官一口，在你英明的領導下，才有變上床的魔術師。」我舉起杯輕嚐了一口，消遣他說。

「小子，叫你老婆顏琪提高警覺，別讓人家給『變』了。」

他的臉已通紅，我的頰上不僅熾熱，也有點微醺。

走出坑道，我沿著明德小池塘獨自躑躅，已是夜深戒嚴時刻，太武山谷陰沉寂靜；然而，這夜的情愫美好依稀。颼颼的風聲，由太武山房的頂端吹來，卻吹不涼我熾熱的臉龐。

我斜靠在ＯＣＣ對面水上餐廳改建而成的小小花園圍繞的鐵鍊上，無月無光並不能賞出那是什麼花兒正盛開，只感到迎風吹來一陣陣淡淡的清香。忙了一整天，是休息的時候了，而我卻毫無倦意和睡意。顏琪悅耳優美的歌聲，彷彿還在耳旁繚繞著。我們的未來、我們的幸福，是否會像歌詞裡「癡癡地等」？不知怎麼地，我迫切地需要她、想著她，更想擁有她。此刻，如果她能在我身旁，那該多好！多美！或許我的心將跳得更快、我的血液將像湍急的洪流，一瀉千里地流進我們的心、肝、肺、腑，滋潤我們乾旱的心田。

仰望燦爛的星空，巨巖重疊的山峰卻是漆黑一片；俯首鐵鍊下的塘水，卻映不出我此時的身影。

步上斜坡的石階，太武招待所、官兵服務中心的燈光早已熄滅。突地，一顆晶瑩的流星，急速地從山頭那邊消失；我們無法瞭解它殞落的原因，是否厭惡這漆黑的夜晚，還是自行尋找另外一個大地、或是另一片天空？不管它追求的是什麼，都讓我感到惋惜、感到悲傷。

經過中央坑道明德出口處，衛兵荷著槍走近來盤查，是通信營架一連的老鄰居。

「經理好。」他向我行了執槍禮，並沒有問我「口令」。雖然他們駐在坑道裡，明德廣場是他們經常活動的地方；偶爾來供應部買點日用品，看看我們的女會計、女售貨員，聊上幾句，開開玩笑，紓解一下寂寞的心緒。

「辛苦了，站幾點的？」我隨興問。

「一、二。」他簡單地答。

然而，他的回答也讓我不可思議；我竟然已置身在凌晨的翠谷裡。是嚐了幾口酒，讓我心身舒暢？還是顏琪今天不凡的演唱，讓我感到歡欣？不，應該是「臺下的觀眾已走完，臺上的人並沒有生氣。」

不知怎麼地，突然想起了黃華娟。顏琪說得沒錯，她實在是有意無意地把頭偏了過來，她在臺上或許看的比我更清楚，可能是一目了然吧！我曾經怪文海，明知有人要生氣，卻偏偏替我製造事端。然而，人家的懇求和拜託，一樣是讓他左右為難。況且，彼此是朋友、文友的雙重身份，她住院的那段時間裡，也受她費心照顧，這點恩情怎能忘懷？以她少尉護理官的階級，雖然肩負特等病房的重責；但她能住進裡面，也是享了「特權」，這是大家心知肚明的。只是女孩子太敏感，把簡單的事情都複雜化了。

她的那篇散文〈寄語秋風〉，雖然只是短短的二千餘字，裡面卻融合著淡淡的情愁。一開始，就想把她深藏著的情感，託秋風送給她心儀的男孩。當然，文歸文，個人有不同的表現手法；但從事文藝創作的朋友都明白：如果沒有把真摯的情感放進去，寫出來的作品，也只是一堆文字的組合，怎能感人？怎能引起讀者的共鳴？我重複地看了三遍，無論是寫情寫景，儼若名家手筆，是一篇佳作中的佳作。

明兒還得早起，我不能把這段可供安眠的時間，消耗在這個漆黑的廣場。已是深秋了，冷颼的寒風終於吹涼我被酒精燃燒過的臉龐。然而，我卻感到口乾舌燥、一臉茫然，心中澎湃的熱血，是否被黑夜吞蝕了？太武山頂繁星閃爍，池畔茂密的夾竹桃樹沙沙作響。夜已深了，明兒又是什麼式樣的時光，的確讓我們難於預料？未來就讓它來去自如，何必冀求什麼，期盼什麼……。

第十二章

在一波國軍高級將領異動中，主任榮升警總政戰部主任，佔了中將缺。以「吉人天相」來形容我們所敬愛的長官是相當貼切的。在他離職前，受到種種因素的限制，我們也無法送他乙份紀念品或請他吃頓飯，只能默默地祝福他，祝他政躬康泰。

臨別來組裡辭行時，他緊握住我的手，慈祥關愛的眼神溢於言表；他再三地交代：要我好好地寫作，和顏琪結婚時不要忘了通知他。面對即將別離的長官，眼角閃爍的，是自己能感到而看不見的淚光。繼而地，組長也調任臺南師管區政戰部主任，雷公調任陸總政三處副處長。一連串的人事更迭，面對的是新來的長官，新人有新的作風和新的要求。身為幕僚，必須預作心理上的準備和業務上的調整，更要隨著長官的理念，重新擬訂計劃，修訂法令；內心所承受的壓力，絕非局外人所能理解，更讓我有急促地想回家種田的念頭。甚至康樂官也填表申請輪調，不再有外放當師科長的期待。

當然，這不過是短暫的陣痛，在摸清長官的行事風格後，很快地就能進入狀況。只是退回重簽、重擬的稿件多了一些，其他並沒有受到什麼特別的刁難。況且，我們憑的是對業務的嫻熟和投入，以及不容懷疑的品德和操守；但也必須經過一段時間的考驗，才能獲得長官「你辦事，我放心」的充分授權。

新主任帶來多位他原單位的部屬，視缺安插在各組室。這是很正常的現象，由不得你服不服。藝工隊楊隊長已調回組裡辦民運業務，新任藝工隊隊長張少校是主任精選而來的。最迫切的任務是要徹底整頓、裁減冗員，提昇演出水準。新官上任的三把火，每個單位或多或少都要被波及，無一倖免。辦公室更是一片沉寂，沒有一絲兒朝氣。我們聞到的彷彿是一股油煙味，而沒有前任長官的文雅氣息。

藝工隊自己成立伙食團，不再來武揚餐廳用餐，我與顏琪見面的機會相對地減少了；而且她們隊上也頒了規定：十點宵禁後，所有的隊員不得外出，不像以前仍能在營區活動。我們也彼此作某些方面的溝通：約束自己，別為自己添麻煩。但也不會忘記，我們憑藉著自己的能力，憑自己多年的工作經驗，非分的要求，不必接受、不必為五斗米折腰；除了爭氣，也要有骨氣。

我們約定星期天回鄉下，回老家探望父母親。也只有鄉村，才能讓我們拾回失去的童年，找回真正的快樂。而不巧的是從早到晚，小雨卻落個沒停，我們的心情除了受到工作壓力外，這雨，更讓我們感到懊惱。

撐開傘，雨絲仍然飄落在我們的臉上。

「改天再回去吧！雨不會那麼快停的。」走出文康中心的圍籬，我突然停下腳步，看著她說。

「再不走，我們都會被悶死！」她激動地說，「我們未來的路還長呢，這點雨算什麼？」

「對，這場雨只是滋潤乾旱的大地，算不了什麼。」我拉起她的手說：「走！」很久沒有見過的笑容，又綻放在她美麗的臉龐。

「外行領導內行，讓我們感到痛心。」走過籃球場，她開始抱怨地說：「規定一大堆，把我們當成訓練中心剃光頭的新兵。更受不了的是經常把『不想幹，隨時走路』掛在嘴上；耍特技的父女已不簽約了，下一波會有更多人。」

「妳要多忍耐，合約很快就會到期了。」我捏捏她的手說：「來得『光明正大』、走得『光明磊落』，這兩句話是我們必須堅持的。」

「這點你放心，在複雜的環境裡生活久了，卻也讓我成長不少。」

「這樣就好，小寶貝，妳的成長讓我高興。」

「好久，好久沒聽過小寶貝了！也好久、好久沒有這樣地牽著手了。陳大哥，我什麼都可以不要，只要在你身邊。」

我無語地鬆開她的手，摟住她的腰，緩緩地走著。雖然泥濘滿地，寒風又細雨，卻阻擋不了我們往前走的信心。

「組裡現在也是烏煙瘴氣的。楊隊長更可憐，好幾年沒辦業務了，連主旨、說明都搞不清；新來的首席參謀官，靠著與小老闆是表親的關係，什麼都要管、都要插上一手，儼然是副組長的姿態，忘了自己也是參謀。」

「這種人你要小心應付，他們求的是本身的利益，講的是利害關係。」

「妳的分析很正確，就像「藍與黑」主題曲裡面的兩句歌詞：這是個什麼時代？這是個什麼社會？」

「為什麼給了我們藍，還要給我們黑？」她接下說。

「當然，我們也不必太悲觀，苦澀的歲月總會過去的。」我聲音低低地說。

「我們冀求的是真正的自我，對不？」

我含笑地點點頭。

來到新市里，她為父親買了兩條長壽煙，我也順便買了魚和肉。雖然鞋尖已淋溼，寒風刺骨，我們依然搭乘擁擠的公車，不願把錢浪費在昂貴的計程車上。在陽宅下車，還必須走一段路；但我們的心身已完全開朗，把在工作單位承受的壓力與不如意完全拋開。看到這片被細雨滋潤過的大地，木麻黃樹上滴下的水珠，在傘上響起了滴滴答答的聲音。是的，我們已好久好久沒有那麼興奮地牽著手，是否已被環境所屈服？還是真的為五斗米而折腰？

父母親因雨沒上山。然而，農家卻永遠有忙不完的瑣事；老人家正在大廳的地板上篩撿花生——把上選的留下，剝殼當種子；其他的則換取花生油。

母親見到顏琪，急忙地站起，緊握住她的雙手。

「孩子，凍壞了吧。」

「伯母，走點路，不冷。」她愉悅地，又轉向父親，「伯父，為您帶的煙。」

父親笑笑，慈祥的臉龐說不出一句客套話，只有默記在心中了。

「顏琪，種花生的第一步，就是挑選種子。」我遞了一張小凳子給她。

她興奮地坐了下來。

「要挑外殼堅硬飽滿，沒被蟲咬過的。」我把經驗告訴她。

她聚精會神地聽著，含笑地點點頭。雖然是她的第一次，但一副駕輕就熟、乾淨俐落的模樣，讓我深深地感動。

母親用紅糖和生薑煮來一壺薑母茶。她接過手，先為父母親各倒了一杯，我們也暫停了工作，喝起熱騰騰且能祛寒暖身的薑母茶。鄰居的小朋友，也聞風而來，依然探著頭，扮副鬼臉，高聲喊著：婧查某，嫁後浦。而後相繼地跑了，讓我們深深地體會到，童稚的純真和歡顏。

「現在的婧查某，有一天也會變成老查某。」我低聲地說，父母親都笑了，她仍然是滿頭霧水。

「你說什麼呀？」她迷惑地看看我。

「快成金門媳婦了，連幾句簡單的閩南語都聽不懂，趕緊加把勁！」我稍微提高了一點聲音，向她解釋，「漂亮的女子，總有一天要變老。」

「廢話！」她笑著，白了我一眼，「你不會變老啊？能永遠年輕瀟灑嗎？」

「當然會，有老阿嬷，必有老阿公嘛！」

臨近中午，我建議母親煮「安脯糊」，也就是我們農家傳統的主食。用曬乾的蕃薯脯，輾成顆粒和粉狀，儲存在大缸裡。小時候，三餐的安脯糊是吃怕了。然而，在這個年代裡，隨著工商業的突飛猛進，生活水準的提高，偶爾地吃一餐，除了回味童時的艱苦歲月外，卻也倍感可口。相信顏琪會喜歡的。當然，吃五碗可能有問題，三碗就難保不會意猶未盡了！

母親再三地說不能煮安脯糊來招待客人，經過我的堅持和解釋，才勉為其難地同意。她也隨著母親，到廚房幫忙。

大廳剩下我與父親，專心地挑選著花生種子。

「這個北仔查某囡仔看來溫順，懂禮又親切，你們的感情也不錯，只是有點擔心，她能不能適應我們農家生活？不要娶進門三、二天就落跑，那就『見笑』了。」父親的臉龐，雖然流露出慈祥的喜悅，但似乎也有淡淡的輕愁。

「放心啦，阿爸。我們來往已有一段很長的時間，伊的阿爸，是一位退伍的老士官，自幼家教很好，能吃苦耐勞，不是一個三八查某。」

父親點了一根煙，吸了兩口，含笑地點點頭；是相信他的兒子？還是信任他未來的媳婦？是心存疑惑？還是滿意能有一位溫順、懂禮又親切的好媳婦？

「阿爸，一旦結婚後，我們都要辭掉頭路回家種田，到時阿爸阿母可以休息休息了。」

「凡事要三思，不要憑一時的衝動；我們雖然以農為家，但現在的社會環境不一樣了，年輕人總要向外發展才有前途。」

「阿爸，從小我就跟過您上山下海，從不覺得苦。在外面工作了那麼多年，不是我們吃不了苦，而是工作重，精神壓力更大。」

「憨囝仔，阿爸雖然只唸過一年私塾，但我與你阿母都會尊重你們的選擇，外口的世界亂糟糟，我很清楚，也能體會到你們的心情，但凡事要三思。」

「阿爸，我與顏琪已考慮再三，一定會秉持為人子女的孝道，不會讓您與阿母沒飯吃。我也相信她是一個好查某，不是三八查某。我也再三向您保證，你的囝仔絕對不會做違法的代誌，只是讓您知道我們的計畫，心理有個準備。」

母親已煮好了安脯糊，顏琪也端來煎好的魚。我在碗櫃下面的罈子裡，抓出一大把醃過的菜脯，那是用白蘿蔔切成條狀，陰乾醃製而成的佐餐副食。母親說：「又是安脯糊，又是菜脯，怎能端出來招待客人？真不懂你們年輕人搞什麼花樣！」

我要顏琪用清水把菜脯洗淨，多洗幾次，以免過鹹。父親用菜盆從大缸裡掏出滿滿的一盆煮曬過的花生。他笑著說，既然想吃一頓傳統的午餐，菜脯和著花生一起吃，更有味道。心裡仍然深恐，客人不能適應、吃不飽。然而，看她口咬清脆的菜脯聲，配上香脆可口的花生，津津有味地吃著安脯糊，讓兩老看在眼裡，喜在心裡。

「顏琪，先講好，將來回鄉下天天如此，餐餐安脯糊和菜脯，如果要後悔，現在還來得及。」我開玩笑地說。

「陳大哥，你別把我看扁了。」她笑著頂了我一句。

「沒有的事，沒有的事！」母親連忙說，「別嚇唬人家。」

「伯母，您放心，他嚇唬不了我的，」她放下筷子，剝了一顆花生，「我已經吃了兩碗，還想再吃。」

老人家高興地笑著，這雖然只是復古式的簡單午餐，卻讓我們回味四、五〇年代，父母含辛茹苦的日子。當時，也不是每家都有安脯糊可吃；收成的花生，除了換取食油外，還必須換取做肥料用的豆朴、餵豬用的豆餅。我們內心的思古情懷，並沒有隨著時代而減退；苦澀的歲月雖然過去了，但我們始終不敢忘記，父母歷經多少辛酸和苦楚，才把我們拉拔長大。

顏琪幫母親收拾好碗筷，小雨依然落著。我跟父親打了招呼，帶她在村子裡轉轉。

「還記得我說過的話嗎？」我們從東側的小門跨出，撐開傘，她急速地躲入傘下。

「當然。」

「唸唸看。」

「回到鄉下，穿著要簡單樸素，不能手牽手，不能太親密，人家會說三八查某！」

雖然「三八查某」這四個字說來較生硬，總算沒把我的話忘記。這是一個純樸的農村，由不得你把新時代那套玩意兒搬過來，那只會受到村人的奚落，並不能抬高自我的身價。

經過一片空曠地，古典莊嚴的昭靈宮就在眼前，裡面供奉的是田府元帥和金王爺，也是村人精神信仰的所在。鼎盛的香火，保佑了善男信女的平安，五穀的豐收。她雙掌合十，我則深深地一鞠躬，不懂得唸些什麼，唯一要向祂們稟告的是：顏琪即將成為我們的村婦，請保佑她如同保佑我般地，蒙受到庇蔭。

我們在細雨中的傘下，仰頭欣賞著宮頂的飛簷麟角。紅色的屋瓦雖然佈滿了青苔，兩旁的琉璃瓦片則光澤依然，展露出古中國優美的建築藝術，只怪我們賞美的眼光不夠犀利，不能品出更細膩的意境。

走過小小的紅土埕，鞋底沾滿了紅色的泥濘，讓我們的步履感到沉重。雖然它是自然村落的缺點，但在城市裡，想看一塊自然形成的紅土埕，可還真難哩！

我帶她到臨近村郊的豬舍，讓她看看農家的另一面。養豬也是農家的一項副業，利用蕃薯藤以及剩餘的農作物來餵養牠。豬的排泄物則可用來當做肥料，可說是一舉數得。農家的有限積蓄，也是靠販賣豬隻雞鴨、省吃儉用而儲存的。

「還習慣這種味道吧？」走近豬舍旁，我笑著說，「臭中帶香哩！」

「神經病。」她白了我一眼，笑著說。

「將來妳還可以一面餵豬，一面唱歌。」

「唱給誰聽？」她帶著一絲奇異的表情，笑著問。

「當然是唱給豬聽。」

「你不是說過，要我以後只唱給你一個人聽嗎？」她雙手放在豬舍低矮的圍牆上，「看樣子……」她故意地停下不說。

「別看樣子了，我知道妳這看樣子下面想說什麼。」

「什麼呢？」她斜著頭，要我猜的模樣。

「別神氣，有豬公總會有豬婆吧！」

「你真有毛病啦？」她跺著腳。

「別那麼『赤耙耙』！」

「你又說什麼啦？」她不解地問。

「別那麼兇。」我解釋著。

「我看不利用時間，好好地學學閩南語是不成的；免得將來被你罵了，還以為在誇我呢？」

「我那捨得罵妳喲，簡直是疼死妳了。」

「廢話！我就不疼你啦？」她笑著，「你何止是我的心肝寶貝，還是……」她已笑彎了腰。

「還是妳餵養的豬公。對不？」我情不自禁地笑出聲來。

從豬舍旁那條窄小的沙路往上走，我們停留在沙丘上廢棄的碉堡旁，整個村落全在我們的眼簾。小雨把大地洗刷得更清新、更亮麗。從未在這細雨中漫步，尤其是在這古樸幽靜的小農村，更讓我們感到歡欣和舒暢。

「如果我們能就此留下，該多好！」她突然神色淒迷地說。

「目前的工作環境實在讓我有很大的挫折感和恐懼感。尤其是我們那位新來的首席副座。他從不正眼看人，而是用眼角來瞄你；我們看到的不是慈祥可親的臉龐，而是額下一對看來既色又奸的小眼。」

一聽她對環境的厭倦而想留下來，我何嘗不是如此。一份不滿而想發洩的情緒也油然而生。雖然不該批評長官，但把事實傾訴後，內心卻感到無比的舒暢。

「朝代已不一樣了，像廖先生那種文相儒將，已不多見。」她感嘆地，「但千萬不要忘了，除了依規定、按法令外，也要堅持自己的原則。」

「謝謝妳，顏琪。我會秉持著自己的良知，不管環境多麼惡劣，法與理已在我內心根深蒂固，不會動搖的。」

突然地，在這小小的山丘上，我卻拋棄了那份傳統的束縛，拉起了她的手，緊緊地握住。彷彿只有她才能給我信心和勇氣，彷彿只有她才能理解我心中不滿的情緒反應。我繼續地說：

「更可笑的，上個月的福利單位會計報表與原始憑證審核，我剔除了特約茶室兩位服務不滿三個月的侍應生招募費二千六百元，以及部分不當的支出，主計、政三、督導二、五的副座都同意我的意見，他則用便條寫下『來談』。」

「他不是督導一、三、四組嗎？怎麼還要經過他？」她不解地打斷我的話。

「人家官大，是首席；主任不在，由他代理。」我激動地，「我親眼目睹他那副嘴臉，除了把法源依據向他報告外，也把頒布的細則一併呈閱。他提出三點指示：

一、法令是我們自己訂的，招募站小姐來源困難，服務不滿三個月，差個十天八天也無所謂，不要死腦筋。

二、審核報表不要那麼嚴苛，能過就過，順水人情嘛！別老是搬出法令來壓人。

三、重簽。

我步下管制室那條窄小的通道，像要走進一道出不來的窄門，讓我同樣地感到難過。審核報表能不依據法令、做順水人情嗎？我們秉持的是替長官負責；順水人情，人人會做，那是一種不負責的說法。」我很激動，也很氣憤地說。

「後來呢？」她急切地問。

「不說了，愈說愈氣人。」

「為什麼不說呢？就當我是你的出氣筒，你不覺得說出後，內心會舒服得多嗎？」

我輕嘆了一口氣，不錯，說出來是舒服多了。

「他要我重簽的意思，就擺明那筆招募費不要剔除，讓它過關。雖然款數不大，但這是原則問題；我也不能在簽呈上寫下奉誰的指示。只好變通了辦法，重新『會稿』。我在會辦單裡寫下：擬重新審核福利單位會計報表，請賜卓見。組長蓋章後，我親自拿到主計處，向承辦人牛中校敘述案情，他當場搖頭感嘆，提筆寫下：

一、本案業經貴組承辦人依規定嚴予審核，並無不妥之處，何須重審。

二、相關剔除款項，請貴組督飭追繳。

他並親自請副處長、處長蓋章，還輕聲地說：喜歡到那種地方走動、走動的長官，會特別關照那個單位的，老弟，你也別太介意。不管任何事，依法令、按規定錯不了，主計處永遠會和你密切地配合。

政三的苗中校也簽下了：同意主計處意見。並悄悄地告訴我，反正是普通案件，先擺兩天，等主任回來再呈核，就可不必再經過他。」

說完後，像吐了心中一塊骨頭似地，令我舒暢。我們敬愛的長官，那副可愛的嘴臉，得到的是部屬的噓聲，何能贏得我們的尊敬。庵前茶室如有新進貌美的侍應生，總要先恭迎他大駕的光臨，又有誰不知？喝起酒來，官夫人也好，未嫁的姑娘也好，大伸其下三流的魔掌，又有誰不曉？然而，這些低級的傳聞和瑣事，我卻難以啟口。

「陳大哥，雖然我沒辦過業務，但你的堅持已得到相關單位的認同，我百分之百支持你，如果為維護真理而辭職，也在所不惜。」她不平地說。

一陣陣烏雲過後，雨，卻愈下愈大，我們不得不躲進一座，三面射口無人留守的空碉堡。

「顏琪，如果此刻我們不再遠離，那該多好！只要有一張床，一套桌椅和爐灶，我們還企求什麼？」

「室雅何須大，花香不在多；我也有如此的感覺。」

我們在向西的射口處，俯視遠方那片濃密的相思林、苦楝樹，蜿蜒的小路已無行人的足跡，給人一種冷清的感覺。雨水滴在路邊的低窪處，濺起小小的水花；散開的圓圈圈，消失的圈圈點點，就那麼重複地旋轉著。樹上晶瑩的水珠，時上時落，把相思林上墨綠的細葉點綴得更是生氣盎然。我右手環繞過她的腰，輕輕地放在她的腰際間，她輕擰了我一下手背，轉過頭。

「不害臊，在鄉下竟敢站得那麼近，我可不願意讓人家說我是三八查某。」她笑著，向旁邊閃開了一步。

「下雨天跟著男人，孤男寡女地躲在碉堡裡，不三八才怪！」我也笑著。

「我們並沒有做什麼見不得人的事呀。」

「還是三八。」

「你那來哪麼多三八規矩啊？」

「小寶貝，」我拉起她的手，輕擰了她一下臉頰，「別一語雙關，讓我也三八起來。」我笑著又說，「三八查甫碰上三八查某，好戲在後頭。」

她白了我一眼，臉頰上的微紅，久久地停留在她含笑的臉龐。儘管，青春的熱血在我們體內奔放，我們還是會默守著那道邁向永恆的防線，不會淪為世人譏笑的話柄。

「開玩笑啦，別緊張兮兮的。」

「哎喲，自己心跳得厲害，還說別人緊張。」她取笑我。

「我的心跳你聽見啦？」

「雖然沒聽到，聯想作用總有吧！自由心證也不缺呀。」

「那該判死刑、還是無期徒刑？」

「辯論尚未終結。」

我猛而地一轉身，把她緊緊地摟進懷裡，她默不出聲地昂起頭，看了我一眼，又俯下去，把頭偎依在我胸前；一陣陣的髮香，一陣陣淡淡的幽香，蠕動我乾旱的心田。我們想的已不是堡外雨中的美景，而是兩顆心的碰撞而衍生的火花。雨，並沒有因此而停下，它淋不熄我們蕩漾著春情的心田。雖然辯論尚未終結，我們將被無罪開釋，不必承受心靈上難以容納的負荷。她微閉著雙眼，仰起頭，讓我在她滾燙的唇上，一遍又一遍地吻著，一聲聲低喚著：我親愛的小寶貝。

輕輕地推開彼此的身軀，我們又遙隔著小小的一段距離，我們心中存在的只有愛，沒有罪惡感，滿足於此刻的溫馨，代表著我們永恆不渝的深情。

「就差那麼一點點，就要被判刑。」我淡淡地說。

「你的理智勝過情感，陳大哥，我們辯論終結，你永遠是無罪的。」

「感謝妳，顏小姐，如果我有罪，也是因妳而犯。」

「又感謝我，又是我害的，什麼意思？」

「感謝妳給我的吻，也因妳的漂亮和熱情，差點忘了我是誰！」我笑著。

「最好你忘掉，只要我記得就好。」她正經地說。

然而，我不能忘了我是誰，我該遺忘的是堡外雨中的相思林和苦楝樹；該遺忘的是工作上那絲兒的不如意。

「雨不想停，我們卻不能不走。」我看看她說。

「說真的，我實在不想走。」她有點激動地，「想到待會兒又要回武揚，我的心裡就難過。」

「我們都有相同的心情，只是現在還沒到達不走的時候。」我輕輕地推著她，撐開了傘，寒風夾著雨絲迎面飄來。我們快速地穿過那條蜿蜒的山路，在豬舍前延伸出來的棚子下喘了一口氣，口中的輕煙繚繞在上唇與下唇的周圍，我們相視地笑笑。

回到家裡，父母親已把倒在大廳地上的花生挑選好，並裝了袋。家中多了鄰居的三嬸婆與二伯母，正陪著父母親聊天。顏琪禮貌地向她們請安問好。可是湖南國語對上金門方言，倒也真是有聽沒有懂，彼此都要經過翻譯。只有一句她最高興，也聽得懂的「婧查某」。

「顏琪，三嬸婆說妳是婧查某，二伯母也說妳是婧查某，許多小朋友也說妳是婧查某，妳到底婧在那裡？」我跟她開玩笑地說，卻引起滿堂的笑聲。

「我從來就沒說過我婧，你不是經常看著我嗎？怎麼不知道我婧在那裡？」她含笑地頂了回來，說了兩個很金門的「婧」字，又是一陣笑聲響起。在長輩面前說上兩句無關痛養的笑話，卻也無傷大雅，反而能調適這雨天惱人的情緒。

「恁厝燒好香，有福氣。」三嬸婆看了中堂的祖先牌位一眼，「婧查某將來也是一個好新婦。」

「三嬸婆仔，」我笑著說，「北仔查某，伊乖乖，熗有北仔番，將來娶回家，會佮厝邊頭尾和睦相處，也會孝順我阿爸、阿母。」

她站在母親身旁，含笑地聆聽著；然而，她還是「有聽沒有懂」，但這並不與相夫教子、勤儉持家的傳統美德有任何衝突。相信假以時日，她能以金門方言與姑、姨、舅、妗、嬸、姆，相互溝通和對話，更相信她不會有令人討厭的「北仔番」和「烏肚番」。

我向父母稟告，因新長官有不同的作風和規定，我與顏琪不能太晚回去。

「總得吃晚飯吧。」母親說著轉進廚房，我跟了過去，向母親提議煮麵吃較簡單。

「中午吃安脯糊，晚上吃麵，不是我們待客之道。」母親不悅地說。

「伯母，我們都喜歡吃麵。」顏琪也適時走進來。

母親笑笑，不再堅持。或許未來媳婦的話，比她兒子還管用；可是母親這餐麵並沒有因簡就陋，仍然肉絲、煎蛋、小魚干、香菇，比館子還豐富可口。她用八角碗為我們各盛上滿滿的一碗。當然，女孩子的食量較少，她又夾了一些放在小碗裡，要我幫她吃。

院子裡，屋簷下，雨仍然滴滴答答地下不停。家，雖然只是人生旅途中的一個驛站，但因外出謀生而不能久留，總教我們懊惱和悵然。可是，又不得不遷就這個現實的環境。

母親撐起一把老舊的黑傘，陪我們走到大門外，剛踏下矮牆的石階，顏琪突然地停下腳步，回頭凝望佇立在大門口的母親，冒雨跑了過去，緊握住母親未撐傘的另一隻手，低喚了一聲生硬的「阿母」，而後一陣哽咽，卻放聲地哭了起來，母親不知所措地輕拍著她的肩。

「孩子，是不是不舒服？」

她搖搖頭。

母親的眼眶微紅，父親也戴上箬笠走了出來，而我實在想不出：她哭泣的原因是什麼？是留戀這個家？是捨不得離開這個樸實的小農村？還是眼前年邁的父母親？

「孩子，只要妳不嫌棄，這個家隨時歡迎妳，也永遠屬於妳。」母親又輕拍了她的肩。

「不早了，妳們就上路吧。」父親看看錶，低聲地說。

「阿爸、阿母，再見！」她放開握住母親的手，拭去淚痕，仍哽咽地說。

我無語地向父母親揮揮手，左手撐著傘，右手放在她的肩上，暫時別離了雨中的家鄉。我們的腳步沒有回來時那麼輕盈，像沾滿泥濘般地感到沉重。然而，當雨過天晴，鞋底的泥濘將自然地脫落；溫煦的陽光也會映照這片充滿著希望的大地。等待是美的，美得像小橋流水，美得如詩如畫，如一江春水向東流……。

第十三章

文海已服完預官役，將於近期退伍，並順利申請到美國一所知名醫科大學——位於馬里蘭州的約翰霍普金斯大學。我已與顏琪約好，要請他吃頓飯；然而，她卻要隨隊到小金門作一週的小據點演出。我請她順便帶了年度詩選與小說選送給擔任政三科長的緒良兄，並轉達問候之意。雖然彼此時有電話連絡，但親自請安問候，較能表達我們誠摯的心意。

在與文海約定時間地點時後，我順便請他轉達黃華娟，如果沒有值班，大家一起聚聚。自從在擎天廳看過晚會後，她曾單獨搭乘軍醫組的便車來找過我好幾次。在我的感受中，彷彿有一股超乎友情的因素在我們內心滋長著，她的表現、她的動作更是強烈；彼此間好像不是單純的朋友。有時候，她會隱約地提出一些讓我靦腆又難以回答的問題，的確讓我感到不可思議。時間就這麼無情地耗在彼此複雜的思維裡，竟連答應送她一本書也一直沒有實現。有些問題我始終不好意思向文海提起，並非如他所說的想「腳踏兩條船」，但願能用時間來淡化一切，誰也沒有受到傷害的本錢。

誠然，顏琪的敏感讓我吃了不少苦頭，但那畢竟是過去了，男女間除了愛情外，我們不能否定友情的存在。以黃華娟的美貌，以及對文學的造詣，加上她專業護理官的身分，我只不過是一位平平凡凡的金門青年，何其有幸能讓她的頭偏向我？何有腳踏兩條船的本事？平凡的我，那有他們想像中的水漲船高。尤其顏琪住院手術的那段時間，讓她與文海費了不少心思、幫了不少忙，這點恩情，始終銘記在我們的心坎裡，並沒有從我們的記憶中減退。

我帶了兩瓶新出廠的紀念酒送給文海，為黃華娟帶了我的文集《寄給異鄉的女孩》、轉送她羅紀送我的散文集《情深似海》，也帶了一瓶益壽酒與他們共享。

今晚，我選擇的是新市里復興路的大同飯店二樓分隔的小房間。裡面擺的是可容納四位客人的桌椅，老闆兼掌廚，能烹飪出數種格調新穎、色香味俱佳的家鄉口味，很適合三五好友小酌。

文海並沒有肯定黃華娟一定到，但我依然請服務生擺了三人份的碗筷。我自己心裡似乎也有預感，如果沒有特殊任務，她一定會來。雖然我不能理解，也無法猜測她腦中所思、內心所想的是什麼？但衍生在心靈深處的那絲兒微妙因素，並非我們肉眼所能看清，而是要用我們的感官來領受，以及歷經歲月的考驗。

距離約定的時間已不遠，我步下一樓等候，以免客人不見主人。而恰巧，門口正好停了一部計程車，為黃華娟開啟車門的正是文海。

「小子，換了便服，打起領帶，院長的架勢已浮現出來了，何止是大夫。」我走上前，緊握他的手，又轉向她，「華娟。」想伸手握她，卻又縮了回來，文海在我肩上拍了一下，我傻傻地笑笑。

「二樓。」我比了一個手勢，且也多看了她一眼。展現在眼前的已不是身穿白衣或軍服的護理官，而是清麗可人的美少女。從她身上散發的不是藥水味，而是濃濃的化妝品香味。

「顏琪沒來？」在二樓的小房間坐定後，文海低聲地問。

「到小金門演出。」我淡淡地說，黃華娟看看我。

「那今晚咱們哥倆可得好好喝兩杯。」文海笑笑。

「別把兄弟看扁了，有她在我們就不能多喝兩杯？」我把帶來的益壽酒放在桌上，「有膽一人半瓶？」我只是唬唬他，實際上，我那來那麼好的酒量。

「一人半瓶？」他看看我，又看看她，「華娟呢？她可是海量，有十小杯高粱酒不醉的記錄！」

「那有啊？」她輕輕推了身旁的文海，「別把人家嚇著了。」她含笑地看看我。

「如果華娟真的是海量的話，」我把準備送他的兩瓶紀念酒擺在桌上，「我今天捨命陪君子！」

「哇！那來的紀念酒呀！」他像發現了寶貝似地挪過去，放在他的面前，仔細地打量一番後，興奮地說：「我託好多人都沒買到。」

「一本物質處的配貨簿只分配到兩瓶。」我坦誠地說：「本想送你做個紀念，既然這瓶益壽酒不夠喝，今晚就一起把它『打死』，喝光！」

「開玩笑，」他提起那兩瓶酒，站了起來，「我飯也不吃、益壽酒也不喝了，這兩瓶就夠了。」他向左跨了一小步說：「你們兩人喝一瓶，不會有事的。」他又坐了下來。

「不會有事？」我重複他的語調，「這輩子鐵定會給你曾大夫害死。」我又轉移視線看看她，「華娟，妳說句公道話，我倆喝完這一瓶，會不會有事？」

「不醉才怪！」她笑著。

服務生相繼地把菜端進來，我禮貌地先為她擦拭碗筷，她卻客氣地要為我擦拭。

「別在本大夫面前相敬如賓。」文海開起了玩笑。

「華娟，妳們醫院有沒有精神科？詩人胡言亂語，又誤用成語，搞不好有問題啦！」我說著，比了一下頭。

她沒有答覆我，只是開心地笑著。

文海也樂得哈哈大笑。

我為他們斟上酒，文海的酒量我清楚，而華娟呢？是否真如文海說的「海量」？當然，我也主隨客意，勸菜不勸酒，別把誠意變惡意，看客人醉倒才高興。

「華娟，我們一起敬文海。」我們同時舉起酒杯，「恭喜你脫下軍裝，你離開金門也是我的不幸……」

本來想和他開兩句玩笑，但沒等我把話說完，他就插了嘴：

「當然是你的不幸，以後不能把華娟帶來。」

我無奈地看看她，她也微紅著臉看著我。

「對不起，華娟。」我笑著對她說：「這是我們詩人朋友的可愛面——愛說笑。」實際上，何須他帶，她已有多次進入太武山谷的記錄，只是詩人還被蒙在鼓裡。

「我是實話實說，」他正經地，「沒有我替她調班，她今晚不能來；沒有我帶她，她不好意思自己來。當然，沒有你陳先生請客，她也不會來。」

「感謝你，詩人。你的大恩大德來生再報！」我重新舉起杯，笑著說：「大家隨意，大家隨意。」

不一會，我們已喝掉整瓶酒的三分之一，但並不能分辨誰喝多、誰喝少。華娟雖只是輕嚐，但她的雙頰已微紅，笑起來更是嬌豔動人。她坐的是我的對面，想不看她也難；看多了她，卻讓我想到顏琪生氣的模樣。女孩子總是較敏感的，但敏感卻不是與生俱來，多少含有一些現實的因素。我似乎也該檢討，不能全怪她的無理取鬧。如果沒有華娟的出現，或許我們的感情會更單純，她將「無氣」可生，更找不到「取鬧」的理由。

「文海，重遊金門的機會已渺茫，」我舉起杯，對著他，也看看黃華娟，「咱們哥倆各半，華娟隨意。」

「公平嗎？」他目視著我，又轉向她。

「為了感謝曾大夫一年多來的照顧，我也一半。」她爽快地舉杯先飲下一半。

我被她這突來的「阿莎力」感到訝異，她真如文海說的海量？還是懷滿感謝的心？

「我沒說錯吧，華娟是深藏不露。」他得意地笑笑。

我趕緊把湯轉向她。

「喝點湯，別給文海害死了。」

「剩下的一半，我敬你。」她舉杯對著我，沒等我回應，她已一飲而盡；然而，我能不喝嗎？能不吞下這份盛情嗎？喝下後，換取而來的是滿臉的熾熱。酒，只能細品，焉能急喝！別肚子沒填飽，人先醉。

「吃點菜，吃點菜。」我趕忙勸著，並為她夾了一些蔥爆牛肉。

「算你走運，」文海看在眼裡，對著我笑著，「今晚如果都到齊了，鐵定你小子又要倒楣了。」

「曾大夫，怎麼你老是有話不明講，打什麼啞謎呀？」黃華娟迷惑地問。

「妳問問他，能明講嗎？」

她睜大了眼睛，笑咪咪地凝視著我，似乎在等待我的答覆。

「詩人的每一句話都像一首詩，高深莫測，含蘊著我們無法理解的意象。」我說。

她點點頭，聚精會神地聆聽著。

「別把那套鬼理論搬上桌來，」文海舉起杯，「該我回敬二位了。」

「曾大夫，你就乾一杯吧！」華娟說。

「我乾杯，你們呢？」

「當然隨意。」

「華娟，怎麼妳坐中間，卻偏一邊呢？」他把酒杯放下，「妳忘了我們是老同事呀？晚上不帶妳回去了。」

「要你揹？笑話！」我舉起酒杯笑著，「文海，我們再喝點，別讓華娟喝太多。」

「好呀！小子，什麼時候竟成為親密的戰友啦，以前都是連名帶姓地喊黃華娟，現在叫華娟；待會兒要叫娟娟啦！搞不好還要加上親愛的。」

詩人的惡作劇，讓我們大笑了幾聲，而她的雙頰更紅了。是羞澀而紅？還是因酒而紅？我並不能理出明確的答案。

大家同時地舉起杯，愉悅地淺嚐了一口。我們品嚐的何止是美酒和佳餚，也要感謝詩人為我們帶來的歡樂氣氛。

我差點兒又忘了要送她一本書。

「答應送妳一本書，一直沒兌現。」我把帶來的書遞給她，「另一本是文友羅紀送的，我已看完，就轉送給妳。」

文海伸頭一看，笑著說：

「好啊，什麼書你不送，偏偏送她《情深似海》，擺明的嘛，教人不生氣也難！」

「羅紀送的書，別神經兮兮的。詩人，反正有人生氣，就是你害的。」

「為什麼？」

「因為每件單純的事，全被你給想歪了、說歪了。」

她攤開書翻閱著，文海則把頭俯在我的耳旁，低聲地說：

「為你多製造一個選擇的機會，不感恩圖報，還罵我！」

「謝謝你，詩人。你的好意讓我好感動，但也別讓我難過，更不要讓我死得太難堪了！」

她合上書，遞還給我說：

「總得簽個名吧！」

「怎麼搞半天，名字也不簽就送人啦！有沒有誠意呀？」他取出筆遞給我。

我在扉頁裡寫下：

送給

黃華娟

簽了自己的姓名，寫上日期。文海看後又想起了什麼，繼續起鬨著。

「我們賭一次，如果你能在送給下面加上三個字，我乾一杯。」他順手為自己斟滿了酒。

我不解地看她，她也正含笑地看著我。思考再三，也想不出他要的是那門猴戲？

「我自己寫？」我說。

「廢話，你自己寫，我跟你賭什麼？我來寫，華娟先看，然後你照抄。」

「華娟，我們先講好，文海一走就不復返，將來碰頭的只有我倆，待會兒先打個派司，能寫的妳點頭，不能寫的妳搖頭。」我笑著對她說。

「敢！」他提出警告，「膽敢打派司，回醫院後馬上送進手術室開刀！」

「曾大夫，你要嚇死人啦！」她已笑彎了腰。

他撕下一張隨身攜帶的小筆記內頁，寫好後交給她。她看後，摀住嘴，開懷大笑。我看著她，期待她的派司，然而文海卻瞪大眼監視著。

我左思右想，也想不出在「送給」下面能加上些什麼不雅或不妥的三個字。看她興奮的臉龐和怡人的笑靨，這三個字或許不會對她失禮或構成傷害的地方。如果他一口氣再喝下這杯酒，不醉也要飄飄然，彼此的酒量大家清楚。

「只要華娟沒意見，我寫。你也別忘了要乾掉這杯酒！」

「當然，我曾文海一諾千金。不信你問華娟，在醫院說開刀，就是乾淨俐落地一刀劃下。」他神氣十足地。

「華娟呢，有沒有意見？」我轉頭問她，文海也看著她。

「人家早就沒意見。」他有點不耐煩，「大男人爽快點，別拖拖拉拉的。」

「好！」

他擺在我眼前的小紙條是「親愛的」三個字，如此依序必須是：

送給親愛的

黃華娟

「你神經病啦！洋墨水還沒喝到，就搬出這套洋玩意兒出來，那有這樣寫法的。」

「怎麼沒有，我送給趙瑛的詩集就是這樣寫的。」

我看看華娟，她微紅的臉龐依然綻放著怡人的笑靨。

「趙瑛是你的愛人同志啊！」

「華娟則是你文藝戰場上親密的戰友。」

我們都笑成了一團。然而，我並沒有隨即加上那三個字，雖然對誰也構成不了嚴重的傷害，但這個玩笑，實在也開大了。

她說了一聲：「抱歉」，走進洗手間。

「你小子真是老頑固，這是什麼時代了，多幾個朋友，多一個選擇的機會。你也不打聽打聽，華娟在醫院裡是那一號人物？她熱心、熱情、漂亮又敬業。我曾文海下功夫也不一定能追上，人家獨賞你純樸、憨厚，和傻傻的氣質，還有你那幾篇臭屁文章。她的優點在顏琪的身上不一定找得到；當然，顏琪的優點她也不一定有，大家都是好朋友，也不是馬上要娶回家，別窮緊張！」

「你不是能未卜先知嗎？你不是經常告訴我：有人生氣了！你小子存心害我？」

「顏琪的心胸真會那麼狹小嗎？我在華娟面前提起顏琪，她並沒有不悅的反應，不管她內心想的是什麼，至少她保持良好的風度。」

「我可不願傷害了人家。」

「你有沒有搞清楚，玩弄、欺騙人家的感情才叫傷害。你以為華娟今年才十七歲，能讓你給玩弄呀！人家是心儀你，看清了那些油頭粉臉的公子哥兒，想交你這個滿身是『蕃薯味』的金門朋友。」

她走了進來，我們不再談論這敏感的話題，酒已喝了一大半，菜卻吃得不多。

「來，大家隨意。」我重新舉起杯。

「隨什麼意？」他老調重彈，「我們的事還沒了呢！」

「華娟，如果你不介意，就讓文海把酒乾了。」我看看她，提筆加上了「親愛的」三個字，他也爽快地一飲而盡，結束了小小的辯論和紛爭。

「送給親愛的黃華娟，」他低聲而感性地唸著，「比我寫給趙瑛的還有意思。」他說著，卻把書藏了起來，而後說：「如果你們不各乾一杯，我明天就把這本書用雙掛號寄給顏琪，你們鐵定要倒楣！」

「詩人，你這一招是老毛的鬥爭手段，我看你小子是不想退伍了？」

「笑話，」他從口袋裡取出退伍令，在我們面前炫耀了一番，「這是什麼？」

「我喝一杯，華娟隨意。」我企圖化解掉。

「別以為你行，看你那副關公臉，讓人難受；如果你倆對飲，絕不是華娟的對手。」他抗議著。

「華娟，妳量力而為，別上了詩人的當。」我舉杯飲盡，實在也找不出妥當的理由來與他辯論。

她含笑地看看我，也同時飲下。

「詩人，如果沒有其他花招，請多吃點菜；到了國外，盡是生菜和沙拉、薯條和熱狗，那有今晚的大餐！」

「總算你小子說了一句很良心的話，今晚如果沒有我，大餐從何而來？更沒有這個令人終生難忘的場面；那有華娟與你遙遙相對的情景，那有……」

「夠了，夠了！詩人，」我打斷他的話，「再那有下去，不飽也要醉了。」我說著，同時為她夾了一塊香酥排骨，「怎麼沒看見妳吃呢？」

「她已經夠排了，還讓她啃排骨，給她一塊肥肉，讓她吃後肉感點。」

「曾大夫，你存心要我們笑死才甘心呀！」

總算完成了一件事，為文海餞行。三人幾乎瓜分了整瓶酒。我與他的酒量相差無幾，雖然談不上醉，卻有神仙似地飄飄然。而黃華娟並非如文海說的海量，只是較少看到女孩能如此般地喝酒。顏琪是滴酒不沾，內向嫻靜、端莊婉約；她則外向熱情、嬌豔大方。誠然，我的情感已有所歸，毋須做如此的比較。文海說得沒錯，大家都是朋友，又不是馬上要把她娶回家。

「我到衛生院看一位學弟，你們到那裡，我管不著。九點半以前在中正堂交誼廳會合。」他提著兩瓶酒，逕自往右邊的街道走去，而我該把她帶到什麼地方呢？環繞這寂靜的街道？還是漆黑的太湖？站在街的一角，還是找處幽靜的地方聊天？如果是顏琪，她又要說：「陳大哥，你要我走東，我不敢往西。」而此刻，我面對的卻是另一位不同性情的女孩，該往東呢？還是向西？讓我難以定奪。

我們緩緩地走向復興路的尾端，佇立在小小的新市公園，微弱的燈光是衛生院大廳黑色的燈罩下，映照出來的一絲光亮。圍籬下的一條小水溝，我不得不禮貌地伸出手來，攙扶她小心地跨過。而她卻緊緊地挽著我的手臂，頭斜靠在我的肩；我竟然把手環繞過她的頸後，放在她的肩上。

如此舉動，自己感到是一種很不得體的行為，男女朋友，何能像情人般地親密？是酒精在體內燃燒使然？還是青年的熱血在奔騰？我的意識雖然清醒，手則不聽指揮地在她肩上輕拍著，是否要啟開她熱情的心扉？還是要拍下此刻的美好？護理官欣賞的果真是這份充滿著鄉土的蕃薯味？我並不能獲取任何的答案，更無從知曉她的思維和想法。

「說來很抱歉，文海總是喜歡開玩笑，如有失禮的地方，請不要見怪。」我們坐在溪畔的柳樹下，而後，我低聲地說。

「別多慮了，今晚簡直讓我開心極了。」她微微轉動了頭，興奮地把臉靠在我的肩上、靠得緊緊的。

然而，我該把她推開，推掉那份可貴的情誼？推掉一位美麗少女的自尊？還是該維持現狀，獲取此刻的溫馨？內心的矛盾交織著無奈？到底是我玩弄她？還是她欺騙我？這漆黑的夜空，這潺潺的溪流，為什麼不給我一個完美的答案？讓我內心充塞著茫然和淒迷。

我輕輕地移動了一下坐姿，把她斜靠在我肩上的頭，微微地挪開；而她竟猛而地環抱住我，滾燙的舌尖，已在我嘴裡不停地蠕動著，時而在舌上、時而在舌根，也燃起我青春熾熱的火焰。當酒精在體內燃燒的這個時刻，我觸摸到的並非如文海所說的「排骨」，而是少女成熟的胴體；從她的背後、從她的胸前、從她充滿熱情細胞的每一部分，無一不是我此時此刻想得到的、想企求的。

酒，真能亂性？不，那是藉酒裝瘋、藉酒賣傻。顏琪的影子則在這個緊要的時刻，掠過我的腦際；誠然，這漆黑的柳樹下只有我倆，如果理智無法控制即將崩潰的情慾，我的人生即將改變、我的人格即將受損。我怎能對得起願意陪我走向幸福世界的顏琪！對她的傷害，此生能用什麼來彌補？展露在她面前的，也只是一張虛偽不實的嘴臉、一副玩世不恭的身軀。

我又一次地輕推著她，她依然緊緊地抱住我。轉而地俯在我的胸前，像要把頭鑽進我的胸腔裡，那麼地壓迫著我。她期待著什麼？她盼望著什麼？是我們理智失控時的再擁抱、再深吻？還是古人的「軟玉溫香抱滿懷，春至人間花弄色，露滴牡丹開」的醉人詞句？

「對不起，華娟。似乎我們都不夠理智。」我輕拍著她的背，俯在她的耳旁，低聲地說。

她抬起頭，雙手勾著我的脖子。她的舌尖又在我的唇上舔著、舔著，一遍遍、一遍遍，讓我如癡如醉、讓我想起牡丹花開的時節……。

「在愛的世界裡，我願意接受一次挑戰，任憑滿身傷痕、心身疲憊，我也甘心。」她在我的耳邊低聲柔情地說。

「我願意向妳說聲抱歉，華娟，我們是好朋友。」

「你忘了，愛是不必說抱歉的。」她熾熱的臉緊貼在我臉上，「我的心意完全掌握在曾大夫的眼裡，感謝他為我費盡心思。」

「他個性開朗，喜歡說笑。」

「不，他句句實言，句句撞擊著我的心。」

「好，不說了，等顏琪小金門回來，我們找時間聚聚，大家都是好朋友。」

「你的安排我黃華娟奉陪到底，只怕有人受不了。」她用手撫摸我的臉，「曾大夫每次的觀察和分析都沒有錯，我雖然無心害你；但，你卻因我而吃了不少的苦頭。」

「那有這回事。」

「不要欺騙自己，也不要讓我有一份罪惡感。」一陣哽咽，她卻低聲地哭泣。我輕輕地托起她的臉，她的淚水已沾濕了我欲為她擦拭淚痕的手掌。剎那間，她又抱緊我；含淚的嘴唇在我臉上狂吻著，讓我嚐到鹹鹹的淚水，且也讓我的精神和理智崩潰。我張開雙手環抱她，吻遍了她頰上的每一個角落；從耳後到頸上、從眼角到嘴唇，吸著她的舌尖，我一向自視清高的人格，就在此時被一顆純潔、熱情的心所同化。我是憐憫、還是同情？是真愛、還是玩弄？不，不是的，什麼都不是！我們都沒有罪，如果硬要把罪惡加在我們身上，只怪人生來為什麼要有感情？為什麼不是一塊頑石和巨木？為什麼要有感情？為什麼不是一塊頑石和巨木？為什麼？為什麼？

她已不再哭泣，也不再說些什麼。她需要的、冀求的，難道是這些、是這激情的一刻？以往的記憶，彷彿在此時已不存在，我面對的是山外溪潺潺的流水、還是溪畔墨綠的柳樹？是顏琪的柔美、還是她的熱情？讓我掉入一個無底的深淵裡。如果能爬上來，也將是滿身的傷痕和悲痛。

我怪自己，也怪文海。在我看來單純的一些玩笑話，卻有人當真，有人認真，讓我走上路的盡頭，沒有迴旋的餘地。我同時傷害到兩位少女、兩顆純潔的心，我的罪惡必須由自己來承擔，與他人何干！

我牽起她的手，像牽著顏琪那麼地自然。走過狹橋，往右轉，沿著溪畔的小路，沒有激情過後的喜悅，有的是一顆沉重的心。

我們又在溪旁歇腳的鐵椅坐下，她依然靠得我緊緊的，把頭斜靠在我肩上。

「我突然想到，這個地方不適合我留下，我應該填表輪調。」她喃喃地說。

「為什麼？」

她沒有回應我，俯在我胸前，又失聲地哭了。我輕輕柔柔地拍著她的肩，拭去她的淚；仍然阻止不了那一串串斷了線的珍珠，以及那一聲聲讓我心碎的哭泣聲。或許在我的小說裡，我能編出一套美麗的辭藻來安慰文中任何極需慰藉的人物；而此刻卻不能，像極了一個呆頭呆腦的白癡，不能思、不能想，更難以啟口。

「好了，再哭下去，我的心也會被妳哭碎。」我低著頭在她耳旁柔聲地說：「妳不是說過要留一年嗎？怎麼又改變了主意？」

「不，我迫切地想離開。」她抬起頭，沒有看我，也不再斜靠著我。

「如果妳不滿意此刻，不珍惜今晚，也不必怪罪這塊芬芳的泥土。」

「不，我滿意今晚，我珍惜此刻。」她又重新地斜靠著，用手撫著我的臉、我的耳，而後柔情地在唇上輕輕地一吻，「我何曾想過要離開，只是現實的環境讓我不得不做如此的選擇。不管我走到任何一個地方，我心懷的，只有對你的祝福，沒有怨恨。也希望你永遠記住我、記住今晚，記住此時此刻。雖然沒有結果，也必須有回憶。對你來說，這雖然是一份重疊的愛情；對我來說，卻是無限的美好和溫馨。」

「至少妳必須再留半年，請歲月來考驗，我們心懷的，到底是愛情，還是友情？如果妳即時地申請輪調，我們將永不再相見！」我憤而站起，緩緩地走著，「雖然此時我們都處在一個不同而尖銳的定點上，除了為自己想，也必須為對方想，更要為此時不能與我們同坐在一起的另一人想。如此面面俱到，我們活在這個世界，才更有意義。」

她也站起，挽著我的手臂，緊緊地挽著，而後低聲而柔情地說：

「我留、我留下；我留半年、留半年。」

我停下腳步，深情地看看她，也深信她的決定不是因我的生氣，更不是我的脅迫，而是很自然地想通了一切。

九點半已過，仍然不見文海來到交誼廳。第四場的電影已散場，服務生準備打烊，兩位便衣的青年正打著彈子，紅球已全部下袋，不久即將打完。因恐影響服務生的整掃，我陪她來到經理室；距離戒嚴宵禁時間已不遠，如果再等下去，路途將更遙遠。於是，我打電話請金勤連馬士官長無論如何幫忙我調車。他看在平日的交情，以及他的要求我從未拒絕的份上，支援我二號接待車，當然也備了夜間通行證。我扶她上車，兩位打彈子的青年也步下交誼廳的臺階。揮別了新市里的夜空，護送她回到尚義醫院，再轉回太武山谷；我請駕駛直接把車開回介壽臺，獨自躑躅在這個夜深人靜的翠谷裡。

山谷的夜空，漆黑依然，ＯＣＣ坑道口的哨兵並沒有盤查我，右轉在明德第二池塘旁的水泥堤畔坐下。我低頭俯視塘中盈滿的冬水。鳥兒已熟睡，蟲兒已冬眠，我的酒意也全然而退，滿頭滿腦紊亂的思緒非此刻所能釐清。心湖裡已湧起了無數個變化無常的圈圈點點；這就是人生，時有高低起伏的人生歲月。我不能失去顏琪，也不能傷害華娟，我要以什麼公式，才能解出這個令人棘手的三角習題？不錯，解鈴還須繫鈴人，我是否能運用父母賜予我的智慧，重新理出亂如瓊麻的心緒？

冷風颼颼，寒夜寂寂，繁星在遙遠的夜空閃爍。驀地又是一顆殞星，快速地滑過我的眼際。星空燦爛依舊，而大地是否已起了變化？一個不祥的預兆掠過心頭，是第幾次在這山谷的夜裡碰過。流星啊，流星！難道是我生命即將終結的徵象？還是又有一顆更耀眼、更明亮的星兒將升起？我不能預期它能帶給我什麼，只感到此刻的茫然和苦楚……。

第十四章

從小金門演出回來後，顏琪就經常感到腹脹，有重壓的感覺。相對的，她的情緒也因此而低落；加上工作上的壓力，脾氣變得暴躁、易怒，我除了好言相勸和適時的安慰外，又能給予她什麼？新隊長也知道我與她的關係，雖然見面時，彼此都很客氣地寒暄閒聊，但我深覺：他並沒有前任隊長的熱誠和坦然；他仗的是什麼勢，我清楚、也明白。因而，除了他們的黨務會議外，我幾乎沒有私自到過他們隊上，免得為顏琪帶來不必要的困擾。

經常，她會利用午休的時間，自行來站裡訴訴苦，看她日漸消瘦的身影，彷彿在一霎時蒼老了很多。儘管在醫務室診療過，也拿了一些藥，但似乎起不了作用，仍然感到全身的倦怠，時而還有背痛、腰痛和嘔吐的症狀。

「陳大哥，再這樣下去，想陪你回鄉下種田也難。」她的愁眉苦臉、意志消沉，讓我也心生難過。

「我們都已成年了，別說那些孩子話，你會沒事的。」我神情凝重地安慰她。

「自己的身體、自己的病痛，自己最瞭解。」她說著，眉頭皺得緊緊的，「我咬牙、忍受，卻始終堅強不起來，總是感到身體的每一部位都不對勁。」

「改天請個假，我陪妳到尚義醫院徹底地檢查、檢查。」

「滿身的酸痛、不舒服，那些人以為我是裝的，想請假也不容易。」她無奈地搖搖頭。

「星期天總可以吧。」

「我已打聽過，星期天醫院不門診。」

「找黃華娟想辦法。」

她沉默不語，而後嘆了一口氣。

我深知她想的是男女間微妙的關係，她的內心彷彿有一個無法承受的苦楚。如果她知道我與華娟曾經有一段纏綿的時刻，她內心承受的何止是長嘆一口氣；何止是沉默不語，這也是我深感歉疚的地方。然而，紙能包得住火嗎？總有一天，我虛偽的假面一定會被她拆穿，屆時，勢必會讓我無地自容。

「她肯嗎？」久久，她終於說，神色仍然有些淒迷。

「以她在醫院的人際關係，相信她會幫忙的。」我肯定地說。

「為什麼不說憑你們的交情？」她不悅而大聲地說。

「怎麼這樣說呢？」我放低了姿態，輕聲地。

「不這樣說，要我怎麼說呢？」她仍然大聲地，「交情不好，能在中山堂交誼廳聊到宵禁？聊到找不到車子送人家回去？我只是忍下不說，並不是不知道！」

我低著頭，任憑她尖聲地怒吼。這也是我們認識那麼久從未有過的激烈之聲；以往有任何的不如意，只是板著臉孔，沉默不語；她的反常，我能理解。她繼而地站了起來，怒氣未消地指著我：

「你說，是人家的多情？還是你忍受不了寂寞？你所需要的我會給你，更會滿足你，除非我死！」她猛而地抓起桌上的報紙，用力地摔在地上。

我抬起頭，睜大眼睛，凝視著她，久久地凝視著她。像犯人般地接受她的審判，接受她有理的咆哮。

「怎麼不辯白？怎麼不解釋？是理虧，還是心虛？坦白告訴你，什麼事都可以依你，唯獨獨我投入的這份愛情，不能與任何人共享。」

涙水已溢滿著她的眼眶，眼珠隨著火爆的動作旋轉，我依然不想提出任何言詞來為自己辯白。我把手肘放在沙發的扶手上，托著頭，涙水卻情不自禁地滴落在衣襟上。

她雙手環抱在胸前，坐在沙發的另一端，默不作聲，只微微地嘆息。然而，她的舉動卻讓我心痛如絞、悲悽滿懷。我深知在她的氣頭上，任何辯白和解釋，只徒增她的氣憤，並不能用來降溫和化解。

久久，她坐近了我，取出手帕為我擦拭涙痕，而後，輕吻了我的面頰，俯在我的耳旁，柔聲地說：

「陳大哥，請原諒我，我不該這樣對你說話。我的心情實在太壞了，我不能沒有你，也不能失去你。」

「顏琪，我能理解妳現在的心情。我知道妳不是無理取鬧，而是內心自然的反應。儘管我失去了原則，但愛你的心，永恆不變。」

她把手伸過來，讓我緊握著。

「我雖然無心要責備你，但你千千萬萬要記住：男女之間的愛情是一種微妙而自私的東西，容不下一粒細沙；不要受到外來的引誘，也不能失去原則，凡事要有所堅持。」

「謝謝妳，顏琪。當妳心平氣和時，我應該向妳解釋清楚。」

「不。」她摀住我的嘴，「你不要解釋，我並不是要你孤立、沒有朋友。當然，男女間除了愛情，還有友情；要記住，人言可畏。到了宵禁時間還在一起，任憑一個傻瓜也會聯想到許多問題。我相信你，也相信黃華娟會是我們的好朋友，但不要忘了：要嚴守分寸，才能讓別人心服。」

我點點頭，握緊了她的手。她的每一句話，都是公文程式裡找不到的範例。

「到醫院檢查是非去不可了，我自己能預感到：會是一種不單純的病症。如果因此而一病不起，我會不甘心的；因為我還沒有陪你走完青春歲月。」她掙開我緊握的手，目視著窗外，神色凝重地說。

「別說這些悲觀消極的話，在沒有檢查出結果前，不要妄加揣測，替自己製造不必要的煩惱。」我安慰她說：「如果不願找黃華娟幫忙，我們就找處長。」

「你想到那裡去了，既然她願意做我們的朋友，找她也較方便。何況處長很忙，如果用長官的命令來施壓，大夫也會不高興。」

「找黃華娟，你答應的！」我做了聲明。

「我可沒有答應你們單獨約會，也永遠不答應你陪人家聊到宵禁時間，還不送人家回去。」她唇角浮起一絲笑意。

「放心，不會有第二次。」我拉起她的手輕拍著。

「諒你也沒有這個膽量。」她神氣地說。

和黃華娟通電話是在星期五的上午。她說，下午沒有班，要來太武山谷當面談，以便安排。對她的堅持，內心的矛盾和膽怯油然而生。在電話中能說清的，她卻藉口要當面談，她腦裡又想了些什麼？認識她，是我的幸運？還是不幸？怎麼總是問題一簍筐，沒有與顏琪在一起時的平順自然。

站裡的會計小姐打來電話，說護理官已在經理室等候。下午是幕僚單位的軍官團教育，我向值星的王少校打過招呼，懷著沉重的心情推開紗門，身穿軍服配戴軍階的華娟已起身相迎。紅潤的雙頰，合身的軍裝，襯托出她成熟的胴體和線條。我並非喜新厭舊，不知是什麼因素使然，讓我不得不多看她一眼。

「怎麼，沒見過？」她羞澀地說。

「今天的黃華娟，與昨日的黃華娟當然不一樣。」我為她倒了一杯水，在左側的另一張沙發坐下。

「差別在什麼地方？」

「當然是更美。」

「少來這一套，誰不知你心中只有顏琪最美。」她有點兒心酸酸地。

我沒有回應她，深恐又偏離了要談論的主題。大概地把顏琪的病狀再一次地向她說明。該請那位大夫來為她檢查診斷，只有她最清楚。

「病人的心情易怒、暴躁、多疑，你是專業護理官，比我更瞭解。」

「她知道你的安排嗎？」

「已經徵求她的同意。」

「她的反應呢？」她坐直了身軀，顯得急迫而關切。

「提起黃華娟，新愁舊恨一起來，被她訓了一頓。」我苦笑著。

「我早就料想到，會苦了你。」她微微地低下頭。

「反正這個年頭，打小報告的人多得很。幸好她知道的，只是我們在中正堂交誼廳聊天；她氣的是，沒有早一點送妳回去。」

「都是曾大夫害的。」她抬起頭，看了我一眼，靦腆地笑笑。

「怪文海，不公平；該怪的是我們自己。」

「實際上我們都不須自責，你未婚、我未嫁；沒人脅迫、沒人強求；自然地相處在一起，總是一段美麗的回憶。」

「我的感受似乎不一樣。我答應帶她回鄉下廝守終生，內心承受的雖然不是傳統的包袱；但美好回憶過後，身懷的卻是對妳的歉疚和對她的不忠。」

「別怪我，不管結果如何，對這份感情我絕不輕言放棄！」

「不要忘了，我們都是好朋友，別把小說裡的虛幻情節也帶進來。」我笑著說：「顏琪檢查的事，就麻煩妳來安排了。希望妳能把南丁格爾的精神發揮出來，別見了面分外眼紅。」

「我黃華娟會那麼沒有風度嗎？我的安排絕對會讓你滿意的！」

「這才是我的好朋友。」我笑著說。

「別老是好朋友、好朋友！」她的語氣雖重，但仍然掩飾不了唇角那絲特有的笑意。

「不是好朋友，難道要說是老情人？」

「神經病！」她白了我一眼。一句玩笑話，她內心浮現的卻是喜悅和滿足。

「如果有一天真得了神經病，妳不跑得遠遠的才怪！」

「我情願服侍你終生。」她認真地說。

「我相信妳會做到的。」

「為什麼？」她不解地反問我。

「因為我們是好朋友。」

「不，應該如你剛才說的，我們是老情人；如果因你而讓我精神失常，我不會要你來服侍我，而是要鬧得你雞犬不寧！」她笑著說。

「好狠的心，好毒的心。」我咬著牙，從緊繃的臉上擠出一絲笑容「幸好，妳只是讓雞犬不寧，只要我安寧就好了。」

「休想！」她用食指在我的額頭輕戳了一下。而唇角的那絲微笑，是代表著倔強？還是對愛情的執著？

仔細地檢討，我是不該脫口說出那句玩笑話的，讓她誤把它當真。以前文海的戲鬧，在我看來是詩人的胡言亂語，而偏偏她把每一句話都記在心頭，都裝進記憶裡。我是否真的腳踏兩條船？一艘將陪我航向美麗的人生歲月，另一艘已進入我心湖中的港灣；不管任何一艘，都禁不起風吹雨打、禁不起濃霧的迷向，隨時有撞毀的危機、隨時會讓我沉沒在一望無際的浩瀚大海，誰願來拯救我，一位腳踏兩條船的青年人？

我與顏琪已相互承諾，要共同攜手回歸田園；失去她，也將失去我的理想，如同失去我的一生；而華娟呢？我是否能運用上天賜予我的智慧，由逐漸萌芽的愛情，移轉為永恆不渝的友情？讓我們相親相愛，如手足、如親情，互勉互勵。然而，這只是我此刻的想法，顏琪與我定局已成，華娟是否堅持己見，要接受人生的另一次挑戰？而我呢，是走在人生的極端，還是幸福的邊緣？苦惱是與生俱來，還是自我造成？歲月並沒有給我滿意的答案，只是徒增我內心的辛酸和苦楚。

陪她在明德廣場走了一圈，穿著軍服、掛著軍階的護理官，衛兵向她行了舉槍禮，她回了一個標準的舉手禮。柔的一面隱藏在她心裡，我已嘗試過；剛的一面已展現在眼前。受過軍事教育的她，應該會更堅強，但似乎只限於她的外表；儘管內心充滿著柔美，但個性既倔強又固執。

「你的〈太武散章〉就是在這個優美的環境裡寫成的？」步上太武山房的石階，她說了一句我很想聽的話。

「書總算沒白送妳，至少妳看過。」

「何止是看過，」她說著，停在右轉的石階上，「我雖然寫不好，但卻能體會你蟄居太武山谷的心情和寫作動機。」

「華娟，說真的，我此生雖然前途已『無亮』，但卻遇到兩位讓我心儀的女孩，顏琪美妙悅耳的歌聲，讓我心曠神怡；妳對文學的熱衷，讓我如獲知音。」

「你的良心話，讓我非常感動。但也希望在某一方面，不要偏一邊；公平才能令人心服。」

「當然，我會記住黃華娟是我永恆的朋友。」

「別老是把這頂大帽子搬出來壓我。」她收起了原先的笑容。

我搖搖頭，苦澀地一笑，逕自步上石階；她卻默立不動，目視著遠方的山林。

「走不動了，是嗎？」我停下腳步，轉回頭，「要不要我牽著妳、扶著妳，還是拉妳一把？」

「放心，你儘管往前走，我會踏穩腳步跟上你。跌倒了，也會自己站起來。」

「不，華娟，」我急速地步下臺階走近她身旁，牽起她的手，「在坎坷的人生道路上，我也不能丟下妳不管。」

她轉回頭，無語地凝視著我，久久，眼裡閃爍著一絲晶瑩的淚光。

「我是不是又說了一句良心話？」

她含淚地笑笑，微微地點點頭。

我牽著她的手，步上了太武山房，在石塊堆疊的廊道上俯視山谷優美的景緻。這是一份我渴求的友情，還是我心靈裡重疊的愛情？我感到茫然。

「報告護理官，眼角還有淚痕呢。」我遞上手帕，笑著。

「要你管！」她搶過手帕，羞澀地笑著。

我們在山房後的野林、小徑、巨石穿梭與瀏覽著，樹梢上跳躍的小鳥，石縫裡吱喳的蟲聲，與顏琪出遊時的愉悅心情，彷彿在此刻也出現了；只是我心懷的，是異於那時的情景，不再有激情和浪漫。我牽著的也是一雙友情的手，不受愛情的束縛；然而，她的腦裡、她的思維，是否能容下我此刻的想法？

繼續往上走，在山腰的一塊巨石坐下，太武圓環翠綠的木麻黃、料羅灣湛藍的海水和點點漁舟、新市里密集的樓房和店屋，全在我們的眼簾裡。怎麼近在咫尺的自然美景，竟沒有帶顏琪來觀賞，而讓她搶了先！她內心的喜悅和興奮，已不在話下，且也讓我品嚐了那份自然的悸動和美感。

她凝視著前方，白皙的皮膚、紅潤的雙頰，淡妝後的端莊和柔美，想不多看她一眼也難。怎麼隱隱約約地，她的每一部分都像是顏琪的投影和反射，我情不自禁地靠近了她，是如此的舉動，引燃她熾熱的青春火焰？還是她青春的熱血又奔騰？她的舌尖，又一次地在我嘴裡蠕動著，在這青天白日下，親愛的護理官，妳的理智需要補強；身穿這套神聖的軍裝，軟綿綿地斜靠在一位金門青年的懷裡，雙唇吸著的唾液，難道品不出含有「蕃薯味」和「芋仔味」？甘心嗎？情願嗎？再如此下去，鐵定會被擊倒的！不要怨恨任何人，更不能責怪命運捉弄人，一切後果，必須自行負責和承當。

我輕拍著她的肩，她的頭依然低著，卻遮掩不了唇角那絲笑靨。是否如此才能滿足她的冀求？是否如此才能顯示出：內心存在的是愛情而不是友情？但不要忘了，這已是我們青春激情中的最高昇華，不能再越雷池半步，要默守我們心中的分分寸寸。此時，滿足了她的需求；卻隱瞞著，將陪我走向幸福人生的另一個女人。這是否現實社會中，所謂出軌的愛情？還是自我人格的缺陷？

我牽著她的手，走離了這塊盤根在山腰中，歷經歲月風化仍然毫無剝落的頑石巨巖。她像小鳥般地雀躍著，輕盈的腳步、愉悅的心情，她想賞的何止是這山谷自然怡人的美景，滿嘴甜甜的「蕃薯味」和「芋仔香」，才是她的最愛、才是她蒞臨太武山谷的最大目的。

星期天，我們沒有利用特權和影響公務，搭乘經機場的公車，直接來到尚義醫院，我深知她此刻的心情，不得不提醒她：

「黃華娟已答應替妳安排一切。記住，心情再怎麼地惡劣，也不能沒有風度，大家都是好朋友。」

她抬頭看看我，而後無語地點點頭。是勉強？是無奈？這種低氣壓我已領受過，此時的重演，我內心有相當的準備。

走過圓環，身穿白色制服的黃華娟已在廊前向我們招手。她緩緩地走過來，拉起她的雙手，含笑地叫了一聲：

「顏琪姐。」

「華娟，麻煩妳了。」

誠然，我不知道她們腦海裡想的是什麼？葫蘆裡賣的是什麼藥？但彼此都展現出良好的風度，這是我樂意見到的，也希望她內心裡的低氣壓能隨著陽光的升起而消失，把生命中的熱和力顯示出來，我們未來的希望才能倍加光明。

她們手挽著手，並肩地走過白色的長廊。豐滿與瘦弱的背影，成了強烈的對比。一位是盈滿著青春熱情的白衣天使；一位是楚楚可人的美少女，我何其有幸，能和她們一起記錄在生命的扉頁裡。

走進護理室，桌上的三角牌寫著「少尉護理官黃華娟」，她為我倒了一杯水，拉出椅子讓我坐下。

「抽屜裡有書，架子上有報紙；顏琪姐交給我，你安心在這裡當大爺。」她笑著拍拍我的肩，她也笑了。

她們走後，我並沒有坐在這間滿是藥水味的護理室當大爺。我逕自迴旋在白色的廊道裡。內科、外科、牙科、放射科、實驗診斷科……，全由我的眼簾掠過。我從右邊的小門走出來，獨自躑躅在那條通往太平間的路上，兩旁零落的戰備病房已深鎖。右邊是一片寬廣的田野，尚義潔白的海灘就在眼前。一波波翻滾的巨浪，像起伏變化的人生歲月，時而平靜、時而波濤洶湧，我們是否能衝破巨浪，航向理想中的港灣？還是被巨浪吞沒在這個浩瀚的大海裡？

再往高處走去，是性病防治中心。明天就是星期一，不知又有多少侍應生要住進來？她們可憐的身世，我曾經在〈祭〉那篇小說裡，作了一點不太完美的詮釋：她們悲淒的命運，並非與生俱來，只是受到現實環境的變遷而淪落。青春歲月有盡時，可憐她們自身已麻木而不自知。經辦她們的業務多年，隱約地瞭解其中的一些兒辛酸，只能搖頭感嘆，無力給予她們任何的協助和慰藉。

時間並沒有快速地遠離，它必須經過秒、分，才能計時。我轉了好大一圈才回到原點，依然不見她們的蹤影。喝了一口水，總感到沒有山泉的甘醇，是杯沿感染了藥水味？是我嗅覺過分敏感？還是因為心有所繫，讓我喝不下第二口？抽屜裡有書，我何能輕率地打開翻閱；儘管我們已有某些方面的默契，桌上神聖的三角牌，是國家賜予她的官階，雖然只是細細的一條槓，它代表的卻是軍人的榮譽和使命。男女間的感情，卻與官階的大小沒有絕對的關係，因為我們都是正常的人；只是此時，我們成了不正常的三角關係，她們誰也不願割捨愛情而侷限在友情裡。尤其是我，更不應該隱瞞著顏琪，時而地討好華娟。當有一天，她揭穿了我虛偽的面目，是否還願意陪我走向幸福的人生歲月？

我時而看看白色的天花板，嗅嗅滿是藥水味的空氣；時而看看進進出出忙碌著的白衣天使。等待雖然是一種希望的美感，但此刻，我等待的卻是一份讓我心靈震撼的景象。她的不適，已非短短的時日，是否能得到平安無事的檢查結果？還是又要一次地住進這個白色的房間裡？以前有文海、有真正關懷我們的長官；現在雖然有華娟，但她的力量畢竟是薄弱了一點。而她們是否能和睦相處在一起？是否能展現高尚的風度和氣質？還是一場冷戰即將開始？怎不教我憂心。

壁鐘已敲過十下，叮噹的清音已不再悅耳，每響起一聲，就彷彿敲擊著我心靈般地，讓我感到沉重和心悸。穿梭忙碌、進進出出的白衣天使已不再美麗，只有顏琪的端莊和柔美，只有華娟的熱情和豔麗，才能盤據在我心靈的重要位置。然而，我是否會如文海所說的：腳踏兩條船，會死得很難看。當然會很難堪，只是戰爭尚未爆發，暫時過著安逸自在的日子。但我並沒有忘掉，歡樂激情過後的茫然。從顏琪身上得到的歡樂，感到溫馨和心安；從華娟那裡得到的激情，則讓我深為苦惱和不安。

她們相繼地走進來，惱人的低氣壓已被怡人的笑聲所取代。我急忙站起，拉起顏琪的手，目視著華娟。

「怎樣，沒事吧？」我緊張地問。

「驗血、X光透視，該檢查的都做過了，下星期才能有結果。」她看看她，又轉向我，「謝大夫說過，不會有事的，可能是長期的工作壓力所引起的。」

「謝謝妳的幫忙。」我微微向她點點頭，她卻沒有因我的謝謝而高興，反而收起了笑容；是怪我的多禮？還是怪我把她當外人？

她轉而拉起顏琪的手，也拉開了她迷人的笑靨。

「顏琪姐，下午沒班，我請妳們吃飯，然後到處走走。」

她看了我一眼，並沒有徵求我的意見。

「好吧，我們一起吃飯。」她含笑地回應她，卻看不出是勉強？是應付？

我和顏琪在大門口等候，她突然神色不安地拉拉我的衣袖。

「陳大哥，我看這次的嚴重性非同小可。我注意到謝大夫診斷時的神情，似乎隱瞞了些什麼。」

「別老是疑神疑鬼，相信大夫的專業，不會有錯。」

「自己感到渾身的不舒服，腰酸、背痛，生理上也明顯的不順，時間長、量多；晚上更是難以入眠，一點精神也沒有。」

「下星期看了檢查結果，大夫會對症下藥，病情自然就會有所改善，暫時忍忍。」我安慰她說。

「我這副樣子，」她仰頭看著我，「陳大哥，你還愛我嗎？還願帶我回鄉下嗎？」

「顏琪，相信我，此生絕對不會有不同的選擇，我決定的事是永遠不會改變的。風浪很快就會過去，我有信心帶妳進家門，服侍妳終生也情願。」

「恐怕不能如願了。」她又一次地抬頭凝視著我，淚光已在她眼裡閃爍。

「別說傻話。」

華娟已走了過來，她刻意地換裝和妝扮。在顏琪身上找不到的妖豔，都展露在她身上；想多看她一眼，此時卻不能。她們儼如姐妹般地挽著手，步下大門的石階，把我丟在腦後。

我們走到右邊的尚義村，在一家小館子停下。華娟或許是這裡的常客，她點了水餃、炒肉絲、紅白湯，還有一小盤滷味。她親切地為顏琪夾菜添湯，可是她連吃的精神也提不起來。幾個水餃過後，喝了小半碗湯，看她這副模樣，誰也無法打開胃口。華娟搶著要付帳，她幽幽地出了聲：

「華娟，妳過來，讓陳大哥付。」

她的一句話，她不再堅持，良好的風度又一次展現無遺。夾在中間的我，並未受到任何一方的冷落排擠，我暗自慶幸。

「顏琪姐，我們到古崗湖看看。說來可笑，來到金門快兩年了，竟連古崗湖在那裡都不知道，你說好不好笑？」她重新挽起她的手，又看了看我，「況且，不久就要輪調了。」

「輪調？」顏琪停下腳步，驚異地看著她。「在金門不是很好嗎？」

她低下頭，沒有回答；而我的心裡已有數，竟讓時光靜靜地溜走而不自知。

「準備到那裡呢？」她關心地問。

「第一志願是三總。我家住永春街，距離很近；爸媽住鳳山陸官的眷舍裡，只有在警官學校讀書的弟弟偶爾會回家。」

她點點頭，不再說什麼。

「顏琪，古崗湖還很遠，如果你覺得累，我們改天再去。」我走近她身旁說。

「再遠、再累，也比回到隊上好。」她無奈地說，又轉向她，「華娟，什麼時候能重回金門？」

「我明年元月晉升中尉，這裡沒有職缺可安插，可能到退役也回不了這裡了。」

「說得也是。」她沉思了一會，「除非嫁給金門人。」

經機場的公車已駛近，好不容易擠上了車，竟連站位也有限，何來座位。

公車疾駛在環島南路的水泥道路上，兩旁依舊是高矗挺拔的木麻黃，似乎看不到什麼其他的林木可取代這些詩人筆下毫無美感的柱子。經過白乳山、昔果山、后湖、泗湖、歐厝、東沙、珠山，沿途的自然景緻，已被車內的人頭所阻擋，能看到的只是車窗外一片模糊的綠。

在古崗招呼站下車，顏琪的神情隨即改變，不知是這個自然的美景讓她心曠神怡？還是碧波如鏡的湖水讓她興奮不已？

「陳大哥，那麼美的景緻，你怎麼沒想過要帶我來？」她含笑地說「如果沒有華娟的提議，不知要等到何年何月。」

我們環繞著湖堤，踏在翠綠如茵的草地上，她們手牽著手，時而愜意地笑笑，時而低聲地交談。但願爾後，不再有人眼紅，不再有人生氣。然而，這種愜意的時光已不多了，華娟即將輪調，重回金門更是渺茫。複雜的三角少了一個後，二角的關係將更單純。雖然彼此的心中，已投下一個永不變化的球，是否能歷經歲月的考驗，還是會隨著歲月而消逝？

低垂的柳樹，湛藍的湖水，遨遊水上的不知是野鴨？還是鴛鴦？天然與人工交織而成的湖泊，陽光映照的不知是它的古典？還是溫柔？我們不能像詩人般地來禮讚它，只能深埋在永恆的記憶裡！

來到古崗樓，七彩的巨龍盤據在樓前的圓形水池裡。我們不是來研究風水和歷史，也不知道它象徵著什麼；仰頭看那雕樑畫棟、朱壁輝煌的古式建築，讓我們欣賞到優美古樸的傳統建築藝術。在三樓的陽臺，舉目四望：遠山近水，湖的景緻全映眼簾，令人心曠神怡。是誰說過，這般美景儼然是先總統溪口故居景觀的翻版？我們雖然無緣目睹溪口的景色，也無從詳加比較，但它給予我們的卻是隱藏在心中，永不褪色的自然美景。

「顏琪姐，我們划船去！」她愉悅地拉起她的手，期待著她的答覆。

「陳大哥，你陪華娟划船去，我想坐下來休息。」她含笑地把頭轉向我，無力的眼神，已露出一絲倦意。

「我能划船？」我指著自己的鼻尖說。

「當然能。」她肯定地，「而且我深信：你還能平安地把華娟划向一個理想中的港灣。」

我深切地明瞭她話中的含意。剛才興奮的心情，已隨著滿身的疲憊而消失，難道又是風雨欲來的預兆？我不能作任何的揣測，目視著清澈盈滿的古崗湖水，我呆立在這片碧草如茵的草地上。

「怎麼還不去呢？」她又一次地催促著。

我依然紋風不動。

「陳大哥，好些日子了，我一直聽你的；你要我走東，我不敢往西。你今天就不能依我一次、就不能遷就我一次嗎？」她尖聲地指責我，而後又柔聲地說，「去吧，我在湖畔等著你們。」

「華娟，先講好，我從未划過船；如果妳不怕葬身湖底的話，我們就上船。」我面無表情地說。

她淺淺地一笑，這尷尬的場面，也是因她而起。

「別讓他給唬住了。」顏琪白了我一眼，對著她說。

「謝謝妳，顏琪姐，有妳在，誰也唬不了我們。」

她們相視地笑笑。

上了小舟，她低聲地說：

「對不起，讓你挨罵了。」

「她的情緒隨時在變化，我能理解，妳也別見怪。」我看看她，「坦白說，我真的沒划過船。」

「我划過，在碧潭划過。」她搶先坐在搖槳的位置。

「那我今天的命運就交由妳來掌控了。」我意有所指地說。「雖然我不能把妳帶到一個理想中的港灣，但也絕對不會增加妳的負荷。」

「不久，我們即將分離。在金門這段燦爛的歲月和經歷，我已深鎖在記憶裡，只有你能開啟它。」她緩緩地把小舟划出，而後柔聲地說。

「我要記住的，何止是這湖光和山色，何止是這湖水和小舟；我似乎已感受到，妳已在我心靈深處，佔據了一個重要的位置。」

「總算沒白愛你一場，讓你從心肝肺腑裡說出這句良心話。」她得意地說。

「妳也別太樂觀，沒有結局的愛，焉能稱愛？」

「我期盼的不是完美的結局，而是一次生命中的挑戰，一項無法取代的回憶。」

「這是不公平的說法。」

「是我心甘情願的。」

我無語地沉默著。她已把小舟划向湖的中間，遠遠望去，顏琪坐在翠綠的草坪，身軀斜靠在柳樹的主幹上，似閉目、似養神，時而地會把視線投向我們，是監視？是誠心？還是考驗？真教我茫然。

驀然，一陣陣低沉、優美，悅耳的聲韻，從華娟的唇間輕輕地唱出。我記得那是夏明翼作詞，蕭而化作曲的「古崗湖畔」：

好美麗的古崗湖呀

綠透了我的心房
明如月 白如霜
陣陣清風陣陣涼
南明往事話興亡
魯王舊墓桂花香
折得呀一枝
教我寄何方
大陸同胞處境呀
好淒涼
思來思去
拋卻花枝細擦槍

「想不到妳的歌聲，竟然那麼優雅柔美。」

「比起顏琪姐，要差多了呢。」

「有時也不能這樣比法。唱歌、主持節目是她的專業。」我用手輕拍著湖水，濺起小小的水花，「我們曾經在大膽島上合唱過『春風春雨』，也培養了我們深厚的感情。」

「該感謝大膽島。」

「何止是感謝，這一段是我人生當中，最美麗、最燦爛的時刻。當有一天年老，我會把它寫成一篇小說，一字不漏、真實地記錄下來，文中除了顏琪，有妳、也有我。」

「可別把我醜化了。」她笑著，「在你們多彩的人生舞臺上，硬要軋上一角。」

「不會的，她的嫻淑端莊，妳的熱情大方，雖然是兩種不同的典型，但都同時具備了古中國女性的柔美。在我內心所衍生的、滋長的，不管是愛情或友情，已是不能沒有她，也不能失去妳。」

「那妳如何取捨呢？」

「讓它自然地滋長，讓歲月來考驗。」

她含笑地點點頭。

「不過我必須提醒你，站在中間，不要偏向一邊。」

「在愛情，我必須偏向她那邊；在友情，我則偏向妳這邊。這樣公平嗎？」

「別把話說絕了。我很認同你剛才的那句話——讓它自然地滋長，讓歲月來考驗。」

她依然含笑著，沒有不悅的表情。

「划回去吧，剛才氣壓已很低了，別淋了一身雨。」

她點點頭，已體會到我話中的含意。

「你怕她生氣？」

「如果我不愛她，就不會去計較她生不生氣。對妳也是一樣，公平嗎？」

「還有點良心。」她興奮地瞪了我一眼。

小舟緩緩地靠岸，我伸出手，扶著她下船。顏琪也迎了過來，拉起她的手。

「怎麼讓妳搖槳呢？他倒成了大爺。」她看了我一眼，不是埋怨，也非指責，而是含蘊著無數的深情。

「我已事先聲明過，我沒有划船的經驗，萬一小舟翻了，美女有人救，明年的今日卻是我的忌日。」

「狗嘴吐不出象牙！」她輕擰了我一下臉頰，「盡說些不吉利的話，讓人噁心。」

我傻傻地對著她們笑笑。

走離了優雅怡人的古崗湖，穿過了柏油路，我們沿途瀏覽與觀賞鄰近的風光。走上一個小山岡，坐在涼亭中歇息，看著魯王「漢影雲根」真蹟的落石，那蒼勁有力的字跡，在我們腦海裡，留下深刻的印象。小亭後面，那佈滿褐色苔蘚的巨石上，「闢沌」二字是董颺先進士所題鐫；儘管巨巖已逐漸地風化，進士所題鐫的字跡，依然清晰秀逸。我們欣賞的何止是自然的美景、古人的墨跡！能激起她愉悅的心情、高昂的生之意念，才是我們最大的目的。在這片清麗的景緻中，她似乎已忘卻了古崗湖畔的倦容。她們手牽著手，步履輕盈地在木麻黃翠綠的樹蔭下繼續前行。一片片田野和濃綠的農作物，映入我們的眼簾；散落的牛羊，啃食著田埂上的青草。再不久，我們就要歸隱田園，華娟是否願意來作客？還是要回歸臺北的繁華？

我們已遠遠望見那個高聳入雲的文臺古塔。這座用塊石堆疊的實心古塔，距今已逾六百餘年，站在塔前，首先入目的是張大千居士所題的「國之金湯」四個鮮紅大字，往上還有明朝百戶陳輝所鐫的「湖海清平」和「文臺寶塔」。我們並非歷史文物的探尋者，也非時代潮流的追尋者，若不能到此處一遊，確是終生的遺憾，焉能稱為：金門人。

她們已步上文臺古塔隔鄰的巨巖上，遙望著湛藍的晴空和海水，彼此無語地觀賞著，也飽覽了四面八方自然優雅的景色。步下巨巖，在「虛江嘯臥」旁的石凳坐下，顏琪突然地站了起來，往前走了幾步，凝視著前方波濤洶湧的海域，久久地凝視著。在我眼裡的，是她瘦弱的背影以及從石縫裡伸出來幾株即將枯萎的野草。

她重新轉回頭，坐回石凳，從她的神色中露出幾許輕愁。

「陳大哥，你記住：萬一有一天我先走了，把我的遺體火化後，骨灰就撒在大膽島的海域裡。因為我愛這個地方，也惦念著這個地方。」

「別老是跟我開這種玩笑！」我不悅地說。

「我瞭解自己的身體，我知道自己的病痛。」她情緒有點兒失控地。

「顏琪姐，妳會沒事的，不要想太多。下星期診斷報告出來後，謝大夫會對症下藥，妳很快就會復元。」

「華娟，謝謝妳的安慰。有些事我不得不想，也不能不說，倒楣的是他，成了我的出氣筒。」她露出一絲苦笑，「後悔了吧？陳大哥，幸福的日子沒讓你過，卻讓你來為我操心，為我受苦。」

「是我心甘情願的，絕不後悔！」我的心頭已有一絲兒哽咽，「不久華娟就要調回臺灣，我們也快要回到鄉下。別忘了，我們說好，要終生相互扶持和依靠。」我說著，站了起來。微濕的眼角，凝聚而成的是一滴悲傷的淚水。她們也一起站了起來，走近我身邊。是否都同時感染了這份悲傷的況味？離別的情愁，怎不教人悽然淚下？

我牽起顏琪的手，卻不能公平地牽著另一個她的手一起走。這個小女子的風度曾經讓我憂心，此刻卻讓我放心。從認識她，就沒見過她生氣和不高興，唯一的是她的熱情，讓我感受到的壓力格外沉重，這或許與她滿身青春氣息、活潑大方的外向個性有關。能與她相處，是一段自然的奇緣，我並未心存玩弄和欺騙，也從未刻意地去追求、營造過，這是在很自然的情況下，所衍生出來的一份感情，我們珍惜、也不放棄。

夕陽已逐漸地染紅天邊，我們攔下計程車來到金城，假日的人潮已退。我沒有徵求她們的同意，直接帶她們走入民生路的湘味館，湖南老鄉烹飪的口味，願她們能忘掉那些悲傷的情景，享受一頓富有家鄉味的晚餐。

我點了小盤的紅燒牛筋、炒牛肚、滷牛肉，以及牛雜火鍋，另加上兩張油餅；滿桌濃濃的牛味，但願餐後，不會有人發「牛脾氣」。

服務生先端來一小盤酸菜炒辣椒，還有一小碗紅油。她們看了，相視地一笑。湘味館的招牌是辣得夠味，湖南小姐加上四川姑娘，辣椒是她們的最愛，只是苦了我；還好，金門青年卻是怕辣不怕苦。然而，這番安排卻始終無法啟開她們的胃口，低沉的氣氛，把熱騰騰的火鍋也化成了冰涼。她只吃了一小塊油餅、一小碗湯，我能陪她挨餓，而華娟呢？不吃飽，值不了大夜班。為免引起她的不快，我並沒有刻意地為她夾菜，我嘗試著來遷就她——我心中永恆的小寶貝。

遊玩古崗湖時的愉悅心情，此刻已不復見，低低的氣壓又籠罩在我們的四周，倦意又一次地浮現在她的臉龐。

「醫務所拿的藥吃完沒有？」在回程的計程車上，我低聲地問。

她搖搖頭，閉目靠在椅背上。

「要不要先回醫院掛急診？」華娟也關切地說。

她依然搖搖頭。

送華娟回醫院，我們搭原車回到新市里，街上的霓虹燈剛亮起不久，第三場電影也剛放映，電影院門口已沒有排隊的人潮。

「打電話請馬士官長來部車？」

「不，陳大哥，你陪我慢慢走。」

「會不會太累？」

她搖搖頭，而後喃喃地說：

「如果現在你能帶我回鄉下，該多好！」

「還有半年，很快就到了，顏琪，陳家大門永遠為妳開著。」

「只怕等不到那天。」

「如果妳愛我，就別再說這些感傷的話，不要心存悲觀；獨留妳、空留我在人間，都是沒有意義的。」

「陳大哥，我發現華娟是一個心地善良的女孩，她活潑、開朗，沒有虛假。一句話、一個動作都是自然的流露。不要忘了，她怎樣待我，我們也要相等的來待她。以前，我實在有點自私，對她有所誤解，也讓你吃了不少苦頭。」

「從湖南、從四川來到金門，又相互地認識，這是佛家所謂的緣分，大家都是好朋友。」

「坦白說，陳大哥，如果她再把頭偏向你，我還是會心酸酸的。」

「有這種可能嗎？」

「那要問問你自己。」

她敏感的思維裡，已發現了什麼呢？已觀察出什麼呢？只是不願明言，而以暗示的語詞來提醒、來開導，來警告。是的，紙永遠包不住火，何止她的頭偏向我，我們曾經有過激情的時刻，一次、二次、三次、五次地擁抱熱吻，打著友情的旗幟，談的是羅曼蒂克的情話，難道我真是一個不知羞恥的男人？抑或是一個沒有臉的人？

「回到隊上，趕快吃藥。」

「我好希望永遠不再回隊上。」

「別說孩子話了，小寶貝。」我輕拍著她的肩，目視她的背影消失在武揚臺黯淡的燈光裡。

晚安，小寶貝。當黎明的鐘聲響起，我們期盼的是一個晴時多雲的好天氣、更期望冷氣團和低氣壓能快速地遠離金門島的上空，飄向虛無、歸向塵土……。

第十五章

收到福利總處寄來的第四季免稅福利品點券，我援例地請來政三苗監察官開封驗收。除了發文各單位依規定攜帶正式領據、驗放人數、承辦人私章來組提領外，為了使官兵能即時享受購買的權益，另以電話一一通知，請承辦人即速領回分發，以爭取時效。

各師級單位，甚至配屬的防砲、海、空指部，以及中央駐金的一些小單位，都已依規定領妥；只有卅二師，經過幾次電話催促，總算把承辦福利業務的蘇上尉請來。然而，他卻什麼證明文件都不帶，寫了一張便條，蓋了上尉福利官的職章，要來領取一萬多份，折合新臺幣二十餘萬元的點券。

我能發給他嗎？二十餘萬是我十年的薪餉，還必須加上職務加給。我賠得起嗎？經過再三地說明，也重新調出免稅福利品點券核發作業規定，逐條向他解釋。身為福利官，如果連這些作業流程都不懂，那簡直不可思議？然而，我的解釋依然不能令他信服。他把便條放在我桌上，堅持要先領取，後補送正式領據和驗放人數表。我不再理會他，把一萬多份的點券重新鎖入保險櫃裡。彼此在業務上也多次地聯繫過，以往並沒有這種情形，是否他要報復上次業務檢查時，對他提出的糾正和改進事項？今天來上這一招。果真為此，的確是不可理喻！

「你今天不先發給我，我就不領。」他拍了我一下桌子，取回便條，操著一口不標準的國語，大聲地說。

人的修養與容忍是有限度的，我猛而地站起，挪開椅子，走到他面前，尖聲而不客氣地說：

「蘇上尉，你今天拍我桌子，我忍下，你別把我當成死老百姓！我警告你：不在限定的時間領回去，不簽辦你，跟你姓蘇！」

同組的參謀眼見我發火又說了重話，都相繼地站起來相勸。坐在最後的上校參謀官也走了過來，原以為他會維護制度和法令，說幾句公道話；然而，沒有。他板起一副老奸面孔，指著我說：

「能給人家方便，就給人家方便，別故意刁難人家嘛！」

我的火氣已燃燒到了最高沸點，想不到貴為首席參謀，竟說出這種不負責任的狂言，我轉而向他：

「請問參謀官，什麼叫做方便？什麼叫做刁難？」我也板起面孔，毫不客氣地責問他。

「蘇上尉不是說會把正式領據補來嗎？你這不叫刁難，叫什麼？」他的聲音也很大。

「今天雖然你的軍階是上校，不要忘了，你辦的也是一般的參謀業務。法令在這裡，作業規定在這裡，我是刁難嗎？我是不給人家方便嗎？不要忘了，官階再大，是非也要分明。」

「要你先發，你就先發，講什麼理由？講什麼法令！」

「你憑什麼？請問你憑什麼？」

「憑我是上校！」

「上校？」我冷笑一聲，「你辦的是綜合業務和輪調獎金，我辦的是福利業務，還輪不到你下條子交辦的時候！」

「你不要神氣！」

「我沒有神氣，神氣的是你，上校。我也要坦白地告訴你，我這個經理不是自封的，而是司令官核定的，國防部有案的。」我的聲音依然很大，火氣依然很爆；「什麼叫刁難？上校，你知道嗎？就像你發的輪調獎金！來金門服務十幾年的老士官，為了找不到發黃破爛的調來命令，五十元獎金你不發、離職證明你不蓋章，讓他們走不了，這才叫刁難！」

或許他自覺理虧，氣焰已不再高漲，卻突然轉變了話題。

「年輕輕的，整天跟藝工隊唱歌的泡在一起，也好不到那裡。」他緩緩地走了兩步。剛才的火氣因吐了許多而稍微地下降，此刻他卻無故地揭起了我的私事，我與顏琪是光明正大地在一起，何能忍受他無理的羞辱！因而再度引燃我熾熱如火山爆發的氣焰，我不再大聲地咆哮，以冷言來回應他。

「有家有眷的大官，瞇著三角眼跑特約茶室，想白吃、白喝，黏住人家蓬萊米不放，也高尚不到那裡！」

這幾句冷語，可搔到了他的痛處。他轉過頭，暴跳如雷地說。

「大家等著瞧！」

「告訴你，上校，金門人不是被嚇大的，你仗的是什麼，大家心知肚明；我尊重你的上校官階，而不是你的人格！」我突然地，又尖聲地咆哮著：「隨你便！」

「不要再吵。」組長走了出來，慈祥的臉龐此刻卻鐵青，他指著前方，「蘇上尉，你給我站好！你混帳！憑什麼寫張便條要代替你們師長來領點券，你官大？你莫名其妙！限你明天按規定領回，你敢不服從，我就辦你！」說後又轉向參謀官，聲音低了一些，「大家都是同事，個人辦的業務不同，按規定沒有錯嘛！點券是有價票券，一有疏失，誰也賠不起。」繼而地又轉向我，「年輕輕的不要那麼激動，你的聲音主任辦公室都聽得見；參謀官年紀比你大，就好比你的兄長，少說兩句，相互尊重嘛。」

我無語地接受組長的訓示。是的，我的聲音是大了一點，但我是因理直而氣壯，我自己感到心安。參謀官仗的是一位當高官的表親，奏我一本已是難免，但我並不懼怕；我奉公守法，更不會為五斗米折腰。

在惡劣的心情下，度過了一天。

上午剛進入辦公室，文書轉告：首席副主任有請。我深知不妙，但再不妙的事，也必須面對，內心也有一份豁出去的坦然感；這個環境已不值得我留戀，也不值得我投下心血、耗盡青春地為它賣命。我已做好與顏琪歸回田園的萬全準備，喝蕃薯湯也感到它甜；吃芋仔也感到它香。

走近文卷室向右轉，爬上七十度的斜斜階梯，我的步履蹣跚、情緒低落。喊了一聲：「報告」，回應的是慢吞吞的「進來」。他蹺著二郎腿，嘴上刁著煙，冷嘲熱諷、不正眼看人是他的標誌。他遞給我一張履歷表，面對白色的牆壁，瞇著眼。

「他是我的老部下，少校退役，幹過營輔導長，你看著辦！」

「副主任的意思是？」

「最好是庵前茶室，軍官部嘛，單純點。」沒等我說完，他接著說。當然是比較單純，倘若有新進的姑娘也好通知你，只是我沒說出而已。

「那得由金城總室呈報福利中心，再轉上來。」

「你去協調，我這麼大的官怎麼好意思去說。」他頓了一下，眼角輕瞄著我，「你也要特別注意，據反映資料說：你帶著尚義醫院黃姓護理官喝酒去了，還有二號接待車送她回去。你真行，比我這個副主任還行！」

又是那些狗腿子，雷公口中的「大事辦不了、小事一簍筐」的安全單位。有種，他們就反攻大陸去！實際上，這是一句氣話，我也只是敢怒不敢言的善良國民，這是一個什麼時代我清楚得很。

他提起這件已是幾個月前的事，是否另有其他目的呢？我卻不能回應他，這位官場中的大老爺；或許，他是以此來要脅我，或是交換條件？特約茶室管理員以上幹部，調動不到半年，適才適所，大家奉公守法，我能拉下誰？再補上他的老部下。

「如果副主任不介意，就先安插他當售票員，俟機再調整。」

「什麼？」他拍了一下桌子，「你讀過幾年書？竟能在這裡發號施令、掌管福利業務！人家高級班畢業、少校退役，要他到茶室賣票？」

是的，我是沒讀過幾年書。我為什麼要身兼二職，來兼辦這份繁瑣的福利業務？兼職不兼薪，為這個單位費盡心思，全身投入；歷任的司令官、主任、組長，又有誰不肯定我的成績。該檢討的是歷次調來的福利官，在業務尚未進入狀況時，又準備要輪調、要高升，甚至從「車動會」調來的李中校，連一份簽呈都擬不出來。我必須為他們收拾殘局，經常日夜加班，我對不起誰了？大老爺，你貴為首席，只摸清了庵前茶室的門路，前門讓你汗顏，後門有人迎接；只以你的軍階來壓人，在複雜的福利業務上，大老爺，你還是小學生呢！

「你回去看著辦！」

我向組長面報一切。

「交給特約茶室想辦法，這位長官我們惹不起。」組長也只好如此說。

當然，我們不是惹不起，而是組長為了前途，為了想當師主任，不能惹他。而我呢？並不是想惹他，而是秉持自我的良知來辦事。依規定、按法令，絕不向強權強勢低頭屈膝；他如想整倒我，也是輕而易舉之事。如果我同流合污，知法犯法，勢必對不起祖宗、對不起養育我的父母，還有願意陪我回歸田園的顏琪，以及給我友情、也給我愛情的華娟。

傳令從文卷室取回了信件，一封「廖絾」的信函，讓我訝異和驚喜。是老主任的來信，一位和藹慈祥，讓我萬分敬仰的老長官。工整的毛筆字，是秘書人員代筆，蒼勁秀逸的「廖祖述」三個字，是老長官親自簽署。信中除了簡單的問候，主要的是希望顏琪與隊上合約期滿後，能加入警總的白雪藝工隊，如我願意同行，也將為我安排工作。

我即速地將老長官的美意轉告顏琪。然而，我們回歸田園的心意已堅，在她身體尚未復元前，也不容許她再做演藝工作的規劃。我們誠懇地回稟老長官，共同簽下名字，雖然令他失望，卻讓我們永遠懷著一顆感恩的心。

從醫院的檢查結果顯示：顏琪的胰臟已出了一些問題。限於儀器設備之不足，不能做更精確的篩檢；謝大夫除了配些抗生素、止痛藥外，也出具了診斷證明書，希望能即速地赴臺做進一步的篩檢。

她已受不了如此重大的打擊，精神幾乎已達崩潰邊緣。眼球結膜也逐漸地變成黃色，是黃疸的症狀。她又一次地住進尚義醫院。在現實的環境下，已沒有特等病房可住，在普通病房裡吊起了點滴，等待辦理各項手續以便後送。雖然各級長官都來探望，表示關懷；但感覺裡，總缺乏像老主任、老組長那樣慈祥關愛的眼神。

開完「廢金屬處理專案小組」會議後，我向組長報告，希望能准我十天事假，讓我護送顏琪回臺灣做詳細的檢查，以及治療時的照顧。

「她對藝工隊的貢獻有目共睹，我怎麼會不同情她的遭遇？國防部的視察小組下星期就到、福利委員會馬上要召開，廢金屬品急著要處理。你一請假，怎麼辦？」組長神情凝重地又說：「你與她只是朋友的關係，並不具備任何的名分；如果純粹因她而請假，上面也不一定會批准。」

我無言無語地低著頭，組長的話並沒有錯。我們並不具備任何的名分，只是私訂的鴛盟，只是相互地承諾；在這現實的社會裡，有誰會肯定，我們的心早已溶解在一起。

我利用午休時間，請馬士官長支援我交通工具，回鄉下老家稟告父母親，詳加說明顏琪的病況。母親堅持要到醫院來探望，而當她看見躺在病床上，臉色微黃、雙頰深凹的昔日水查某，淚水已滾落在她多皺的臉龐，她微弱地喊了一聲：阿母，更讓母親哽咽地哭出聲來。我走近床頭，輕撫她散亂的髮絲，淚水也不停地滾下。華娟挽著母親的手臂。

「伯母，您不要難過，顏琪姐很快就會好起來的。」雖然她安慰著老人家，自己也失控地哭泣著。此情此景，非悲劇小說或電影的情節，而是真實人生的寫照。一位純潔的少女，她何辜，上天竟如此地對待她，如果因此而讓她有任何的差錯，老天，我會恨你！恨你！恨你！

「阿母，」她伸出微黃瘦弱的手，握住母親，「此生或許不能陪陳大哥回鄉下服侍您和阿爸了，您們要多保重。」

母親的淚水更是一滴滴地淌下。

「憨囡仔，妳會好起來的，阿母在家開著大門等妳回來。」

她閉上眼睛，淚水已溢出她深凹的眼眶，經過臉腮，濕了枕頭一大片，而後低聲地喚著我說：

「陳大哥，你送阿母回家休息。」

我點點頭，先為她拭乾淚水，母親又低下頭，摸摸她深凹的臉頰，愛憐地說：「憨囡仔，妳要堅強，相信醫生，很快就可出院回家。」說後，又雙手合十默唸著：「阿彌陀佛、阿彌陀佛……。」

華娟挽著母親，攙扶她上車。母親除了謝謝她外，也多次地打量著她。或許是受到顏琪被病魔纏身的影響，沿途情緒非常低落，並沒有刻意地問起或詢問有關華娟的事。

度過了艱辛苦楚的一天。當我重來醫院時，卻聽到一則好消息：華娟的輪調公文已送到了醫院，院方有意由她提前辦理離職，順便護送顏琪到三總就醫。當然，軍中還有許多規定和細節，並不能拿到公文就走。她雖然是少尉護理官，擔任的卻是一般例行的工作，只要有人暫代，並不一定要等到接替的人選來到才能離職。說來簡單，辦起來卻也沒有那麼順利；尤其是顏琪的出入境手續，關卡更多：必須經過政四安全查核後，送第一處轉警總境管局，約需十餘天，才能取得出入境證。

在傷腦筋的同時，卻讓我想起在第一處任職的詩人──謝輝煌中校，組裡移送的員工生，出入境都由他承辦。我們深厚的友情，除了業務外，主要因素乃共同對文學的熱愛。他英俊瀟灑，三十出頭肩上已是兩朵花，並沒有因官場得意而自傲；相反的，他待人誠懇，談吐文雅，詩作除了在《葡萄園》、《創世紀》……等重要詩刊發表外，國內的報章雜誌，也常有他的詩作與詩評發表。雖然我不懂詩，不能寫詩，但「詩」卻是文學的重要支流，我們經常談論的也不僅限於此，小說、散文，也是我們談論的重點。

找承辦業務的參謀，或許比找處長更管用。雖然他只是中校，卻掌管著防區官兵的差假以及出入境大權。能讓你等上十餘天（等警總核准的出入境證），也可在幾小時內讓你成行（先電出境）。在這緊要關頭能想起他，可見我並沒有因事情煩急，而失神、腦昏，而手足失措。

帶著顏琪的診斷證明書，以及經過政四安全查核過的金馬地區出入境申請書，走過明德營區，直入中央坑道。詩人愉悅地站起相迎，如兄如弟地握緊我的手，當我說明來意，他接過了我手中的資料，一聲：「沒問題。」讓我安了心。同時，我也把華娟擬提前離職，護送她到三總就醫坦誠相告，務請他再幫忙。他不慌不忙地拿起電話，從尚義醫院人事官、院長，軍醫組預防醫學官、組長，後指部科長、參謀長，一路聯繫協調到底，朋友的熱心幫忙與協助，除了萬分感激外，也牽涉到現實的人際關係。如果我們不以「誠」待人，當你有難時，何能獲取朋友真誠的相助？

顏琪的往返許可證、華娟的離職證明，都在短短的時間辦妥。趁她熟睡時，我與華娟步出病房，在甬道的白色椅子坐下。

「第一處的謝中校，就是寫詩的謝輝煌？」她訝異地，「我讀過他的〈日月潭的船長〉，太美了，迄今我仍然能把它朗誦出來：

渡日渡月
渡萬千過客出雲霧
日月在妳左右
路在心中

剪千頃碧波作花環
彩裝乘風的羽翅
傾九族風情為珍饈
饗宴萬里尋夢的詩人

今日有緣
潭上的日月正清明
他年有緣，光華島上
再聽妳細說
月下老人牽成的姻緣」

「謝輝煌的詩，美得沒話講。今日有緣聆聽黃華娟柔美的朗誦聲，何年有緣，金門島上再聽妳細說月下老人牽成的姻緣？」

她笑笑，而後興奮地說：

「謝中校這麼快就把手續辦好，連我們人事官也感到不可思議。」

「當然不可思議，因為急著想走的是黃華娟；既然這個地方不值得她留戀，不如讓她快點兒走。」

「講話要憑良心，我是為誰辛苦為誰忙？」

「有妳護送，我也放心不少，到時她的家人也會到醫院照顧她。不要忘了，要把她的病況隨時寫信告訴我。」

「你什麼時候到臺北來看她？」

「假是沒請准，可能要等到國防部視察後、福利委員會開完。」我無奈地說，「當然，到了臺北，除了看她；也要看妳，才公平嘛！」

「我深深地感到，你愈來愈有良心啦。」她興奮地笑笑。

「總算妳也說了良心話。」

「顏琪姐說，你前些日子跟組裡的參謀官吵架了？」她關心地問。

「你們是反情報隊，還是一〇一工作站？消息真靈通。」

「她很擔心，是否因她的病情，而造成你精神上的壓力，繼而影響到情緒。」

我搖搖頭，苦澀地一笑。

「那為什麼跟人家吵？上校跟我們院長是同階，你吵得過他嗎？」她關心地說。

「官大也要講理，更要明是非。」我仍然有點氣憤。

「我走了，顏琪姐也暫時不能回來，自己好好照顧自己，能忍則忍，別教人也擔心。」

「說真的，在我幸福的人生歲月裡，命運卻投給我一個變化球。妳們都走了，如同失去了春天般地讓我心悸。」

「希望顏琪姐能早點回來，這個春天對你將更有意義。」

我微微地點點頭。

久久，她柔聲地說：

「如果我們能合拍一張照片，留下做紀念，那該多好。」

「那來的照相館？」

「有。」她興奮地站起，「成功村就有。」

「走到成功村拍照？」

「很近，左轉上坡就到了。」她拉起我的手，「走，我們用跑步！」

「跑步去照相？」我也站起來，「妳不感到好笑嗎？」

「不，對我來說別具意義。」她神情凝重地，「很快即將別離，除非你來臺北，何日再見你，已是未知數。我必須在生命的扉頁裡，留下一個甜蜜的回憶。」她說完，即速地轉回病房，一會兒又走出來，神色緊張地拉起我的手，「顏琪姐還在睡，走，我們照相去。快，用跑的！」

像官兵捉強盜般地奔馳，路途雖近，卻也夠受。幸好剛左轉，我們攔下一部計程車，在成功村的一家照相館，拍下我們青春歲月的記憶和永恆的回憶。她坐在我右邊，頭微偏在我肩膀，是半身的快照。顏琪曾經說過，如果華娟的頭依然要偏向我，她還是會心酸酸的。此刻，我們卻隱瞞躺在病床上的她，拍下這張相片；我們真那麼無情嗎？我們是否能讓這張照片不曝光，深藏在彼此的內心裡？否則又將何以自處？以平常心而論，合拍一張照片原本不必大驚小怪，但在顏琪看來，「小怪」不會有，「大驚」卻難免。我不能怪她無理取鬧，這是很自然的內心反映；換成我，情況或許會更糟。只是我面臨這二位女人，未曾讓我心中激起一些現實人生的漣漪；她們對愛情的專一和執著，讓我青春的心湖平靜無波，沒有留下任何的痕跡，我該感到慶幸，焉能說不夠浪漫……

院方已接獲運輸組空運官的通知，明日上午十時二十分尚義機場報到。隊上的女同事也把她的衣物以及零星物品打包送到醫院。我託請站裡的會計小姐，把我在臺灣銀行所有的存款全數提領出來，讓她帶著，作必要時的運用；如果這筆錢對她的健康有所幫助，將不辜負平日省吃儉用，存下它的目的。

晚餐後，我向組長報備：今晚將在醫院陪伴她，直到送她上飛機為止。我承辦的業務，以及該準備的會議資料，將加班處理，絕不會有延誤的情事發生。組長點頭默許，而我的心情卻分外地沉重。誠然，人有悲歡離合，但老天似乎不該在我們即將「合」的時候，卻將我們先「分離」。她的合約將滿，嚴酷的寒冬已過，美麗的春天即將來臨，正等待我們攜手迎接它。而她何日才能重回純樸的金門島？何日才能重回我的懷抱？我竟連想的勇氣也沒有，只祈望蒼天能憐憫我們，一對迫切地想回歸田園的青年人。

來到醫院，她斜靠在棉枕墊高的床頭，微黃的點滴，從細小透明的膠管裡滴進她的血管裡，流進她的體內，支撐著她瘦弱的身軀。彷彿她亦已感受到，很快就要離開這塊曾經讓她青春奔騰的島嶼。這裡有她的愛、有她的理想，是否全要破碎？抑或是能重臨這塊令她溫馨滿懷、希望無窮的仙山聖地？我輕理了她散在額頭上的髮絲，在床沿坐下。她凝視著我的是無力的眼神，以及唇角的一絲苦笑。病魔已奪走她青春美麗的臉龐，空留一顆純潔的心、微黃的皮膚，堅硬的骨骼。我心中冀求的，不再是她的美麗，也不再是她柔美的歌聲；而是能揚起她生命的真光，讓病魔遠離她，早日恢復她的健康以及生之意念。我們將在許白灣旁、后扁的山頭，搭建一間草屋，面對潔白的沙灘，遙望湛藍的大海，過著與世無爭的人生歲月。我們將帶著孩子，隔海探望華娟阿姨，讓她輕撫著孩子的頭，親親孩子的臉龐，享受短暫的慈母溫馨。

「陳大哥，我明天就走了，能不能回來，一點兒把握、一絲兒自信都沒有。華娟能護送我回去，是我此生的榮幸，也減少了我心中的憂慮。我到現在，還是不願看見她把頭偏向你；不是我心胸狹窄，而是因為我愛你。我也不希望在我們青春歲月裡，塗上一些不實際的色彩，相信她能成為我們的好朋友。當然，如果我不幸一病不起，你就不會受到這些限制了。」

「別想太多了，我深信華娟是我們的好朋友。等視察之後，開完福利委員會，我會請假來看妳。或許，妳的身體已復元，我將陪妳一起回金門。」

「我瞭解自己的病情，沒像你想像的那麼樂觀，但我一定會和病魔作最後的掙扎和搏鬥；能多活一天，多看你一眼，我都不會輕易地放棄的。只深恐，天不從人願。」

「我已拍了電報，並做詳細的說明，家人會在三總等妳。」

「如果我因此而不幸，爸媽會承受不了如此的打擊。幸好，弟弟今年就軍校畢業了，妹妹也有了一份安定的工作，只是白髮人送黑髮人，讓人倍感悲傷。」

「別再說這些，三總都是國內的名醫，儀器新穎精密；我們要相信醫生，不能沒有信心，更不能輕易地被擊倒。」

「陳大哥，我走後，你自己要保重，常回鄉下看阿爸和阿母。凡事能忍則忍，不要跟人家吵架、嘔氣，要知道人世間的公理已逐漸地式微。強權、強勢已壓在我們的頭頂上；人心更是險惡，自己要提高警覺，處處小心。」

「我會記住妳的話。但有一點必須告訴妳，絕不向強權、強勢低頭；在我內心裡，只有兩個字，那就是『真理』。妳放心，我會小心地應對。」

她點點頭，握住我的手。我凝視她那深凹的黑眼眶，微黃的眼結膜，鹹鹹的淚水已由臉頰流過唇角，滴在她的手背上。

「不許流淚，男孩子更要堅強。如果我不能陪你回鄉下，你必須重新規劃你的未來，不管你作任何選擇，我在天國都會祝福你的！」

「別再說這些讓我們都心酸難過的話。累了吧，躺下來休息一會。」

「不，我不覺得累，反而感到精神很好。心裡有很多很多的話想跟你說。」

「未來的日子很長呢！我們將坐在后扁的山頭，蕃薯地裡的田埂上，慢慢地談、細細地說。重新合唱『春風春雨』給我們的孩子聽，也同時告訴他們一個美麗的故事。」

她苦笑地搖搖頭，微動了一下身，淚水又一次盈滿了她深凹的眼眶。

「陳大哥，不知道你真的不知道，還是好心瞞著我、安慰我？我清清楚楚地聽到謝大夫說：很可能是胰臟癌，竟連華娟也不露一點兒口風，保密功夫做得真好。我現在告訴你的目的，不是要你來同情我、憐憫我，而是讓你心裡有所準備。」

我久久、久久說不出話來。懷抱的一絲希望也逐漸落空，我該怨誰？怨這造化愚弄人？恨那蒼天不公平？我們造了什麼孽？我們犯了什麼滔天大罪？竟遭受如此的譴責和報應。而華娟卻遵守了醫德，連一點聲息都不願吐露；是怕我承受不了打擊，還是本能的職業道德使然？

「別聽他們胡言，可能只是假設，並沒有經過求證，妳就這樣輕易地相信他們？」

「陳大哥，我們別再把這點寶貴的時間，浪費在這些毫無意義的辯論上。你手伸過來，這只白金戒子戴在我手指上已經好幾年了，現在由我的左中指移轉到你的無名指，不管它代表什麼意義，就如同我們仍然在一起，永不分離。」

我哽咽著，奪眶而出的淚水已不能浮現在臉龐，而是使勁地往肚裡吞。我吞下的何止是鹹鹹的淚水，而是滿懷苦楚和悲傷。我能堅強起來嗎？還是含淚地跟著她走？走到天國、走到地府，走到一個遙遠虛無的極樂世界。可憐的人類，當春天尚未來到，我們期盼春天；當春天即將來臨，我們失去春天。這是時序的輪迴，還是人生的短暫？

「我已把歷年的存款提出，一部分換成了無地名的新臺幣，還有一張郵政匯票裝在公文封裡，放在妳的小提包內層以備急用，要記住。」

她笑笑，從枕下摸出小皮夾，取出一本存摺和印章，遞給我說：

「原以為我想得很週到，想不到你比我更細心。這些是我私刻你的印章開的戶頭，準備往後的子女教育費，現在就交給你。」

「不，妳比任何人更需要，妳收好。」我急切地想放進她的皮夾，她阻住了我。

「我們都有這份心意和和誠意，這也是我們數年來，深厚的感情所凝聚出來的。不管款項的多寡，你收下我的，我收下你的；如果有一天，我能平安地回金門，我們再把它集中存起來，陳大哥，你滿意我的做法嗎？」

我點點頭，也點落了我的滴滴淚水。

喝完華娟為她沖泡的一小杯脫脂牛奶，倦意又讓她快速地熟睡。白色的長廊已寂靜，黑色燈罩下是幾盞微弱的燈光。明天送走她們，我就好比這微弱孤單的燈光，獨自默守在寂寞的人生廊道裡。她們曾經讓我的生命盈滿著幸福和歡樂，而時光竟是那麼地短暫，像微弱的燈光隨時有熄滅的可能。蒼天既然讓她投胎在人間，為什麼又急著召喚她回天堂？為什麼不同時向我招手，讓我們在陰間地府好作伴……。

一一九滑出了跑道，隆隆的響聲震碎了我的心，她們看不見我暗自獨流的淚水，看不見我沉重的手在揮動。橄欖綠的機身已爬起，掠過木麻黃頂端，掠過反空降堡的哨兵和機槍，從尚義的出海口緩緩地爬升。沉重的負荷讓它吃力地進入雲層裡；穿過烏雲，穿過一簇簇游離飄浮的白雲。刺眼的陽光讓我目眩，低頭是一陣昏暗，湛藍的天空和白雲在我腦海裡旋轉，我是否能度過生命中的暗淡歲月？走完孤單人生的旅程？

再見，浮雲飄蕩的藍天！

再見，如夢似幻的人生！

再見顏琪，我心中永恆的小寶貝！

再見華娟，我心中永遠的好朋友！

這樣是否公平？

第十六章

經過三總所做的腹部超音波斷層以及體部CT掃瞄，證實顏琪罹患的是「胰臟癌」。這種在平時無自覺、無症狀的病症，讓人延誤就醫而加重病情，不知奪走了多少寶貴的生命。癌細胞已擴散到整個胰臟，如要全部切除，必須要用小腸來重建；以後不能分泌胰臟消化液，也不會分泌胰島素荷爾蒙，更不能保證能把癌細胞完全清除。因而，只能用放射鈷六十，以及烷化基劑、抗生素配合使用，來控制病情。

華娟雖然在信中告知我詳情，但對病況以及治療的細節，我只是一知半解。腦中想的、心內感的，只有「癌」的恐怖，尤其已到了最嚴重的末期，隨時有生命的危險，隨時會讓我們分離——一在天上，一在人間。除了請華娟就近照顧外，也必須費點心思，安慰她的家人。每天一封信，寄請華娟代轉；除了安慰、思念、關懷，身在金門又能為她做些什麼？

接受國防部的定期視察，福利是組裡唯一沒有缺點的業務。上級看的、講的，是給予官兵直接而實際的福利，以及有效率的督導、執行，並非把公文一轉就了事。我把計劃、執行、考核，分門別類地建檔，年度已過的則裝訂成冊。視察官想看的、想瞭解的，我都能適時地提出完整的資料。組長眉開眼笑，主任也慰勉有加，而我何能居功，這是長官「領導有方」啊！可是剛送走了視察組，管制室旁邊瞇著三角眼的大老爺又召見。我此生何其有幸地遇見他，一位官場中令人不敢苟同的大老爺。

「交代的事辦得怎麼樣了？」我明白：他指的是為他的老部下安排工作的事。

「已經交給金城茶室。」

「我要你去辦、去協調，你交給金城茶室幹什麼？」

「管理員以下幹部由他們建議，報福利中心轉由我們核定。」

「要他幹管理主任不行嗎？」

「報告副主任，」我不悅地，「行，當然行！」

「既然行，為什麼不簽？」他大聲地說。

「總得按體制，」我也激動地，「管理主任也必須由福利中心報請我們安全查核後，再任免。」我依據法令，向他解釋。

「好，我馬上叫福利中心報，你膽敢不簽！」

不錯，大老爺，福利中心報上來的公文，我總是要處理的，怎敢延誤而不簽。我該怎麼簽，是否能輪到你來批個「可」，或是「如擬」，還是未知數。我倒要看看福利中心剛調整不到半年的管理幹部，在他們兢兢業業地工作，沒有任何差錯時，能依什麼法令來拉下一位老幹部，補上一位高官引介的退役軍官。

福利中心的承辦人王少校，滿腹苦水地來協商，而我能說什麼？也不會那麼傻幫他們出主意。他們在無計可施下，竟呈報：調庵前茶室管理主任，擔任文具供應站出缺甚久而不準備補實的副站長；聘孫志坤為庵前茶室管理主任。我先把孫員的資料，以「會稿」的方式，送請政四安全查核。經過了幾天，政四的回覆是：該員有賭博及毆打士兵之不良記錄。原想如果政四沒有意見，還得花費一些口舌向主計與政三解釋，把這個不依法令調職和聘任案否決掉；既然政四已提出意見，正符合打擊特權的需要。我火速地檢附各項資料，採「以稿代簽」寫下：

主旨：貴中心建議聘任孫志坤為庵前茶室管理主任乙節，經查孫員品德不端，歉難同意。復查本部福利單位管理幹部調整不及半載，貴中心又建議調整，實有欠當之處，請改進，並希遵照。

司令官

組長蓋章後，我把幾件擬好的公文以及會議通知，親自拿到督導二、五組的王副主任辦公室，一聲：「報告」後，回應是親切的：「請進」。留德的他，溫文儒雅、博學多聞，待人親切，武揚的官兵，對他更是敬佩萬分。

「怎麼親自送來，傳令呢？」

「報告副主任，福利委員會緊急通知單，還有幾件例行公文，一起帶來請副主任先行批示。」

「有沒有要主任看的？」

「例行公文，副主任批就可以了。」

他點點頭，逐件地仔細看，並用紅臘筆在每一個標點符號旁，輕輕地一點，從「可」，到「如擬」；從「先發」到「閱」，用那工整的筆跡，簽下了「德鈞」兩個字。

經過大老爺門前，裡面有爭論的聲音，不知道那一位幸運的參謀在聽訓？我情不自禁地冷笑一聲，輕吥了一下，嘴裡喃喃地說了一句：「什麼東西！」——四個不太文雅的字。

走下管制室傾斜的石階，文卷室就在對面，我把待發的文稿和會議通知單交給文書官登記、打印、發文，內心感到莫名的舒暢。

大老爺，不是我惹你；我也惹不起，只是秉持良心，依據法令來辦事。一位有不良記錄的軍官，能到茶室當主管？雖然合你意，中你懷，卻違背了我們費盡心思研擬的法令。

誠然，我得罪了你，卻讓福利單位百餘位員工心服，我感到心安又理得。當然，我也會再聆聽你的訓示，你撤我的職也在所不惜。但你也要記住：如果不自制，想在庵前茶室繼續「泡」，總有梅毒上身的一天；如果不用「正眼」看人，久了眼睛自然傾斜不正。不要忘了「官外有官，人外有人」。

開完福利委員會，我重新遞上事假的簽呈。如果我再不到臺北探望顏琪，內心何止不安和自責，將會受到上天的懲罰。甜蜜的日子，短暫的幸福歲月，顏琪都給了我，此時她雖然還活著，卻是躺在病床上，在放射儀器下；在苦澀難嚥的藥物下，維持著她苟延殘喘的生命。雖然，臺北有她的家人在照顧，華娟也會利用公餘來協助，但我一直相信：她更需要我，更高興看到我；也只有愛情才能給予她生存的意志和力量，任憑多活一天，多看一次夕陽，也是值得的。

而不巧，王副主任返臺休假，我請假的簽呈又卡在大老爺手中，我心知肚明，又將是難過的一關。然而，馬上又要處理廢金屬品，我必須在十五號前趕回來召開第二次協調會。第三天，我請主任辦公室李秘書幫我查一下，他回覆：「不妙」，紅色卷宗已由傳令放在我桌上，藍色的銀行簽字筆，龍飛鳳舞地寫下：

一、無正當之理由。
二、應以公務為重。
三、不准。

我內心衍生的何止是憤怒，組長卻怪我惹了他。我毫不考慮地寫了辭呈，不幹總可以吧？！數年來，我犧牲了多少星期假日，何時何日請過假？身兼二職，只有賣命地工作，從未享受過多餘的福利。我分別打了電話，通知屬下的免稅福利品供應部、文康中心、免費理髮、沐浴、洗衣部即速繕造移交清冊，組裡重大的業務都已告一段落，只有廢金屬品處理是件大案，我也開始整理鐵櫃和抽屜，把不必要留存的銷燬。組長眼見事態已大，親自帶著我的辭呈，直上主任辦公室，帶回來的是西華鋼筆粗壯的藍色筆跡：

一、准假乙週。
二、辭職免議。

我並非在使性子，依法令按規定辦事，依舊得不到部分長官的認同，這是多麼悲哀的一件事。假准了；職，辭不成。雖然詩人謝輝煌中校應允為我辦理「先電出境」，但還有棘手的交通工具問題。我填了三聯單，政四組已蓋上「無安全顧慮」的藍色條戳，原以為可順利請運輸組安排機位，大老爺又在簽呈上寫下：

一、陳員非軍職又非因公務。
二、坐船可也。

坐船當然可也。一星期的假，扣除往返的航程、等候船期、北上南下的時間，實際剩下的還有幾天？主任辦公室李秘書也苦笑地搖頭，他取下我的安全查核三聯單，安排我改搭政委會班機飛向臺北。李秘書又給我一張親自簽名的名片，要我回程找外島服務處連絡官姚上校。除了感謝他的仗義外，也讓我感慨、讓我體會到現實人生的許多辛酸苦辣。人在倒楣的時候，諸事都不順，連喝水也會被嗆到。我是否該請劉半仙來為我卜上一卦，改改運；畫張符貼在額頭上，以免惡鬼纏身。人啊人，怎不教我也悲嘆！

透過「西康二號」的領班小姐，她為我轉接了「江蘇」，又轉「三總護理部」找到了華娟；為了保密起見，我概略地向她說明金門的氣象、報到的時間，要她推算飛機起降的時間，來松山軍用機場接我；免得像劉姥姥進了大觀園，找不到門路。

多日不見的華娟，卻略顯消瘦，她一見面，就挽起了我的手臂，這是臺北的景象。笑靨在她臉上久久地綻放，卻說不出一句話來。內心的感慨，離別多日的重逢，已紅了我們的眼眶。

「顏琪呢？」我別過頭，低聲地問，「狀況好點沒有？」

她仰起頭，含著淚水看看我，又低下。

「不樂觀。」

我的心情隨即像高空上的低氣壓，冷酷、冰寒。領取了簡單的行李，走出候機室的大門，我冷冷地問：

「坐外島服務處的交通車，還是計程車？」

「我自己開車，在對面的停車場。」她指著前方說。

「妳能開車？」我疑惑地問。

「只有顏琪姐沒讓你懷疑；我的每件事，你總喜歡先打個『？』號，包括我對你的感情。」

「如果我是虛情假意，還會關心妳嗎？問號不一定是懷疑，而是內心自然的感應。」

「話雖有點玄，但總算有點良心。」她笑笑。

然而，我實在提不起精神和她談論這些不該在此時談論的話題。唯一想的是：快點兒見到顏琪。

裕隆牌的新車，華娟的駕駛技術也算熟練。紅燈停、綠燈走；前車不動、後車難行。繁華擁擠的臺北市容，讓人印象深刻。擋風玻璃外的高樓大廈，分隔島上的矮小灌木，飛馳呼嘯的摩托車，讓我眼花撩亂、頭昏目眩。她全神貫注地看著前方，紅燈停時，則轉頭看看我。何時竟把髮絲別在耳後，閃爍的眼睫毛、晶瑩的眼珠、高挺的鼻樑，以前沒十分注意過的美麗容顏，都呈現在眼前，這可曾是想多看她一眼的理由？

「沒看過啊？」她頰上泛起了一絲微紅。

「好幾天了吧！像一世紀那麼長，怎不教人想多看一眼。」

「總有一天讓你看個夠，看膩了也要忍耐一會兒，再繼續看。」

「新環境還能適應嗎？」我笑笑，改變了話題。

「比不上金門的單純。」

車轉入汀州路，遠遠看見「三軍總醫院」蒼勁的大字在陽光映照下，反射出五道金色的光芒。華娟停了車，我的心也隨即起伏不定地跳著。在三樓左側的三〇一病房，白色被褥覆蓋的，就是要陪我走向幸福人生的顏琪。她的毛髮脫落，天藍的專用帽套在她光禿的頭上，眉毛也從她黃黃的額下消失。我禮貌地先向她的家人點頭致意；不須自我介紹，我能看出是她的父母和妹妹。快步地走近床邊，逕自坐在床沿，把她那皮包骨的手，夾放在我的手掌心，含著淚水，低喊了一聲：

「顏琪。」

她睜開了無神的雙眼，蠕動了一下唇角，微弱地低吟了一聲：

「陳大哥。」

滿眶的淚水，彷彿要在此刻流乾流盡。我輕撫了她的臉，流下我此生數不盡的悲傷淚水。我該以什麼言詞來安慰她？或許流盡了淚水，就是最大的安慰。

她伸出顫抖的手，摸摸我低俯在她身旁的臉。

「陳大哥，我不行了。」

「別說這些傻話，我今天來看妳，也要帶妳回金門。」

她輕輕地搖搖頭，也搖落了無數的淚水。

「那是不可能的。」

「我們的理想和計畫全未實現，為什麼不可能？」

「日子已經不多了，能見到你，我很高興，死也瞑目了。」

「不，不要說這些。在金門時，妳不是說過要堅強，要向命運挑戰嗎？」

「蒼天不憐我。說，何用；想，又何用？」

我取出手帕，輕輕地擦拭她盈滿眼眶的淚水。她則重複地撫著我的臉龐。

「陳大哥，趁我現在還能說話，一旦我死了，要把我火化，骨灰帶回金門，撒在大膽島的海域裡。」

悲傷的淚水、哽咽後的鼻水，已染濕了我的手帕，我無語地站起，轉頭握緊她父親的手。

「伯父……。」我已哽咽地說不出話來，只想讓他們明瞭她的心願。如果真的不幸，請他們讓我陪伴她回金門；回到她此生充滿青春氣息，充滿短暫幸福時光的第二故鄉。那裡有我們的愛，有我們未完成的理想和心願，有我們在鄉下的老家。在太湖、在榕園，在新市、在金城，在古崗湖、在文臺古塔；還有啟開我們愛情心扉的大膽島。此生雖然不能再合唱「春風春雨」、也不能再聽她的「問白雲」，更無緣再帶她到金城土地公廟旁的巷子裡吃蚵仔煎、蚵仔麵線，聽老人以木琴彈奏「虹彩妹妹」……。

「不要傷心，」她的父親拍拍我的肩，「這是命運，人類無法抗拒的命運。我知道你們的感情，你能從千里遠的金門專程來看她，的確令人動容。她已向你表明了一切，我們也會尊重她的選擇。孩子，不要難過，不要太難過！」

「伯父、伯母，謝謝您們。」我由衷地說，繼而地走向華娟，「妳忙吧，我在這裡陪她。」

華娟走離後，我打開了行李包，取出順便帶來的金門特產，禮貌地交給她的父親，也送給小妹一本《金門風光》。而且坦誠相告在臺北將有一週的停留時間，顏琪就由我來照顧。必要時，華娟也會來協助，請他們放心回家休息；小妹也必須上班。她的父親卻要我住到民生東路婦聯四村的家中，經我再三地解釋和堅持，才勉強同意我留在醫院。相信他們也會放心地，把病中的女兒交給一位專程渡海而來的金門青年，來照顧她。女兒雖然在他們身邊成長，卻在金門尋找到愛；在金門度過青春的歲月。

她已完全不能進食，靠的是吊在床頭的點滴以及抗生素來維持生命機能的運轉。燦爛的日子已過去，青春美麗的容顏已褪色，悅耳的歌聲、怡人的笑靨已不復見，人生又有什麼可計較的？權勢、名位，金錢、高官，總會像繚繞的雲煙，在一霎時散去，留下一個沒有生命的軀體、一堆白骨；有些人會令人懷念，有些卻遺臭萬年、延禍子孫。

整整三天了，我沒有離開醫院一步；她的家人也分批地輪流來陪伴。然而，她似乎也沒有什麼話要告訴我；該講的、該說的或許都已講過、已說過。每每看她吃力地回應我的問話，內心的難受讓我不得不沉默。時而地為她做些手腳簡易的按摩，時而地幫她翻翻身。晚上則斜靠在一張低矮的籐椅打打盹，小睡片刻；華娟為我準備了毛毯，還有一張折疊椅可躺著；卻經常地被她痛苦的呻吟聲所驚醒，無眠讓我雙眼酸澀，無精打采。

遇上了來臺後的周末，她的弟弟顏明也從鳳山的陸官趕回探望病中的姊姊。她父親堅決地要我與華娟到他家中便餐，顏琪由妹妹來照顧，也好讓我休息休息、喘口氣。我也不好再拒絕，過分的客套，則變成了虛偽，如果她能復元，我將是她家的女婿，也是世俗所謂的「半子」。

華娟刻意地妝扮了一番，穿起我從未見過的新款式粉紅洋裝。白色的半高跟鞋、別了一枚銀色的胸針、噴了高級的香水，這是臺北不是金門；而我的一襲黃卡其制服，留了小平頭，倒像是這都會裡的中學生。

「別打扮得花枝招展來引誘人。」車剛上路，我看看她，深吸了一口氣，那種香味，絕不是廉價的明星花露水，而是進口的名牌香水。

「引誘你啦？」她笑著，頂了我一句。

「除非我鼻塞聞不出；除非我瞎眼看不見，除非……」

「別除非、除非了，總有一天讓你聞個夠、讓你看個夠。」她雙手緊握方向盤，轉了頭，看看我笑著說：「滿意嗎？」

「別說了，眼看前方，小心駕駛，可別撞上了安全島。」我凝視著前方，低聲地說：「撞死我，好讓顏琪陪我一起走，如果我們都被撞死，妳會不甘心的。」

「難道只有顏琪姐能陪你嗎？別把我看扁了，說不定你這輩子，註定要我來陪你；不管在人間、在天堂。」

「好了，管它是臺北，還是金門；是妳家，還是我家，妳這份心意，讓我不得不說聲：謝謝！」

「這次回去，何日再來？」

「馬上又要到高雄處理廢金屬品。很煩人的一件大案子，每年都被搞得昏頭轉向；處理完後，我會來臺北看妳們。」

「這才有良心。」

「但願還能見到顏琪。」

「我必須坦白告訴你，現在純粹是靠藥物在控制她的病情、維持她的生命。經過第二次斷層掃瞄，癌細胞已擴散到她的肝和膽囊。人，雖然是有感情的，但一切突變必須要面對；整天掉在痛苦悲傷的深淵裡，也不是辦法。」

「說得也是，但那種相互依靠、相互承諾，同歡樂、共憂愁的美好時光彷彿就在眼前，突然間又要失去；想不悲傷，想不流淚也難。」

「再繼續這樣下去，吃不像吃、睡不像睡，你鐵定要倒在臺北，回不了金門。」

「實在是很疲倦，很想大睡一覺。」

「有沒有興趣，待會兒陪你逛逛書店。」

「那來的雅興。」

「警告你，如果不放鬆心情、想不開，鐵定回不了金門。」

「如果想開呢？」

「我會像伺候老太爺般地來服侍你。」

「那我現在就想開了。」

「你此刻不就是老太爺嗎？我們院長是少將，擔任駕駛的是下士；我少尉護理官擔任你的駕駛，你不是老太爺是什麼？」

「我知道妳的用心良苦；製造些笑料，想打開我鬱悶的心結，要我快樂，不再悲傷，對嗎？」

「總算有良心，也希望你聽我一次。」

「好，我聽妳的。如果妳願意帶我到華西街，尋找寫作的題材和靈感，我也會跟你去。」

「神經病！」她含笑地白了我一眼。

車已轉入了民生東路的新東街，繼續右走就是婦聯四村。我們按址找到了顏琪的家，眷村雖已老舊，顏家卻整理佈置得很幽雅。她的父母並沒有因她仍在醫院而怠慢，依然熱誠地為我們準備了佳餚。如果她也能回家晚餐，將是最完美的時刻。但這已是不可能的事了。希望愈高，失望愈大；過多的企盼，總是要幻滅的。

是無眠，還是心情的不佳？面對滿桌的菜餚，卻始終沒有好的胃口。

「孩子，這幾天苦了你，多吃點，多吃點。」伯父為我夾了菜，獨自飲了一口酒，感嘆地說：「顏琪沒有福氣跟你回金門，我前後在金門住了兩年，對那裡純樸的民風、百姓的敦厚、青年的務實，都留下深刻的印象。」

我並不能為自己的家鄉再補充一些什麼，只是含笑地點點頭。

「今晚就住在這裡，顏琪由她妹妹照顧，你也該好好休息休息。」

「謝謝您，伯父，華娟答應要陪我去買幾本書。」

「顏琪說過，你喜歡書；看了很多書，也出版過書。」

我傻傻地笑笑。

「對，青年人就是要腳踏實地、力求上進，不能好高騖遠。我們一向尊重孩子的選擇，她的選擇更是沒有錯。」他說後，微嘆了一口氣，「這是命運，是命運！」

我不知如何來回應他。伯母的眼眶紅了，小弟也紅著眼，聚精會神地聆聽著。是的，這是命運，誰也無法抗拒、改變它！在理論上，我們或許會高聲吶喊：我們永不向命運屈服！事實上，可能嗎？人，是一種軟弱的動物，當一個微弱的生命發出呻吟的聲音，一副皮包骨的軀體擺在眼前，你能堅強到幾時？誠然，生、死、離、別，原是一件常事；但當我們面對它時，卻又感到它的不平常，內心充滿著矛盾與無奈。我們是否要面對一切，放鬆心情想開點？還是依然掉在痛苦悲傷的深淵裡？

華娟陪我到成都路的中國書城轉了一圈，並沒有選購任何的書籍，卻意外地發現自己的兩本書：《寄給異鄉的女孩》和《螢》，陳列在書架上，我興奮地取下翻了一翻，又把它放回去，含笑地走向另一個專櫃。

「怎麼了，發現寶藏啦？看你高興的樣子。」

我沒回應她，拉起她的手。

「走。」

她看看我，淺淺地一笑。是滿意我牽著她的手？還是高興我已放鬆了心情？

我們又到了重慶南路，在開明書店選購了《詩學箋註》以及《美學原理》等兩本書，而我實在有不想再逛、再走的感覺。她也能體會我此時的心情，沒有送我回醫院，直接回到她永春街五樓的住所。

在中央警官學校就讀的弟弟，也因週末回來。她為我們簡單地介紹，溫文謙和的弟弟，並沒有時下一般青年的高談闊論、語無倫次的不良惡習，短暫的交談後，回到五樓頂端加蓋的房間。

「服侍老太爺的第二步，放水讓你洗澡，好好泡一泡，把疲倦泡走，精神泡來。」

「我的行李全在醫院，那有衣服可換？」

「我下樓去買。」

她邁著輕盈的腳步，快速地消逝在門外。她的熱心、熱情，是否能讓我消受得起？

我是否有這份榮幸，在即將失去顏琪的同時，竟與她燃起更熾熱的愛情之火？我是否對得起即將走完人生歲月、回歸塵土，走向虛無的顏琪？這就是世俗所謂的命運？還是佛家所說的緣分？我該重新規劃未來，讓華娟步顏琪之後，陪我走向幸福人生，歸回田園？受的是軍事教育，國家授予她的軍階，十年的役期，不是短暫的時光，是我留在純樸的金門島上等她？還是她在繁華的臺北市等我？隨著時光的消逝，社會的變遷，傻傻憨憨的金門青年，是否仍能令她青睞？當另一位她心儀的男孩進入她的心扉時，可還能記得在金門島上，留下的那份情、那份愛？還是驟然地把它全忘光。

滿池的溫水已泡走了我的疲倦，汗珠從我的額上冒出，精神何止是清爽；全身的舒暢讓我愜意如神仙。我像老太爺般地被服侍，往後是否還有這種機會和可能？這個熱情的小女子，心想的是未來的幸福歲月？還是此刻的歡愉？

她換上了家居便服，卸下妝，浮現在臉龐的是一份自然美。她用吹風機吹乾了我短短的頭髮，身體微靠著我，高級的香水味依然留存在她的軀體，散發一股誘人的馨香。疲憊的身軀已引不燃青春的火焰，此刻，我該想的是痛苦呻吟的顏琪，還是熱情誘人的華娟？我的唇輕輕地點到她微紅的臉頰，她回報我的，是深深的一吻。

在客房裡，她為我換上了洗淨過的被褥和枕巾。

「這是我服侍你老太爺的第三步。」她在我臉頰輕輕地一吻，「晚安，願你一覺到天明……」她順手為我帶上了房門。

異鄉的夜正深沉，我已無所思、無所想；滿身的疲憊，周公早已向我招手，何止一覺到天明，醒來時，客廳的壁鐘已敲了十下。

重來醫院，顏琪依然如故。時而昏迷沉睡，時而痛苦呻吟，我們又能幫助什麼？又能用什麼來減低她的痛苦？在她的床沿靜坐，在病房裡躑躅，她的父母與弟妹也如同我們般的心情。愛、親情、友情，已不能賜予她生存的毅力。眼見一盞微弱的燈光即將熄滅，守候在她身旁的父母、兄弟姊妹、親朋好友，又能如何？只能面對人生旅途中的生離死別，以及無法抗拒的命運。

人生何其短暫，歲月何其無情，願來生是深山中的草木，自然地生長又枯萎，掉落的種子又萌芽，春風輕拂又茁壯，秋風來臨又失色，是時序的輪迴，不是生存的變遷……。

第十七章

整理完福利委員會的會議記錄，隨即又召開第三次廢金屬品處理協調會，並已順利地作成決議。

有關兵力，車輛調派、岸勤作業、運輸艦艇噸位的申請，長官都已做最後的指示和定奪。我除了掌理全盤業務外，還必須與高雄唐榮鋼鐵公司做協商、訪價、比價，公文書信往還相當費時。在忙得不可開交的同時，我們也聽到了好消息：大老爺高升軍團政戰部主任、組裡的首席參謀官也高升第三士校政戰部副主任。這個年頭是大人得志、好人升官，小人不服氣又能怎樣？他到組裡來辭行時，刻意地拍拍我的肩。

「老弟，這一年多來，我總算服了你。」他握住我的手，「方、正固然好，但有時也必須圓一點，方圓、方圓嘛！要懂得這些道理。」

「感謝長官的教導，您的一席話，讓我此生受用無窮。」我立正站好，向他深深地一鞠躬。組長笑笑，同事們睜大眼睛凝視我。

真理終將戰勝邪惡。不管環境如何惡劣，我寧願選擇大人無法忍受的方方正正，也不願逢迎大人的圓圓滑滑。是吃了虧，還是佔了便宜？已無關緊要。認清大人的嘴臉，認清這個社會，才是我此生最大的收穫。誠然，此時在官場上得意，但如果不改其本色，總有踢到鐵板的時候，又能圓滑到幾時？

在歡送首席參謀官的餐會裡，除了恭喜他高升外，也敬了他一杯酒，在乾杯交會時，我能理解、也能看出：彼此內心所衍生的，不再是共產主義的仇恨，而是同事間的包容。每當想起激昂的那句「等著瞧！」，心中血氣依然沸騰。但想想，事情已經過了那麼久，雖然他有高官親戚做靠山，我也時時刻刻地「等著瞧」，卻也沒讓我瞧見什麼；如果說有，也是長官的肯定和認同。

他含笑地走近我座位旁，舉起酒杯。

「來，老弟。我敬你一杯，以後多支持，多支持！」

「謝謝你，參謀官。要跟你學習的還多著呢！」

不錯，長官。除非你不在士校，除非我離開政五，要不然，我們的業務還真是息息相關呢！政戰部的業務，福利佔了很大的比例。雖然我不具軍人身份，卻是替長官辦事、對長官負責。我的為人你清楚，追求的是方方正正而不是圓圓滑滑，你的官階雖大，我的權責也不小。如果再仗著高官親戚的「勢」，要我「走著瞧」，我依然要說：「隨你便！」

從華娟的來信中，顏琪的病況依然如舊，昏迷沉睡的時間多，醒來時就是痛苦的呻吟；除了不能說話，竟連她父母的呼喚聲也臉無表情，似乎在人間的日子已不多了。雖然我們不具任何的名分，至少她陪我走過青春的歲月，每當想起那段快樂的時光，直教我悵然。只能默默地獻上遙遠的祝福，也期盼不久再相逢。

為了配合潮水與船期，廢金屬處理小組已開始運作。我與政三苗中校、主計牛中校負責料羅地磅的過磅作業，而後押運卸在新頭碼頭的沙灘上。銅、鋁、鉛、馬口鐵、一般廢鐵，又必須分類卸成一堆。日間的碼頭作業，晚間還必須處理例行業務，任憑你年輕體壯，也難以消受。回到寢室，總是夜深人靜時。而一連好幾天了，茶几上總放了一只保溫便當盒，裡面是一些家常麵；員工都已就寢，也不能敲門問原由，只好不客氣地吃了再說。早上上班時，又趕著赴碼頭作業，和員工照面也是行色匆匆。車過太武圓環，才想起了放在站裡的過磅記錄單忘了帶，不得不轉回頭，卻發現站裡的會計許小姐正在收拾保溫盒和竹筷。

「許小姐，是妳煮的麵？」

她靦腆地笑了。

「謝謝妳，在我肚子正餓時，享受了這份盛情。」我把過磅記錄單夾在腋下，正準備推開紗門，她突然地問我：

「經理，顏小姐好了點嗎？」

我停下腳步，搖搖頭，嘆了一口氣。

「沒希望了，謝謝妳的關心。」

她看看我，羞澀地說：

「你喜歡吃麵呢？還是米粉？」

「肚子餓時，什麼都吃。」我走了一步，「謝謝妳。」

她再次地笑笑，也笑出了她的清麗和可愛。而什麼時候又多了一份關懷的眼神呢！內心浮上了一絲的愉悅的笑意，這或許是同事間的相互關懷吧，對於她們平時應得的福利，我也是義不容辭、全力地為她們爭取，更從未疾言厲色地苛責他們。雖然不能歸功於我領導上的成功，但誠摯的相待是不可缺的。

完成了過磅手續，所有的廢金屬品已全部集中在新頭碼頭待運。這些毫不起眼的廢銅爛鐵，除了能為防區賺來一筆福利金外，民間的既得利益、環境的維護，也是長官最大的考量。但工作人員的辛勞，不是長官一句：辛苦了！可帶過的。大家所企盼的是任務能順利完成，辛苦二字完全拋開；並不期望記功或嘉獎，只要長官的認同和肯定。當然，像大老爺那種長官是異數，也只有那種人，才能獲取多一點點的高升機會。

港指部已正式通知岸勤作業時間，政三與主計的承辦人，已先搭乘軍機到臺北轉高雄；我則帶了三名士兵擔任船上的押運工作。軍艦已搭起了浮橋，百餘位岸勤官兵負責搬運上船艙。大海已是漲潮時刻，搖擺不定的浮橋作業倍感艱難。這是任務，與戰時沒有兩樣。組長、主任都親自來督導，他們面對緊張的時刻，也滿意任務的完成。岸勤官兵拆下浮橋，軍艦封艙起錨已是子夜時分。然而，它並沒有即時航行，停泊在外海，等待黎明再啟錨；船上的休假官兵，搭乘便船的鄉親父老，散落在甲板與船艙裡，忍受二十餘小時的海上顛簸。

走上甲板，船上微弱的燈光，映照不了浯鄉漆黑的夜空。浪拍船身的響聲、機房轟轟隆隆的馬達聲；微風夾著霧絲，輕飄在我的髮際和臉龐，這是春天，是我生命中的第廿五個春天。如果不是顏琪罹患了無藥可治的病症，今年的春天過後，將是我們回歸田園的時刻。那兒有我們的理想、有我們的希望，我們將站在后扁的山頭，遙望對岸的漁舟帆影，重唱「春風春雨」，重溫在蕃薯田裡工作的快樂時光。而此時，它似乎已是一個破碎的夢，永遠無法實現的美夢。歲月讓我成長，帶給我歡樂，也帶給我悲傷。人生是否就是歡樂與悲傷交織而成的呢？已逝的歲月，並沒有給我答案，留給我的是一臉的茫然。

運輸組的海官，要我找艦上的輪機長，他會幫我安排床位和三餐。然而，在這顛簸的航程中，就算是風平浪靜，也會讓我們天旋地轉，口吐酸水，何能吃得下得來不易的飯菜！躺在帆布床上，蓋上毛毯，何時進了高雄港已不清楚，更別想到甲板上欣賞美麗的西子灣以及怡人的壽山公園。

船在十三號軍用碼頭卸下廢銅爛鐵，我們隨即又展開作業，重新過磅，交予唐榮公司點收。如此繁瑣的作業，也非一、二天可完成。晚上拖著疲憊的身軀，回到五福四路的國軍英雄館，我迫不及待地撥了長途電話與華娟聯絡，詢問顏琪的病況。

「顏琪姐已昏迷了三天，醫院也開出了病危的通知單。」

「如果她醒來，告訴她，我很快、很快就會來看她，一定要等我、要等我。」我何止是說電話，我清楚自己是高分貝的音量。

「理智點，別用吼的。坐幾點的火車，我等你電話。」

我無力地放下話筒，顏琪深凹的眼眶與雙頰、黃中略黑的臉龐、光禿的頭頂、微弱的聲音，都不約而同地在我的腦海裡盤旋。我是否還能見到她最後一面，聽她喊我一聲：「陳大哥……。」

好不容易完成了作業，扣除麻袋的重量，與在金門過磅的噸數相差無幾，讓人感到滿意。我把一切詳情告訴同行的苗中校、牛中校，並把一切的作業資料暫由他們保管，待我返金時再簽報結案。長久的相處，他們也能體諒與理解我此時的心情。駐高雄的連絡官，也順利地為我代購了上午八點四十分由高雄開往臺北的光華號火車票，華娟已應允來車站接我。

光華號列車快速地疾駛在鐵軌上，窗外自然的景色，彷彿是電影中的快鏡頭；雙眼未定，又過了一站。我已無心觀賞這美麗的異鄉景緻，服務小姐端來的茶和點心，依然放在扶手旁。我的心已在臺北、已在三總、已在顏琪的病床旁。如果不能見她最後一面，將是我終生的遺憾。我必須再告訴她，陪她回金門是我此生的心願，無論歷經多少波折、多少風霜雨雪！顏琪，我親愛的小寶貝，我會完成妳的心願，帶妳回金門；讓妳環繞大膽島的海域，親手撒下妳的靈灰，讓妳永無遺憾地回歸自然；此生雖不能帶妳入家門，願有來生……。

列車已進入月臺，尾隨著其他旅客走出車站。華娟已走近我，我牽起她的手，彷彿牽著的是顏琪。沒有小別重逢的歡愉，有的是一顆沉重的心，一股急速想見她的衝動。然而，卻受困於這都會裡的交通，恨不得插翅飛到三總，我的心像要窒息般地難受。

「華娟，妳就不能開快點嗎？」我手指著擋風玻璃，疾聲地說：「可以超過去，可以超過去！」

「你理智一點、安靜一點，好不好？」她板起臉孔，大聲地說，「撞死我沒關係；撞死你，見不到顏琪姐的最後一面，你會遺憾終生！」

「如果不開快點，讓我見不到顏琪的最後一面，此生永不理妳！」我仍然大聲地。

「臭美，臭美！誰希罕，誰希罕！」她手握方向盤，尖聲地咆哮著：「你心中只有顏琪，只有她才是你的心肝寶貝。看我一眼，怕她生氣、怕她不高興；而我呢，就註定要遷就你一輩子？我把一顆心，赤裸裸地給你，我的話你要懷疑、要打折，我貪圖你什麼啦！」

她的淚水、她的哭泣聲，讓我的心頭像巨石般地哽塞著。我無語地凝視前方，有誰能理解我此時的心情？有誰能溶化車裡冰凝的氣壓？我們在一起已是一段不短的時光，從未聽過她如此地尖聲斥責我，這是她忍受已久的不滿？還是我不當的言詞所引起？

她含淚地看了我一眼，是期待著我的抱歉，抑或是還要斥責我一番？車窗外的高樓和大廈，車內稀薄的空氣，並不能給我答案。曾幾何時，眼眶已盈滿了淚水，腮旁匯聚成一顆顆的水珠，滾落在胸前衣襟上。

她遞給我一條帶著香味的小手帕，我不願就此拭去掛在臉龐的淚水。當我們同時冷靜、情緒不再失控，我們又將回歸現實，體驗我們心存的真愛，不是誤解。我心中有顏琪，也有她。

下了車，她隨即挽著我，身體碰撞的是一股無名的電流，揉拭過的眼眶依然紅著。我們直上三樓，三〇一病房已擠滿了她的家人、醫生和護士。我快速地走近她的床前，面對的是一盞即將熄滅的孤燈。

我的手輕撫她微黃深凹的臉龐，低呼了一聲永不回應的顏琪，帶她回金門的諾言永難實現，淚水已滴落在淺藍的被褥上。

她微閉的雙眼已緊閉，鼻孔僅存的一絲氣息也停止；輕撫她臉龐的手由微溫轉為冰涼。我猛而地站起，含淚地緊握她父親的雙手，淚水也由他多皺的臉龐滾下，她的母親與弟妹，俯在她的身上痛哭著。醫生、護士已退出。華娟含淚地走過來，挽著我的手臂，沒有聲音的淚水是內心永恆的悲痛。身穿工作服的婦人已推來了床車，僵硬的身軀覆蓋著單薄的被單，白色的被單把她與塵世隔絕，生命中的第廿四個春天還來不及過完，緊接著是惱人的秋天、冷颼的冬天。白髮人送黑髮人是人生最慘痛的悲劇，這齣戲總是要演完。沒有觀眾的舞臺，彷彿這陰沉的太平間。然而，一切總是要面對。我們能在這陰沉的太平間，佇立多久？停留多久？擦乾淚水，為她準備後事已是當務之急，生前的風光，死後的哀榮，總得讓她毫無遺憾地上天堂。

殯儀館的化妝師為她刻意地美容，小妹也買來一頂假髮，戴在她被鈷六十照射而毛髮脫落的頭頂上。藍色的旗袍，是在擎天廳演唱時的禮服，唇上的口紅、頰上的腮紅，把青春時期的她又浮現出來。我以電話向關懷我們的老長官報告顏琪的噩聞。老主任在繁忙的公務中抽空趕來，在她靈前拈了一炷清香，送了一份奠儀，又送了她一程。我無語地面對老長官。華娟特地走來向他致意，慈祥的臉龐，似乎多了幾條魚尾紋，雙肩四顆閃閃的金星，是國家委於他的重任。他緊握我的手，拍拍我的肩，我回報老長官的是一滴清淚、一顆感恩的心。他轉而向顏琪的父母弟妹；幾句謙和親切的慰語，二老已淚流滿臉。簡單的祭禮，任我長跪靈前，高聲呼喚；流乾淚水仍然喚不回已去的芳魂、冰凝的身軀。她父親在舉香的同時，流著淚水，哽咽地說：

「孩子，既然妳忍心離我們而去，妳就安心地走吧！爸爸會尊重妳的選擇，讓陳大哥帶妳回金門。雖然妳回歸田園的心願不能達成，但那兒有妳的愛、有妳的夢，有妳青春歡樂的時光，妳能長眠在那個純樸優美的島嶼，與那湛藍的海水為伴，是妳的榮幸！」

在道士的引導下，殯儀館的工作人員推著放置靈柩的輪車，我與小弟攙扶著她的父親，華娟與小妹攙扶著她的母親，步履蹣跚地跟著緩進。我們守候在火葬場四號高溫火爐外，顏琪的靈柩已推上鋼架，黃色的布幕已掀開，好讓家屬放心地認定是在四號爐火化。我們退向家屬休息室，四號爐頂的煙囪已冒起一陣濃煙；焚燒的是棺木，繼而是一些黑色的屑片；焚燒的是紙錢，過後則是一陣繚繞的清煙；焚燒的是靈身。人生又有何意義？過了這關，過不了那關，那繚繞的清煙，許是人生歲月的幻化。

歷經四小時的高溫火化，工作人員掀起了黑色布幕，門框上寫著「撿骨室」。火爐裡的鋼架已拉出，土黃色的檯面是一堆白骨。撿骨師用鐵鏟鏟出的是腳骨和腿骨，繼而是肋骨、手骨。完整的頭骨已呈現在我們的眼前；潔白的牙齒排列在牙床上，它曾經吃過金門的蚵仔麵線、蚵仔煎，安脯糊和菜脯，而今將隨著敲碎的頭骨裝進靈罈裡，讓我帶回金門，撒在大膽島的海域。它將隨波逐流？還是永恆地沉在海底？

撿骨師把一雙竹筷交給了家屬，每人輪流夾著一塊靈骨放進靈罈裡。它基於什麼？代表什麼？是向親友告別，還是留下永恆的懷念？首先，由她父母弟妹輪流夾放；而輪到我時，手卻不停地顫抖著，竟然夾不起一塊經過高溫火化的小小靈骨。是她顯了靈，要我輕握她的手、她的頭？我不加思索地用雙手捧起她裂開的頭骨，輕輕地放進靈罈裡，也放進我的二滴淚水。華娟也夾起了一小塊放進去，可曾是她的手骨，好讓她們成為姐妹般地緊握著。

撿骨師把最後的碎骨鏟放在罈子裡，蓋上罈蓋。用黃色的大方巾包起，在蓋頂上打了結，裹著的是「顏琪小姐靈罈」。我緊緊地把它捧在懷裡，低著頭，緩緩地走出撿骨室，走出火葬場；彷彿她在我懷裡般地走在這寂靜的人生大道上。淚水已在眼眶裡消失，心中盈滿著幸福和溫馨，只因她在我懷裡，我未走完的青春歲月不再孤單，依然有她來陪伴，依然有她在我身旁。

辭別了顏琪的父母和弟妹，他們紅著眼眶，揮著手，也揮落了我兩行悲傷的淚水。

華娟送我到機場，繁華的臺北離我愈來愈遠了。雖然晴空萬里，卻沒有浯鄉湛藍。

「什麼時候回臺北？」她神情凝重地問。

「既然我把顏琪帶回了金門，我不能不留下來陪伴她。」我幽幽地說。

「我料想到會有這一天的來臨，雖然這份重疊的愛情已單純化，但我始終不敢強求，還是讓它自然地衍生，讓歲月來考驗我們。」她紅著眼眶，神色悽迷地說。

「或許李商隱這首詩，才是我們此刻最好的寫照吧！」我低聲地唸著：

相見時難別亦難，
東風無力百花殘；
春蠶到死絲方盡，
蠟炬成灰淚始乾。

曉鏡但愁雲鬢改，
夜吟應覺月光寒；
蓬萊此去無多路，
青鳥殷勤為探看。

「不、不，不是的。」她的淚水已滾落在臉龐，「羅曼羅蘭的一席話，才是我內心永不磨滅的感受。」她含淚地唸著：

這世界構造得太不完美了，
愛人的不被人愛；
被愛的不愛人，
愛和被愛；
總有分離的一天。

登機的時間已到，她依然緊緊地挽著我，盈滿的眼眶，流下的是離別的淚水？還是永恆的相思淚？

我停下腳步，拭去她的淚痕，卻讓內吞的淚水哽住了心頭。我輕拍著她的肩，深情地凝視著她，低聲地唸著：

「相見時難別亦難……。」

「相見不難、不難！只要你身懷誠心與真愛，我願在臺北等著你！永遠、永遠等著你！……」

尾聲

一九七四年春天，在友人的協助下，我帶著顏琪的靈罈，搭乘閩江一號漁船，環繞了大膽島海域，在我含淚地撒下骨灰時，她卻沒有隨波逐流，也沒有沉沒在海底，而是永存在我心中。

同年秋天，我別離了孕育我成長的太武山谷，回歸田園。雖然只是短暫的時光又回到了現實環境，但我卻過著與世無爭的平淡歲月。廿餘年沒有走離家鄉一步，卻與華娟保持密切的聯繫。誠然，在大環境的改變下，相見已不難，相信我們心中懷的仍舊是誠心和真愛。她服役期滿後，已改任臺北一家頗具規模的貴族醫院護理部主任。為了一睹祖國河山壯麗秀美的景緻，我始於前年和去年，打破了自己束縛的禁忌，隨旅行團到了海南和北京。二次路經臺北，我並沒有刻意地見她，也不想在她平靜的心湖裡，激起一絲微妙的漣漪。

一九九六年十二月，我完成了小說《失去的春天》的初稿，卻突然地接到她的電話，告訴我老主任逝世的消息，讓我久久不能自已。她已詢問過治喪委員會，將在臺北市第二殯儀館懷恩廳舉行追思禮拜，她邀我一起向老長官致敬，我毅然地答應。同時，把我的小說初稿也一併帶去。

在臺北航空站的出境大廳，雖然廿餘年未曾見面，但她美麗的容顏依舊在，只是昔日輕盈的體態已有些臃腫，以及無法用脂粉掩飾的魚尾紋。我們似乎沒有往日見面時的歡愉，也沒有那麼多話好說。她接過我手中的提包，卻沒有像以前挽著我的手臂。這是人心善變？還是社會變遷？我默默地走在她的背後，像貴婦人的侍從般地沒有尊嚴。

她架起了太陽眼鏡，把我的提包放在航空站的騎樓下，要我稍候。我凝視她進入停車場的熟悉倩影，墨綠色的洋裝讓她更高貴。廿餘年的歲月，已從我們平靜的心湖掠過。她開來一部高級的進口車，前頭有一個圓型的標誌，那是一部高級的賓士車。她打開車後的行李廂，把提包放進去，為我開了車門。

「老太爺，請上車。」

我無語地看看她，看到的卻是墨鏡下的二滴淚水，而不是高傲的貴婦。我們並沒有忘記廿餘年前說過的誠心和真愛，只是我們此刻的心中，充滿著難以言喻的矛盾和茫然。我們是否有勇氣讓這份情感自然地衍生，繼續接受歲月的考驗？

車過基隆路，轉入辛亥路，在距隧道口不遠處右轉，白色的彩球、五彩的花圈，已擺滿了懷恩廳的雙旁。她停好了車，取下墨鏡，挽著我的手臂。總統、五院院長、各級長官的輓聯，掛滿了懷恩廳的牆壁和樑柱，我們併肩向老長官深深地三鞠躬，復又坐在最後一排的椅上，參加追思禮拜，聆聽治喪委員會介紹將軍的豐功偉績。將軍曾任金防部政戰部主任、警總政戰部主任、總政戰部副主任兼執行官……。感性的介紹詞，讓我們紅了眼眶；繼而地，我們懷著沉重的心情，走過至安廳、至孝廳，前面的火葬場對我們並不陌生。廿餘年前顏琪火化時的情景，一一地浮現在眼前。真空狀的廊道，依然排列一具具等待火化的棺木，哭喪著臉的家屬，守候在棺旁，等待濃煙過後的清煙。人生又有何意義，任憑不被火化，也將自然地腐蝕，化成白骨一堆。

我牽著她的手，像廿餘年前那麼柔軟地，讓我緊牽著；在這近三百萬人口的都會裡，在這殯儀館的火葬場旁，來自金門的老年人，牽著四川的老姑娘，有誰認得了我們？又有誰覺得不搭配呢？

車滑下殯儀館的大門口，牌樓上的「慎終追遠」四個字，永存在我們心中。她重新架起了墨鏡，迴旋在辛亥路上。經過了多少紅燈綠燈，轉過了多少路，她終於把車停在一棟佔地寬廣，仰首不見頂的高樓地下室；出口處有好幾部電梯，她選擇靠右的那部，直達六樓，門旁懸著一塊透明的玻璃，浮貼著藍色的「護理部」三個大字，左右兩旁是潔淨的玻璃櫃，廿餘張辦公桌在中間分成二行，是誰用臺語說了一句：

「老姑婆回來了。」

室內隨即由喧囂變成寂靜，四川的老姑娘聽不懂臺語，金門的老先生可不差。孩子們，妳們錯了，老姑婆曾經年輕過，只是燦爛耀眼的時光已走遠。想當年，有誰不知尚義醫院有位漂亮的護理官叫黃華娟。那時妳們還沒出生呢！今天妳們雖正值青春年華，卻比不上妳們口中的老姑婆，當年那份柔、那份美、那份讓人想多看她一眼的姿色。孩子們，姑婆不老，只是年華易逝，妳們就多多包容吧！

在原木隔開的主任辦公室，高級的裝潢與桌椅，在沒有隔音設備下，裡外的雜音清晰可聽。她為我沖來一杯茶，在我身旁坐下。

「先喝杯茶，休息休息，待會兒吃便當，下班後就回家。」她似乎有滿懷的歉意，而我豈能苛求。

「妳忙吧！」

她無語地看看我，凝視著我，是看我蒼蒼白髮，還是佈滿皺紋的臉龐？廿餘年何曾是短暫的歲月！她輕拍著我的手，是想尋回失去的回憶？還是重溫歡樂的時光？微嘆了一口氣，她按下對講機：

「準備兩份便當，加點菜。」

端來便當的是一位小妹，她看看她，又打量我一番，帶著一臉異樣的表情走出去。

「喂，妳們注意到沒有，老姑婆辦公室那位老先生，無論唇角或眼神，像極了她玻璃墊下合照的男人。」

「要死啦，那麼大聲！」

「反正她也聽不懂。」

孩子們，妳們搞錯了，老姑婆有聽沒有懂；老先生有聽也有懂。廿餘年前在成功合拍的照片，她已把它放大又護卡。難道妳們沒看見，老姑婆的頭微偏著老先生呢！這叫誠心與真愛，孩子們，妳們懂嗎？

「趁熱吃吧！」她為我打開了盒蓋，為我擦拭竹筷，是否要像廿餘年前服侍老太爺般地伺候呢？至少，那份關愛的眼神依然存在著。

進來的是一位老紳士，她站起來相迎，禮貌地喊了一聲：

「院長。」

「有客人？」他看看我。

「金門來的老朋友。」

我禮貌地站起，向他點點頭，而卻突然想起，以前她不是頂喜歡我稱她老情人嗎？怎麼此時卻變成了老朋友？可曾是以前的歲月已逝去，又怎能相提，怎能並論？

下班時，她挽著我的手，走過那些孩子們的面前。我必須再告訴這些不懂事的孩子們，老姑婆曾經走過青春歲月、度過歡樂時光，內心充滿了熱情與真愛，金門有她美麗的回憶，金門來的老先生是她永恆的記憶。

回到她仁愛路的新寓所，直上二樓；高格調的裝潢和佈置，高級的傢俱和擺設，是否要與她的身分相搭配？脫下鞋，走在軟綿綿的地毯上，她換上了輕便的高級休閒服。

「在家晚餐，還是吃館子？由你挑；住家裡、住飯店？任你選。」

「當然在家晚餐。」

「住呢？」

「不住家裡，也不住飯店。」

「住那裡呢？」她緊張而驚奇地問。

「妳就陪我到臺大校園外的圍籬旁，靜坐到天明！」

「別以為你今年還廿五！」她白了我一眼。

「難道我們已年老？」

「問問你自己，摸摸你的良心！」她板起臉，走進廚房。

我微嘆了一口氣。是否真要摸摸自己的良心？以前我們相互承諾的，都是良心話，而內心僅存的那絲良心竟不復見。她等待的可曾是歲月的迴轉，還是悅耳的黎明鐘聲？

我走進廚房，默默地幫她剝蔥洗菜，她沒有拒絕；唇角上掛著的，是一絲滿意的微笑。

按鈴進來的是身穿中山女高制服的女生，清脆的一聲：姑姑，叫得她心花怒放。

「陳伯伯是姑姑金門的老朋友。」

小女孩清麗的臉龐是她警官弟弟的翻版。她笑瞇瞇地看看我，禮貌地喊了一聲：

「陳伯伯。」

我含笑地向她點點頭，而卻點出我心中的茫然。歲月已把「陳大哥」提昇成「陳伯伯」，滿頭雪霜華髮，滿是溝渠的臉龐，人生何其短暫。

「吃飯了，還想些什麼？」

親切、悅耳的聲音含蘊著關愛與柔情，這可是歲月催人老，深情依舊在？微濕的眼眶，輕微的哽咽，我走進浴室擦了臉，她跟了進來。

「怎麼啦？」她柔聲地問。

我搖搖頭。

「廿餘年了，不是自以為很堅強嗎？怎麼突然間脆弱了？」

我輕嘆了一口氣，微碰了她一下。

「吃飯吧。」

乖巧、懂事的小女孩已為我們盛了飯。

「喝點酒？」

「不。」

我快速地把飯吃完，沒有理由地放下筷子。她口嚼著青菜，不解地看著我，也把筷子放下。

「這種吃法像在家裡吃飯嗎？食量像小孩，速度像越南難民。」

我苦澀地笑笑，沒回應她。

她站了起來，端起我的碗，親自為我盛滿一碗飯。

「陪我吃。」她不悅地重新提起筷子，看看我。「我瞭解你的心情，但你也必須瞭解我；廿幾年了，我無怨無悔地等待，我黃華娟還有什麼地方讓你不滿意的？」

小女孩看看她，又看看我。一臉的茫然，或許是深受這低氣氛的影響，很快地離開餐桌。

「陳伯伯慢吃，姑姑慢吃。」

我無語地看看她，想想：廿幾年第一次吃到她親自烹飪的飯菜，我是吃錯了什麼藥，為什麼把這頓飯吃成這樣？

「想喝點酒？」她放下筷子，柔聲地問，「啤酒？還是威士忌？」她隨即站起。

「待會兒喝，不把這碗飯吞下、不把這些菜吃光，對不起妳。」

「神經病。」她板著臉看看我，卻遮掩不住唇角那絲笑意。

飯後，小女孩主動地來收拾碗筷。她取來一瓶「人頭馬」，二只小酒杯，放在茶几上。是想以酒代茶，喝它個過癮？還是喝了酒可以裝瘋賣傻？我們併肩坐在沙發上。

「華娟，我曾說過，等我們年老，要把我們的過去寫成一篇小說，我已絞盡腦汁，完成初稿。」我從提包的夾層，取出那疊厚厚的稿件，「讓妳先看看，有什麼地方需要修改的？」

「哇，六百字的稿紙，二百五十張，十五萬字哩！你的髮絲是不是因此而白的？」她訝異地坐直了身軀。

「十五萬字能白了我的頭？妳曾經寫過不少的散文，為什麼髮絲依然烏黑柔美？黃華娟，坦白告訴妳，想妳想白的！」

「你是良心話，還是安慰我？」她站了起來指著我，「是誰誤了我的青春歲月？是誰讓我失去美好的春天？」

「無情的歲月！」我也站起。

「不憑良心。」她重新坐下，「從現在開始，不能跟我說話，也不能吵我。喝酒、洗澡、睡覺，老太爺您請便，我要先把這篇小說看完。」

我斜靠在沙發上，獨自一杯杯地飲下人頭馬。高級的皮革沙發，軟綿綿的坐墊，讓我下半身幾乎陷了下去，人頭馬已逐漸地在我胃裡發酵，滿身的熾熱，微昏的頭，我把手托在偏額，手肘放在扶手上，微閉著眼，昏昏沉沉地，我夢見了百花齊放的春天，燦爛光輝的大地……。

不知過了多久多久，我的腹部多了一件小毛毯，胸口卻有難受的壓迫感；俯在我胸前哭泣的是華娟，我揉著忪惺的睡眼，輕撫著她偎依在我胸前的髮絲。

「看完啦？」

她點著頭，依然俯在我的胸前。

「把妳醜化了沒有？」

她搖搖頭。

「我說的，我寫的，是不是良心話？」

她點點頭。

「題目呢？」

「很好，我們都同時失去了春天。但願還有遲來的春天。」她淒迷地說。

第二天，她準備去上班，我則帶著提包。

「你到那裡？」她驚訝地。

「回金門。」

「回金門？」她重複我的語調，「來兩天，隔一晚，你就要回金門？」

「難道要我陪妳去上班？還是要我看家？」

「別人是愈老愈珍惜得來不易的感情，你是愈老愈糊塗！你訂了機位嗎？」

「補位。」

「想走，留你也留不住。給你鑰匙，補上了，你就走；補不上，你自己回家。」

她送我到松山機場，不動聲色地站在一旁，看我忙著在遠東、瑞聯、立榮、復興的櫃臺補位。想急速地回金門已是事實。她取出袖珍型的行動電話，找的是任職警界，擔任高級專員的弟弟。不一會兒，候機室的擴音器響起：

「黃華娟小姐，請到遠航櫃檯。」

我們相繼地走過去，已有一位女警官在等候。

「對不起，黃小姐，所有的班次，只剩下遠航的頭等艙，如果不急的話，稍待，下一班次一定能補上。」女警說。

「沒關係，頭等艙就頭等艙吧，我們老太爺急著走。」

「華娟，把妳的身分證給我。」我取出自己的身分證，轉而對她說。

她莫名其妙地打開皮包，取出她的身分證交給我，我一併交給櫃檯。

「金門，兩位。」

「你幹嘛啊？」她對著我說。

「跟我回金門。」

她伸手取回了身分證，回應我一聲：

「來生。」

櫃台的服務員和女警看看我，又看看她，滿臉的疑惑。

她陪我上了二樓，距離飛行的時間已不遠。

「如果有一天我死了，妳還不願回金門送我一程，妳會後悔一輩子。」我笑著說。

「如果你二十餘年才來一次臺北，見不到我，是你終生的遺憾。」她也笑著，「這串鑰匙就交給你保管，別忘了見已不難。」

「珍重，華娟。」我緊握她的手。

「再見，陳大哥！」她深情地對我笑笑。

（全文完）

原載一九九七年三月廿五日至六月廿五日《浯江副刊》

國家圖書館出版品預行編目

陳長慶作品集. 小說卷 / 陳長慶作. -- 一版.
臺北市 : 秀威資訊科技, 2006[民 95]
冊 ;　　公分. --　參考書目：面
ISBN 978-986-7080-08-0(第 2 冊 : 平裝).

857.63　　95001362

BOD Books on Demand　語言文學類　PG0081

【陳長慶作品集】—小說卷・二

作　　者 / 陳長慶
發 行 人 / 宋政坤
執行編輯 / 李坤城
圖文排版 / 張慧雯
封面設計 / 郭雅雯
數位轉譯 / 徐真玉　沈裕閔
圖書銷售 / 林怡君
網路服務 / 徐國晉
出版印製 / 秀威資訊科技股份有限公司
台北市內湖區瑞光路 583 巷 25 號 1 樓
電話：02-2657-9211　　傳真：02-2657-9106
E-mail：service@showwe.com.tw
經 銷 商 / 紅螞蟻圖書有限公司
台北市內湖區舊宗路二段 121 巷 28、32 號 4 樓
電話：02-2795-3656　　傳真：02-2795-4100
http://www.e-redant.com

2006 年 7 月 BOD 再刷
定價：400 元

讀　者　回　函　卡

感謝您購買本書，為提升服務品質，煩請填寫以下問卷，收到您的寶貴意見後，我們會仔細收藏記錄並回贈紀念品，謝謝！

1.您購買的書名：＿＿＿＿＿＿＿＿＿＿＿＿＿＿

2.您從何得知本書的消息？

□網路書店　□部落格　□資料庫搜尋　□書訊　□電子報　□書店

□平面媒體　□ 朋友推薦　□網站推薦　□其他＿＿＿＿＿

3.您對本書的評價：(請填代號　1.非常滿意 2.滿意 3.尚可 4.再改進)

封面設計＿＿　版面編排＿＿　內容＿＿　文/譯筆＿＿　價格＿＿

4.讀完書後您覺得：

□很有收獲　□有收獲　□收獲不多　□沒收獲

5.您會推薦本書給朋友嗎？

□會　□不會，為什麼？＿＿＿＿＿＿＿＿＿＿＿＿＿＿＿＿＿＿

6.其他寶貴的意見：＿＿＿＿＿＿＿＿＿＿＿＿＿＿＿＿＿＿＿＿＿

＿＿＿＿＿＿＿＿＿＿＿＿＿＿＿＿＿＿＿＿＿＿＿＿＿＿＿＿＿

＿＿＿＿＿＿＿＿＿＿＿＿＿＿＿＿＿＿＿＿＿＿＿＿＿＿＿＿＿

＿＿＿＿＿＿＿＿＿＿＿＿＿＿＿＿＿＿＿＿＿＿＿＿＿＿＿＿＿

讀者基本資料

姓名：＿＿＿＿＿＿＿＿＿＿　年齡：＿＿＿　性別：□女　□男

聯絡電話：＿＿＿＿＿＿＿＿　E-mail：＿＿＿＿＿＿＿＿＿＿

地址：＿＿＿＿＿＿＿＿＿＿＿＿＿＿＿＿＿＿＿＿＿＿＿＿＿

學歷：□高中(含)以下　□高中　□專科學校　□大學

□研究所(含)以上　□其他＿＿＿＿＿＿＿＿

職業：□製造業　□金融業　□資訊業　□軍警　□傳播業　□自由業

□服務業　□公務員　□教職　□學生　□其他＿＿＿＿＿

請	貼
郵	票

To：114

台北市內湖區瑞光路 583 巷 25 號 1 樓

秀威資訊科技股份有限公司　　　收

寄件人姓名：

寄件人地址：□□□

(請沿線對摺寄回,謝謝!)

秀威與 BOD

BOD（Books On Demand）是數位出版的大趨勢，秀威資訊率先運用 POD 數位印刷設備來生產書籍，並提供作者全程數位出版服務，致使書籍產銷零庫存，知識傳承不絕版，目前已開闢以下書系：

一、BOD 學術著作—專業論述的閱讀延伸
二、BOD 個人著作—分享生命的心路歷程
三、BOD 旅遊著作—個人深度旅遊文學創作
四、BOD 大陸學者—大陸專業學者學術出版
五、POD 獨家經銷—數位產製的代發行書籍

BOD 秀威網路書店：www.showwe.com.tw
政府出版品網路書店：www.govbooks.com.tw

永不絕版的故事・自己寫・永不休止的音符・自己唱